# AMOUR...

## ET LIBERTE

# ANDREW GREY

# Amour...
## et Liberté

## ANDREW GREY

Publié par
DREAMSPINNER PRESS

5032 Capital Circle SW, Suite 2, PMB# 279, Tallahassee, FL 32305-7886 USA
www.dreamspinnerpress.com

Amour… et liberté
Copyright de l'édition française © 2015 Dreamspinner Press.
Titre original : Love Means… Freedom
© 2010 Andrew Grey.
Première édition : juillet 2010
Traduit de l'anglais par Black Jax.

Illustration de la couverture :
© 2010 Mara McKennen.
Les éléments de la couverture ne sont utilisés qu'à des fins d'illustration et toute personne qui y est représentée est un modèle

Édition e-book en français : 978-1-63476-444-5
Édition imprimée en français : 978-1-64108-263-1
Première édition française : avril 2015
Première édition imprimée français : août 2021
v 1.0

Édité aux États-Unis d'Amérique.

*À Gabi, ma relectrice, pour son aide et ses conseils avisés*

# I

LE CAMION se gara sur le bas-côté, avant de s'arrêter.

Tandis que Stone tendait la main vers la poignée d'ouverture, le conducteur grogna :

— J'ai pas à transporter les gens gratis. Si tu veux pas payer, t'as qu'à marcher ! T'avais qu'à me sucer.

Stone ouvrit la portière en s'accrochant à son sac à dos, parce qu'il craignait que le chauffeur tente de lui voler ses affaires. Et il avait raison de se méfier : le camion se remit en marche dès qu'il tenta de poser le pied à terre. D'un geste vif, Stone frappa le chauffeur au visage. Le camion s'arrêta encore une fois. Stone en profita pour s'échapper, avec son sac.

— Sale con ! cria-t-il, une fois hors de portée.

Le camion s'éloignait déjà et Stone s'adressait à ses feux arrière. Ce qui ne l'empêcha pas de continuer :

— Je ne voudrais pour rien au monde du champignon racorni qui te sert de queue !

Il avait quand même un certain standing. Tout en regardant le camion disparaître, il quitta sa congère et tapa du pied pour débarrasser ses vêtements de la neige.

— P'tain, on se gèle par ici !

Il trépigna sur place un moment encore pour se réchauffer, avant de ramasser son sac, dont il passa la bandoulière sur son épaule. N'ayant été que quelques minutes dans le camion, il n'avait pas vraiment eu le temps de se réchauffer. Il évalua ses chances de trouver un autre véhicule susceptible de le prendre en stop par une nuit comme celle-là.

La neige tourbillonna autour de lui lorsqu'il se mit en marche. Sans aucune idée de l'endroit où il allait, il espérait seulement trouver un endroit où s'abriter. Le vent venait de se lever et la nuit tombait. En entendant le bruit d'une voiture derrière lui, Stone leva le pouce, mais le chauffeur continua sans ralentir et ses roues firent jaillir une gerbe de glace et de boue qui ne fit que le frigorifier davantage.

— Merde.

Il fouilla dans son sac sans réussir à trouver ses gants. Il les avait oubliés dans le vieux camion… Son élan de colère, enflammé par la décharge d'adrénaline, éclata comme une bulle de savon.

— Merde de merde ! hurla-t-il, plus ou moins en direction des arbres silencieux.

Il mit les mains dans ses poches pour les réchauffer. *J'aurais peut-être dû accepter de lui faire une pipe.* Cette perspective le fit frissonner et des larmes lui brûlèrent les yeux. Il était dans une situation désespérée, d'accord, mais pas à ce point. Du moins, pas encore. Il s'essuya les yeux et regarda autour de lui : le paysage, tout d'arbres et de blancheur, s'assombrissait. *Pas encore, mais peut-être bientôt.*

Il resserra les bras autour de lui-même pour tenter de protéger sa peau du vent et continua à avancer. Il réalisa alors qu'il approchait d'un carrefour. Un panneau indiquait : '*Université communautaire de West Shore*'. Il prit cette direction, envisageant au pire de s'abriter sous une porte cochère. L'endroit paraissait fermé, il ne vit personne apparaître. Tout en marchant, il constata que les arbres serrés de chaque côté de la route le protégeaient du vent, ce qui lui accordait un répit bienvenu.

Peu après apparurent des bâtiments en brique sombre. Stone se dirigea vers l'un d'entre eux et tenta d'ouvrir la porte, qu'il trouva fermée. Il fit le tour de la bâtisse, entièrement verrouillée. Il poussa un soupir. Il aurait dû s'en douter. Les élèves étaient sans doute encore en congé de Noël et les cours ne reprendraient pas avant plusieurs jours. Il envisagea de casser un carreau, mais, avec sa chance, il y aurait certainement une alarme. Peut-être aurait-il plus chaud en prison ?

Il se baissa pour ramasser un caillou et s'apprêtait à le lancer sur une vitre lorsqu'il vit de la lumière derrière les arbres. De la lumière, cela signifiait des gens, et peut-être aussi un abri, de la chaleur. Lâchant son caillou, Stone se dirigea vers elle en espérant un coup de chance.

Dès qu'il émergea de la ligne d'arbres, le vent traversa l'épaisseur de son manteau. Il regarda devant lui et crut reconnaître les contours d'une grange et d'une ferme. Il traversa la route et pataugea dans la neige jusqu'à la porte d'entrée, protégée d'un porche. Il tremblait de plus en plus à chaque pas effectué, et pria pour que ces étrangers acceptent de le laisser dormir dans leur grange. Il sortit la main de sa poche pour frapper au panneau, ses doigts engourdis s'éveillèrent un moment avant de redevenir inertes. Stone remit vite la main dans sa poche.

2

Des pas lourds approchèrent, le panneau pivota, Stone ouvrit la bouche pour parler, mais ses dents claquaient trop fort. Il se mit incoerciblement à frissonner.

— Eli ! Viens m'aider !

Le premier homme s'était retourné pour crier vers l'intérieur de la maison. Il fut rejoint par un autre étranger et la porte s'ouvrit davantage. Stone remercia sa bonne étoile lorsqu'il fut entraîné à l'intérieur, dans une entrée bien chauffée. La porte d'entrée claqua derrière lui.

Il resta debout sur le paillasson, à frissonner, les yeux fermés, savourant la chaleur qui l'entourait. Lorsqu'il sentit des mains lui retirer son manteau, il eut un sursaut et s'écarta violemment.

— Hé, petit, personne ne va te faire de mal. Nous voulons simplement te débarrasser de ce vêtement trempé pour que tu puisses te réchauffer.

En ouvrant les yeux, Stone croisa ceux de l'homme qui tentait de le déshabiller.

— Comment appelles-tu ?

— S…S…Stone, bafouilla-t-il en claquant toujours des dents. Stone Hillyard.

— Moi, c'est Geoff. Et voici Eli. Nous voulons juste t'aider à enlever ton manteau.

Stone laissa ses bras retomber le long de ses flancs et sentit son manteau lui glisser du corps, la chaleur de la maison traversa sa chemise et lui caressa la peau. Il ne put réprimer un soupir.

— Enlève tes chaussures et viens t'asseoir sur le canapé, proposa doucement Eli.

— M… M… Merci.

Il réussit à suivre ces instructions : pieds nus, il avança jusqu'au canapé. Il entendit un halètement et quelqu'un se précipita pour monter un escalier. Il ne se souciait pas vraiment de ce qui arrivait, il savait juste qu'il lui fallait se réchauffer. Les pas redescendirent en courant et, peu après, il fut enveloppé dans une couette épaisse, chaude et molletonnée. Cette fois, il se mit à trembler pour de bon, de tout son corps.

— Adelle !

L'appel de Geoff résonna dans une autre pièce. Stone releva la couette jusqu'à ses oreilles : elles commençaient à le brûler maintenant que le sang circulait de nouveau dans ses extrémités.

— M. Geoff ? Que s'est-il passé ? demanda une voix féminine.

Stone vit entrer dans la pièce une femme noire, plus âgée.

— Je l'ai trouvé devant la porte. Pourriez-vous lui préparer quelque chose de chaud ? Il faut le réchauffer. Je crains qu'il ait des engelures. À mon avis, il n'est pas loin de l'hypothermie.

La femme quitta la pièce à la hâte. Stone poussa un soupir de soulagement. Son corps était toujours agité de tremblements, ses pieds le faisaient souffrir et même ses mains le picotaient, mais au moins, il sentait toujours ses membres.

Lorsqu'Adelle revint, Stone tenta de saisir le bol qu'elle lui tendait, en vain. Ses mains inertes ne répondaient pas et le bol faillit lui échapper.

— Ça va aller, mon chou, je m'en occupe, dit-elle.

Tenant le bol, elle le porta jusqu'aux lèvres de Stone et recommanda :

— Commence doucement, juste quelques gorgées.

Le liquide le brûla un peu en descendant, mais très vite, Stone sentit ses entrailles se réchauffer. Il tenta de boire davantage, mais la femme l'en empêcha.

— Doucement. Si tu vas trop vite, tu risques d'être malade.

Il hocha la tête pour marquer son accord. Après quelques minutes, elle lui présenta de nouveau le bol. Cette fois, il fut capable d'engloutir une grande et chaude gorgée qui descendit en douceur.

— Mmm.

Il n'avait jamais goûté de chocolat chaud aussi délicieux ! Il en prit encore un peu, puis récupéra le bol, dont il apprécia la chaleur entre ses paumes. S'il avait toujours des fourmis dans les doigts, la douleur de ses pieds commençait, elle, à disparaître.

— Merci.

En quelques gorgées rapides, il vida le bol et ferma les yeux, savourant la descente du liquide épais le long de sa gorge. Son estomac vide émit un grognement d'appréciation et… d'anticipation. Parce qu'il était loin d'être rassasié !

— Dis-moi, depuis quand n'as-tu pas mangé ?

La femme s'activa autour de lui tandis que d'autres personnes pénétraient dans la pièce. Stone entendit se croiser des questions et des réponses, à voix basse. Avec un haussement d'épaules, il toisa les quatre visages masculins qui se penchaient sur son canapé.

Adelle s'interposa :

— Poussez-vous, les garçons, les morigéna-t-elle. Laissez-moi m'occuper de lui.

— Je vais tout fermer pour la nuit, déclara Geoff. Il va faire très froid.

4

Les hommes quittèrent tous la pièce, l'un d'entre eux montant l'escalier d'un pas prudent.

— Tout va bien, mon petit, tu ne risques plus rien à présent. Détends-toi, réchauffe-toi, je reviens tout de suite.

Elle s'éloigna et Stone l'entendit s'activer dans la cuisine, tout en chantonnant pour elle-même. Elle revint en lui apportant un sandwich sur une assiette. Galvanisé, il se releva à demi pour y mordre. Après avoir avalé avec prudence, il constata que tout allait bien, aussi il engloutit le reste en quelques bouchées.

— Doucement, voyons, personne ne va te le prendre.

Les yeux levés sur ce visage bienveillant, Stone tenta de manger moins gloutonnement, mais son estomac ne le lui permit pas. Après le premier sandwich, il en reçut un second et dut faire un gros effort pour retenir les larmes qui lui montaient aux yeux.

— Mange, mange autant que tu veux.

Après avoir mangé trois sandwichs et bu un autre chocolat chaud, Stone se sentit enfin repu, mais il n'arrivait pas à garder les yeux ouverts.

— Merci, madame.

Elle récupéra son assiette et son bol vide.

— Mais de rien. Maintenant, repose-toi, je ne serai pas loin.

Stone ferma les yeux et se sentit flotter. La musique envahit son esprit. D'anciens souvenirs qu'il pensait avoir oubliés depuis longtemps lui revinrent en mémoire. Des images de sa mère, qui dansait avec lui dans le salon, tourbillonnant gaiement, traversèrent ses rêves.

Il entrouvrit les yeux. Il avait dû somnoler. Pourtant, la musique était toujours là. Lorsqu'il reconnut l'air qu'il entendait, le souffle lui manqua de nouveau. Il se sentait au chaud et bien nourri, des sensations qu'il n'avait pas connues depuis bien longtemps. Il referma les yeux et s'abandonna à un sommeil profond et réparateur.


QUAND STONE reprit conscience pour la seconde fois, il faisait nuit. Il sentit, plus qu'il n'entendit ou ne vit, une autre présence dans la pièce avec lui, mais il n'avait pas envie de bouger. Il s'agita sur le canapé pour trouver une position plus confortable, et se laissa de nouveau sombrer, tout en pensant qu'il s'agissait probablement d'un rêve. Et si c'était le cas, il ne voulait plus retrouver la réalité, jamais. Peut-être était-il mort, peut-être s'agissait-il du Paradis.

Lorsqu'il se réveilla, il y avait d'autres personnes dans le salon, mais il faisait toujours sombre. Il grommela doucement et remua, ce qui déplaça le chaud cocon dans lequel il était enroulé. Le silence retomba dans la pièce, mais cette fois, Stone était bel et bien éveillé. Il regarda autour de lui et vit un jeune homme, assis dans un fauteuil, qui faisait courir ses doigts sur les pages d'un livre.

— Je suis Robbie. Tu as faim ?

Robbie déposa avec soin son livre sur la table, près de son siège, puis il se leva et avança jusqu'au canapé. Il tendit une main en avant, en tâtonnant. Surpris, Stone la sentit lui effleurer la jambe.

— Ah, tu es là.

— Tu es aveugle ?

Cette réalisation était une surprise pour lui.

— La dernière fois que j'ai *regardé*, oui, c'était le cas.

Robbie se mit à rire, et Stone se joignit à lui. C'était agréable de rire. Il y avait longtemps que ça ne lui était pas arrivé.

— Tu as faim ? répéta Robbie.

Stone hocha la tête et repoussa la couette, posant ses pieds nus sur le plancher frais.

— Je ne peux pas entendre ta tête bouger, tu sais, tu n'as pas de clochettes accrochées aux oreilles.

Remarquant le sourire de Robbie, Stone sut qu'il s'agissait d'une plaisanterie.

— Désolé. Oui, j'ai faim.

— Dans ce cas, suis-moi dans la cuisine. Je suis sûre qu'Adelle t'a laissé quelque chose au chaud.

Stone étudia la façon dont Robbie s'engageait le premier, émerveillé de le voir se déplacer dans la maison avec tant d'aisance. Tout à coup, l'aveugle tourna la tête vers lui, l'air mécontent.

— Tu es pieds nus ?

Stone sentit ses joues brûler d'embarras.

— Ouais.

— Va m'attendre dans la cuisine, je vais te chercher des chaussettes.

Robbie rebroussa chemin avant de monter l'escalier. Dès qu'il eut disparu, Stone continua dans le couloir, jusqu'à la cuisine. Il y trouva Adelle qui s'activait devant le comptoir en chantonnant.

— C'est vous qui êtes restée auprès de moi pendant que je dormais ?

Elle cessa de travailler et se retourna.

— Je voulais m'assurer que tout allait bien.

Avec un geste de la main en direction de la table, elle ajouta :

— Assieds-toi. Je vais t'apporter des pancakes.

Elle lui tourna le dos et reprit sa tâche. Stone en avait l'eau à la bouche. Il se demanda ce qui lui arrivait au juste. Ces gens-là connaissaient à peine son nom, et pourtant ils l'accueillaient à bras ouverts. Il ne savait trop quoi en penser, mais à son avis, ils ne tarderaient pas à réclamer quelque chose en retour.

Une assiette remplie de crêpes brûlantes fut déposée devant lui, ainsi qu'un flacon de sirop d'érable et du beurre. L'odeur était irrésistible. Il leva les yeux vers Adelle pour s'assurer que c'était bien sa part, mais elle s'était déjà remise à son travail. Stone arrosa son plat de sirop d'érable et dévora jusqu'au moment où il craignit d'éclater. Il repoussa alors son assiette vide.

— Merci, madame, c'était délicieux.

— Tu en veux encore ?

Elle souriait en regardant son assiette, si bien léchée qu'elle en paraissait nettoyée.

— Non, merci.

Lorsqu'elle débarrassa son couvert, Stone s'écarta de la table et se leva. Il retourna au salon où il trouva ses chaussures, qu'il enfila. Il récupéra également son sac, posé sur un siège, près de son manteau et d'une paire de gants qui ne lui appartenait pas. Il mit son manteau et passa sur son épaule la bandoulière de son sac. Il lui fallait débarrasser le plancher de ces braves gens.

— Tu comptes partir sans même dire au revoir ?

Stone se retourna et vit que Robbie avait les yeux fixés sur lui, ce qui, chez un aveugle, était plutôt étrange.

— Je pensais qu'il valait mieux pour tout le monde que je fiche le camp. Je ne veux pas m'imposer. Dis-leur merci de ma part.

Il regarda la pièce autour de lui : c'était un endroit qu'il tenait à se rappeler. Il était rare que les gens soient aussi aimables envers lui. Pourtant, Stone n'avait aucune illusion : après ce qui s'était passé, ces gens-là ne tiendraient pas à le fréquenter.

— Pourquoi ne pas leur laisser le droit d'en décider par eux-mêmes ?

Stone se figea en plein élan, il faillit reposer son sac, mais *faillit* seulement.

— Ils n'ont pas besoin de moi ici ; ma présence ne vaut rien.

Il entendit une porte claquer, puis des voix émaner de la cuisine et se rapprocher.

— Tu es debout !

Stone tourna la tête et vit Geoff – du moins, il lui semblait que c'était Geoff –, dans l'embrasure de la porte.

— Merci pour tout. Maintenant, je vais débarrasser le plancher.

Il s'élança en direction de la porte d'entrée, l'ouvrit, puis la referma derrière lui. Le froid l'agressa, presque aussi insoutenable que la nuit passée. Stone se rua en direction de la rue.

— Tu crois vraiment que c'est intelligent comme idée ?

Stone s'arrêta et pivota sur lui-même, Geoff était sous le porche de la maison.

— Il ne fait pas plus chaud ce matin que la nuit passée, ajouta-t-il.

Stone regarda autour de lui. Déjà, il frissonnait. Mais qu'est-ce qui ne tournait pas rond chez lui ? Très lentement, il rebroussa chemin en direction de la maison, de la chaleur. Geoff s'écarta pour le laisser passer, avant de le suivre à l'intérieur. Stone laissa tomber son sac à dos dans l'entrée, près de la porte, mais il garda son manteau et suivit Geoff jusqu'à une autre pièce, un bureau sans doute : il y avait diverses machines étranges où du papier tournait sur des rouleaux, marqués de petits reliefs bien dessinés.

— Pourrais-tu me dire ce que tu faisais dehors tout seul, en pleine nuit, hier soir ?

Stone haussa les épaules. Il n'avait pas la moindre envie d'expliquer pourquoi il s'était retrouvé dans cette situation. D'ailleurs, il aurait préféré oublier l'intégralité de son existence.

— Vous avez été très gentils avec moi, mais je ne pense pas que vous teniez à ma présence ici.

— Pourquoi ne pas me laisser décider qui je veux avoir dans ma ferme et à proximité de ma famille ?

Le visage de Geoff indiquait la fermeté. Stone commença à s'agiter sous l'intensité de son regard.

— Eh merde… !

Il se laissa tomber dans un fauteuil et descendit la fermeture éclair de son manteau, tout en restant prêt à s'enfuir en cas d'urgence.

— J'ai grandi dans une petite ferme, pas très loin de Petoskey. Nous n'étions que deux… mon père et moi.

Il sentit ses larmes monter et cligna vivement des yeux pour les contrôler. Par contre, il laissa libre champ à sa colère. Ce qui repoussa son élan de chagrin. À sa grande surprise, il fut capable de continuer et de s'exprimer d'une voix ferme :

— Je croyais que ce vieux salaud tenait à moi ! Nous sommes restés seuls après la mort de ma mère.

— Que s'est-il passé ?

Geoff, d'après sa voix, paraissait compatir, mais Stone savait que cela n'allait pas tarder à changer.

— Mon père m'a flanqué dehors.

De nouveau, l'émotion faillit le bouleverser. De nouveau, il la repoussa, parce que son affection transformée en haine l'aidait à rester fort.

— En clair, mon père ne m'aimait pas tant que ça !

Stone fixa Geoff droit dans les yeux. Il vit son expression s'adoucir pendant qu'il attendait.

— Tu n'as toujours pas répondu à ma question.

Notant la compassion du fermier, Stone décida de porter l'estocade.

— J'ai annoncé à mon père que j'étais gay.

Il surveilla Geoff, sa réaction, attendant de voir ce qui allait se passer. D'après lui, au mieux, on lui demanderait de partir. Au pire, il s'enfuirait avant de recevoir une volée de coups, comme ceux qu'il avait reçus chez lui. Son père avait même failli lui arracher le bras de son articulation en le propulsant hors de la maison.

Geoff resta un moment silencieux, puis il se mit debout et avança vers lui. *D'accord, nous y voilà.* Il s'attendait à des coups. Ou alors, le fermier aurait la même exigence que le routier. Ce qu'il n'avait pas du tout prévu, par contre, ce fut d'être empoigné, remis sur pied, et serré très fort dans des bras solides. L'homme était fort et imposant, mais il ne tenta rien de suspicieux. Il ne s'agissait pas d'une étreinte douteuse, simplement d'une accolade réconfortante – ce que Stone aurait pu espérer de son père, s'il avait été du genre compatissant.

— Personne ne te fera jamais de mal ici.

Quand les mots lui parvinrent aux oreilles, Stone leva les deux bras et les passa autour de la taille de Geoff, pour lui retourner son étreinte. C'était le premier geste amical qu'il recevait depuis son éjection de chez lui.

Geoff le libéra enfin et s'écarta d'un pas ; Stone sentit ses jambes lâcher sous lui. Il s'écroula dans le siège, avachi.

— Depuis combien de temps vis-tu ainsi, tout seul ?

— Trois mois. Au début, j'ai trouvé du travail, je coupais des arbres pour Noël chez un ami. Mais c'était seulement temporaire. Je me suis dirigé

9

vers le sud, pensant qu'il y ferait plus chaud. Quand je n'ai plus eu d'argent, j'ai fait du stop.

— Tu disais avoir grandi dans une ferme ?

Stone sentit renaître ses craintes.

— Ouais. Nous élevions des cochons.

Il frissonna de dégoût à cette évocation. Il ne voulait plus jamais, de toute sa vie, approcher d'un cochon.

— Tu es d'accord pour travailler dur ?

— Vous m'offrez un job ? À cette époque de l'année ?

Au cours de l'hiver, il y avait moins de travail, la plupart des fermes tournaient au ralenti. Ce n'était pas le bon moment pour engager du personnel.

— Je ne veux pas recevoir la charité !

— Je ne te propose pas la charité, mais du travail, beaucoup de travail. J'ai besoin de quelqu'un pour nettoyer l'écurie. Celui qui s'en occupait a repris ses études et nous nous débrouillons pour le moment, mais nous avons vingt stalles à récurer régulièrement. Et je veux que la sellerie soit toujours impeccable. Tu connais quelque chose aux chevaux ?

Stone hocha la tête, sans oser croire à sa chance. Au lieu de le tabasser, on lui proposait un job ?

— J'ai appris à monter quand j'étais tout gosse. J'avais un cheval…

Zut, il commençait à réagir comme une fille, d'une voix pleurnicharde et sentimentale. Il avait dû laisser son cheval derrière lui quand son père l'avait jeté dehors. Perdre Buster restait pour lui une blessure ouverte.

— Parfait. Mon partenaire, Eli, donne des leçons d'équitation. Si tout marche bien, il te demandera peut-être un coup de main.

Stone n'arrivait pas à croire ce qu'il entendait.

— Votre *partenaire* ?

— Oui.

Stone réfléchit un moment.

— S'agit-il de l'homme que j'ai vu la nuit passée, quand vous m'avez ouvert la porte ?

En réponse, il obtint un signe de tête, assorti d'un sourire.

— Dans ce cas, c'est qui, l'aveugle ?

En voyant l'expression de Geoff se fermer, Stone comprit qu'il se montrait grossier.

— Je parle de Robbie. C'est votre frère ?

Geoff l'interrompit d'une main levée.

10

— Écoute, quand nous nous serons mis d'accord, je te présenterai à tout le monde. Mais avant cela, j'ai besoin de quelques renseignements.

Cette fois, ce fut Stone qui acquiesça d'un lent mouvement de la tête.

— Quel âge as-tu ?

Stone fut d'abord tenté de mentir, mais il se reprit.

— Dix-neuf ans.

Il entendit Geoff émettre un grondement de gorge, gras et rauque, et s'en demanda la raison. Qu'avait-il fait de mal ? Il se mordit la lèvre, très inquiet. Juste au moment où les choses paraissaient s'arranger…

— Tu as tous tes papiers, identité et autres ?

— Oui, monsieur.

Il fouillait déjà dans la poche de son manteau à la recherche de son vieux portefeuille. Geoff se redressa et lui offrit sa main.

— Dans ce cas, le poste est à toi, si tu l'acceptes.

Stone avait du mal à y croire. La nuit passée, il avait failli mourir de froid, et aujourd'hui, on lui offrait du travail dans une ferme dirigée par un couple homosexuel. D'un geste hésitant, il tendit la main et échangea avec Geoff une ferme poignée.

— Vous ne le regretterez pas.

Geoff le relâcha et alla ouvrir la porte du bureau.

— Eli ! cria-t-il.

Un homme se leva du canapé du salon.

— Oui ?

— Voici, Stone, il va travailler à l'écurie. Il a l'habitude des chevaux.

Stone examina les deux hommes, tour à tour, il se détendit en voyant une expression satisfaite apparaître sur le visage d'Eli.

— D'après ce que j'ai compris, tu connais déjà Robbie, continua Geoff. C'est mon très efficace assistant. C'est également le musicien de la maison.

— Ah, c'était toi qui jouais la nuit dernière ? C'était magnifique, j'ai cru que je rêvais.

Robbie lui adressa un sourire béat.

— Merci.

L'aveugle parut écouter, avant de se tourner en direction de Geoff.

— Je peux y aller ?

— Oui, bien sûr. Je t'ai imprimé tout ce qu'il te fallait, tout est sur la machine.

Robbie sourit, avant de se diriger, prudemment, mais sûrement, en direction du bureau. Il en referma la porte sur lui.

Stone baissa la voix, jusqu'à émettre un chuchotement :

— Est-il… gay, lui aussi ?

Geoff sourit.

— Oui. Son partenaire, Joey, travaille à l'extérieur, là où nous devrions être aussi.

Geoff jeta un coup d'œil en direction des pieds de Stone et enchaîna :

— Il va te falloir des bottes plus épaisses et des vêtements plus chauds.

— Je vais aller lui trouver ça, déclara Eli, avant de monter l'escalier.

— Je dois aller aider Robbie, dit Geoff. Quand Eli redescendra, nous t'emmènerons rencontrer tout le monde avant de te mettre au travail.

Il retourna dans son bureau, abandonnant Stone au milieu du salon. Ne sachant quoi faire d'autre, il regarda par la fenêtre. La neige qui tombait la veille avait cessé, le temps était beau et clair. Il n'arrivait toujours pas à croire à sa chance. Il était tombé par hasard dans une ferme où vivaient des couples gays, et le propriétaire l'avait engagé, juste après lui avoir évité de mourir de froid. Peut-être…

Oui, peut-être que le destin lui souriait enfin.

Il fut arraché à ses pensées en entendant des pas dans l'escalier.

# II

LE KINÉSITHÉRAPEUTE regardait Preston tenter d'avancer entre les barres métalliques.

— Vas-y doucement, tu ne dois pas trop en faire, prévint-il.

— Je veux marcher ! hurla Preston en grinçant des dents. Ce foutu docteur a prétendu que je ne marcherais plus jamais. Je compte bien marcher jusqu'à cet enfoiré et lui serrer la main. Ou lui casser la gueule !

Il força ses jambes à se mouvoir. Arrivé à l'extrémité de la barre, il se retourna et s'effondra dans son fauteuil roulant.

— Je remarcherai ! répéta-t-il. J'en ai la ferme intention.

Il regarda son kiné et, avec un sourire, enchaîna :

— Désolé, Jasper. Je ne voulais pas passer mes nerfs sur toi.

— Je sais.

Preston perdit sa colère et sa frustration en faisant rouler son fauteuil en direction de la porte.

— Mais j'ai tellement envie de progresser !

— J'y tiens aussi, Pres, mais te blesser ne t'aidera pas à guérir plus vite.

Jasper lui tint la porte ouverte en ajoutant :

— Tu as déjà accompli de tels progrès, dans un si court délai.

— Cela ne me suffit pas !

Preston était du genre déterminé et très impatient.

Son ami kiné fit une nouvelle tentative :

— Pres, tes muscles commencent à peine à retrouver le sang dont ils ont besoin pour fonctionner. Parfois, il est nécessaire de laisser le temps agir durant un processus de guérison. La précipitation ne mène à rien.

Preston fit pivoter son fauteuil, affichant un grand sourire moqueur.

— J'avais cru comprendre qu'une bonne rééducation était à la limite du traitement sadique.

— Je veux bien être sadique, mais je suis aussi ton ami. Je veux te revoir marcher. Simplement, je ne veux pas d'excès dangereux durant ta rééducation.

Jasper passa le premier dans le hall où la mère de Preston attendait son fils. Ce dernier soupira. Il détestait qu'à vingt-six ans, il ait dû retourner vivre chez ses parents et dépendre à nouveau d'eux. Le chauffard ivrogne responsable de son accident ne l'avait pas seulement privé de l'usage de ses jambes, il lui avait également volé sa liberté. Et Preston était par-dessus tout décidé à la recouvrer. Il recommençait à sentir ses jambes et, après d'innombrables opérations chirurgicales, il était capable de les mouvoir, plus ou moins. Dès qu'il pourrait bouger, il comptait bien poursuivre ses exercices sans que personne ne le voie.

— Maman, je suis prêt à partir.

— Très bien, chéri.

Elle se redressa, avança jusqu'à lui, et passa derrière lui pour le pousser en direction de la voiture.

— Je peux me débrouiller tout seul ! rugit-il.

Sans paraître se soucier de son éclat de voix, elle lui tendit son manteau. Il l'enfila avant d'empoigner ses roues pour se propulser en avant. Devant lui, les portes s'ouvrirent automatiquement.

— J'ai vraiment besoin de retrouver mon indépendance.

Il traversa vivement le parking et s'arrêta devant la voiture, le temps que sa mère déverrouille les portières. Puis il fit pivoter sa chaise pour l'aligner avec le siège, il se redressa sur ses jambes, tremblantes, mais de plus en plus solides, et se glissa sur le siège passager. Ensuite, il plia son fauteuil et le plaça à l'arrière. Il remua pour être plus à son aise, ferma la portière, et attacha sa ceinture.

— Désolé d'avoir crié, maman, mais c'est très important pour moi de me débrouiller seul.

— Je sais.

Sa mère se tourna vers lui avec un sourire, avant d'ajouter :

— J'avais oublié, c'est tout. Je voulais juste t'aider.

Elle démarra et quitta le parking. Preston reconnaissait que sa mère avait été aussi gentille et compatissante que possible avec lui. Elle le conduisait partout où il avait besoin d'aller ; elle prenait même des jours de congé pour s'accorder à ses rendez-vous de rééducation.

— Ton père a téléphoné, dit-elle. Il rentrera à la maison d'ici quelques jours.

— Oh, génial !

Preston esquissa le geste de faire tourner ses doigts pour simuler l'allégresse. Sauf que son père avait très mal pris l'accident. Il semblait le voir comme une façon détournée de la part de son fils de s'imposer de nouveau dans leur vie. C'était un homme de nature autoritaire et égoïste, même dans ses meilleurs jours.

Sa mère, tout en continuant sa route vers l'est, chercha à calmer la situation :

— Pres, ton père travaille beaucoup.

Elle tourna dans Lake Drive.

— Maman, ne le défends pas. Surtout pas avec moi.

Son père avait failli faire un infarctus en apprenant son homosexualité. Moins d'une semaine plus tard, il avait commencé à faire défiler chez lui toutes les filles sur lesquelles il mettait la main parce que, selon lui, *'Preston n'avait pas encore trouvé celle qu'il lui fallait'*. C'était une attitude plutôt embarrassante pour lui, et pour les filles, parce que Preston prenait la peine de prévenir chacune d'entre elles de son orientation sexuelle. Son père avait fini par abandonner, mais Preston savait bien qu'il n'avait pas renoncé. Milford Harding III ne renonçait jamais. Il prenait simplement le temps de peaufiner sa nouvelle attaque. En fait, l'accident avait provoqué une sorte de trêve forcée entre le père et le fils.

— Au moins, il nous reste quelques jours de tranquillité.

Sa mère ne répondit pas. Ils continuèrent leur route en silence, jusqu'au moment où elle emprunta le rond-point circulaire et coupa le moteur, une fois dans le garage à trois places. Preston ouvrit sa portière et prépara sa chaise roulante, qu'il déplia avant de s'y installer. Il roula jusqu'à la porte arrière où une rampe d'accès pour handicapés lui permit d'entrer dans la maison.

Cette rampe était la seule concession à son infirmité que Preston avait acceptée de sa mère. Bien sûr, elle avait envisagé d'installer dans la maison un ascenseur ou un monte-escalier. Preston avait refusé, s'entêtant dans l'idée qu'il n'aurait pas éternellement besoin de son fauteuil. Il avait juste changé de chambre, déménageant de l'étage au rez-de-chaussée. Rien de plus.

— Je vais m'allonger un moment.

Il était toujours épuisé après une session de rééducation. Il roula jusqu'à sa chambre. Avant d'entrer, il se retourna :

— Merci, maman. Pour tout.

Il lui sourit, elle lui renvoya son sourire. Il sut alors que tout irait bien. Il se promit que, une fois que tout serait fini, il chercherait à remercier sa mère de façon tout à fait spéciale. Elle le méritait.

Il quitta sa chaise et se mit sur son lit, tira la couette et ferma les yeux. Il commençait à s'endormir lorsque son téléphone sonna. Il récupéra l'appareil sur sa table de chevet, tout heureux de voir le nom qui s'affichait sur l'écran.

— Hé, mon tout beau !

Preston oublia tout le reste en souriant béatement à son téléphone. Il adorait entendre la voix de Kent, et ce, depuis toujours.

— Comment ça s'est passé, ta rééducation ?

— Très bien. Cette fois, j'ai été capable d'aller jusqu'au bout de la rampe.

— Ah. Tant mieux.

Mais il y avait dans sa voix une sorte de contrainte.

— C'est toujours d'accord pour ce soir ? insista Preston.

Il avait pensé à cette sortie durant toute la session de kiné.

— Justement, je te téléphonais pour ça…

Preston s'inquiéta : Kent était devenu distant, brusquement.

— Si tu ne peux pas sortir ce soir, nous pourrions remettre ça à demain.

— Preston, écoute, je ne pense pas que ce soit possible. Je ne peux pas continuer.

Preston se rassit dans son lit, en utilisant ses bras pour se soulever.

— Qu'est-ce que tu racontes ?

— Entre nous, c'est terminé. J'ai rencontré quelqu'un d'autre.

— Espèce de salaud égoïste ! Ça fait combien de temps que tu me trompes ?

Il sentit des larmes lui brûler les yeux, mais sa colère l'aida à les repousser.

— Je suis avec David depuis quelques semaines.

Preston ne voulut rien entendre de plus. Il raccrocha et ferma les yeux, très fort. Il aurait voulu hurler et jeter son appareil contre le mur, ce qui n'aurait rien arrangé du tout, pas vrai ?

— Comment ai-je pu être aussi bête ?

Il aurait dû le sentir venir, il le savait, mais il avait préféré s'aveugler.

Son téléphone se remit à sonner. S'il s'agissait encore de Kent, il se jura de balancer son téléphone par la fenêtre. Mais ce n'était pas lui.

— Allô ?

— Qu'est-ce qui ne va pas ? Qu'est-ce que tu as ?

La voix de Jasper marquait son inquiétude.

16

— C'est Kent, il vient juste de rompre avec moi.

— J'arrive.

La ligne fut coupée. Preston remit son portable sur sa table de nuit avant de se laisser retomber sur le dos. Il s'enveloppa dans sa couette. Malgré la tiédeur de sa chambre, il commença à frissonner. Les yeux clos, il ne retint plus ses larmes. Il enfouit son visage dans l'oreiller pour que sa mère n'entende pas ses sanglots et laissa s'écouler le flot de sa douleur.

Il perdit toute notion du temps, mais au bout d'un moment, la porte s'ouvrit. Ensuite, deux mains se posèrent sur ses épaules pour le forcer à se retourner. Un Jasper aux yeux humides le prit dans ses bras.

— Pleure un bon coup, ça te fera du bien.

Preston suivit cette consigne ; il sentit la tristesse le traverser de part en part et ne chercha pas à retenir son chagrin. On frappa à la porte. Jasper remua un peu, mais rien d'autre. Lorsque ses larmes se tarirent enfin, Jasper s'écarta et lui demanda :

— Que s'est-il passé ?

Preston s'essuya les yeux.

— Nous devions sortir ensemble, ce soir. Il m'a téléphoné pour me prévenir qu'il voyait quelqu'un d'autre.

— Quel salaud ! J'ai toujours su que c'était un gros con. Si tu veux mon avis, il n'est sorti avec toi que pour ton père et son argent.

— Pourquoi tu ne me l'as pas dit plus tôt ?

Il tenta de se rasseoir. Jasper changea de position dans le lit avant de poursuivre :

— Tu m'aurais écouté ?

Jasper attendit un moment une réponse, mais Preston évitait son regard.

— C'est bien ce que je pensais. Maintenant, au moins, il est parti, ajouta-t-il avec un sourire.

— Merde, je ne vois pas pourquoi ça te rend aussi joyeux ! Kent m'a quitté, plus personne ne s'intéressera jamais à moi.

Preston était à deux doigts de flanquer Jasper à la porte.

— Et si tu réfléchissais un peu ? Ce qui t'arrive est peut-être ta chance. Peut-être, oui, peut-être que tout ce désastre finira par t'être bénéfique. Tu as maintenant l'option de rencontrer quelqu'un d'intéressant, contrairement à ce minable. Kent n'avait que du vent entre les deux oreilles !

17

— Quoi ? Je ne vois pas ce qu'il peut y avoir de bénéfique dans mon cas. Tout ce que je risque d'obtenir, c'est de nouvelles cicatrices – vraiment très sexy ! – et davantage de séances de rééducation.

Il était plutôt sec, mais quelle importance ? Jasper se redressa de toute sa taille pour lui adresser un regard furibond. Preston se demanda s'il n'avait pas dépassé les bornes, mais pour dire la vérité, il s'en contrefoutait.

— Tu accordes bien trop d'importance à l'aspect physique des gens, leur visage, leurs vêtements. Selon toi, c'est tout ce qui compte.

Jasper se pencha davantage, affrontant Preston presque nez à nez.

— Je vais t'en apprendre une bien bonne : il existe dans le vaste monde des gens qui n'ont jamais été 'mignons'. Il serait peut-être temps que tu cesses d'être aussi superficiel qu'une pelle à tarte !

Preston en resta muet, stupéfait. Il n'avait jamais entendu son ami lui parler sur ce ton.

— Je ne suis pas comme ça, protesta-t-il, faiblement.

— Quand j'ai rencontré Derrick, tu m'as conseillé de le larguer, parce que je pouvais trouver mieux. Tu t'en souviens ? Je te signale que Derrick est resté à ton chevet tout le temps que tu as passé à l'hôpital. Il t'a ramené chez toi, il t'a porté jusque dans ta chambre, il t'a déposé sur ton lit.

Jasper baissa la voix pour ajouter :

— Tu te rappelles quand tu souffrais tellement que tu voulais mourir ? Tu te rappelles que c'est Derrick qui t'a tenu la main, que c'est lui qui a pleuré avec toi ?

Preston hocha la tête, avant de baisser les yeux sur le lit. Mais Jasper n'avait pas terminé.

— Et c'est cet homme-là que tu m'avais conseillé de larguer parce qu'il n'était ni un dieu bodybuildé ni une belle gueule ?

Avait-il vraiment été aussi odieux ? se demanda Preston.

— Pourquoi ne m'en as-tu pas parlé plus tôt ?

— Parce que j'espérais que tu finirais par ouvrir les yeux de toi-même. Derrick est l'homme le plus merveilleux que j'aie jamais rencontré. À mes yeux, il est beau, parce qu'il m'aime.

Preston sentit la main de Jasper se glisser dans la sienne.

— Il n'y a rien de meilleur, continua son ami, que de se réveiller auprès d'une personne qui vous aime véritablement. Kent n'a jamais été cet homme-là pour toi, même si tu y croyais. Si c'était le cas, c'est lui qui serait assis, en ce moment, à ma place.

Preston déglutit péniblement.

— Seigneur, est-ce que je n'ai pas droit à un peu de soutien ?

— Tu en as déjà reçu suffisamment pour toute ton existence. Il est temps que tu te reprennes en main. Aujourd'hui, j'ai remarqué ta détermination, alors sers-t'en, sers-t'en dans tous les autres aspects de ta vie. Oublie Kent et trouve-toi quelqu'un de meilleur.

— Je savais bien que tu étais sadique.

Sur ce, Preston sourit pour la première fois depuis le coup de fil de Kent.

— En parlant de sadisme, je te téléphonais tout à l'heure pour te parler d'un nouveau type de rééducation que je viens de découvrir. Et j'aimerais que tu essaies.

Preston grogna en levant les yeux au ciel. Jasper le frappa sur l'épaule.

— Arrête, ça va te plaire. Juré, craché, ajouta-t-il, la main levée. Il y a une ferme, entre ici et Scottville, où ils ont monté un programme d'équithérapie. Ils te mettent sur le dos d'un cheval et t'apprennent à monter. C'est un exercice excellent pour te renforcer les muscles des jambes.

— Tu plaisantes, j'espère ? Je n'ai jamais fait d'équitation.

Et pourtant, cette idée éveillait son intérêt. Preston ne put s'empêcher de demander :

— Tu crois vraiment qu'ils pourraient me faire monter sur un de ces mastodontes ?

— Oui, et ils t'apprendront aussi à le diriger. Ça vaut le coup d'essayer. De plus, ça te ferait prendre l'air. Ils ont tous les agréments administratifs nécessaires. J'ai rencontré il y a quelques jours l'homme qui gère ce programme avec son partenaire. C'est quelqu'un d'intéressant.

Jasper posa une carte de visite sur la table, près du lit, avant de conclure :

— Réfléchis-y.

— Tu viens d'évoquer un partenaire. Je présume que tu ne parlais pas seulement d'un associé d'affaires ?

Jasper lui sourit.

— Non, je parlais d'un partenaire dans le sens le plus agréable qui soit. C'est un couple homosexuel qui possède cette ferme. Des gens très bien. Alors, tu vas y penser ?

— Ouais, répondit Preston avec un sourire. C'est promis.

Il accentua ses paroles d'un hochement de tête. Jasper le prit dans ses bras pour le serrer contre lui.

— Tu finiras par t'en sortir.

Il se leva ensuite et marcha jusqu'à la porte. Avant de l'ouvrir, il ajouta :

— Appelle-moi si tu as besoin de moi. Et nous pourrions sortir ensemble ce week-end.

— Pourquoi pas ?

Sur un dernier signe, Jasper quitta sa chambre et referma la porte derrière lui.

Aussi épuisé qu'il soit, Preston se sentait mieux, bien mieux qu'il ne l'avait été depuis longtemps. Son ami avait raison. Pourtant, Preston préférait ne se consacrer qu'à un seul objectif. Il avait besoin de retrouver ses forces, ce qui n'était possible qu'en suivant une rééducation avec des exercices réguliers, épuisants. Il récupéra la carte posée sur sa table de chevet et la regarda un moment, puis il composa un numéro de téléphone.

— Ici la ferme Laughton, répondit une voix masculine. Robbie à l'appareil.

Preston fixait toujours sa carte.

— Je cherchais à joindre *Cheval... sans limites*, le programme d'équithérapie. Je pense m'être trompé de numéro.

— Non, c'est bien chez nous. En quoi puis-je vous aider ?

— Mon kinésithérapeute m'a conseillé de vous appeler. J'ai eu un accident, il y a quelques mois, je commence à pouvoir remuer les jambes. J'arrive à presque marcher sans qu'on m'aide, prétendit-il, exagérant un peu, et je me demandais si vous auriez de la place pour me recevoir.

— Nous sommes plutôt complets, mais laissez-moi vérifier.

L'homme posa sans doute le téléphone, parce que Preston l'entendit bouger à l'autre bout du fil. Peu après, il revint en ligne :

— Nous n'avons aucune place disponible actuellement dans un de nos groupes.

— Je préférerais des sessions privées.

Il ne voulait pas se ridiculiser en public.

— Dans ce cas, quand pourriez-vous passer faire le tour de nos équipements ?

— Pourquoi pas demain, vers... euh, 13 heures ?

Si ce programme était susceptible de l'aider, le plus tôt serait le mieux.

— Vous pourriez me donner votre nom, s'il vous plaît ?

— Preston Harding.

Il attendit pendant que Robbie notait ce renseignement, puis demanda :

— Quel genre de vêtements dois-je porter ?

— Un jean et une chemise chaude, ça ira très bien, ainsi que des bottes, si vous en avez, mais ce n'est pas absolument nécessaire.

— J'ai tout ce qu'il me faut.

Sa garde-robe bien fournie lui permettait d'affronter toutes les situations.

— Très bien, dans ce cas nous vous attendons demain, à 13 heures.

La communication fut coupée, Preston raccrocha et glissa de son lit à sa chaise, puis il se dirigea vers la porte.

— Maman ? Est-ce que tu pourrais me conduire demain à une séance de kiné ?

Il réalisa qu'il souriait et qu'il attendait avec impatience cette nouvelle expérience.

— Bien entendu.

Sa mère apparut à l'angle du couloir. En le voyant, elle se figea avec un sourire.

— Pourquoi as-tu l'air si heureux ?

— J'ai trouvé une nouvelle forme de rééducation, répondit Preston.

— Je croyais que c'était l'idée de sortir ce soir qui t'excitait autant.

Elle s'essuya les mains sur un torchon.

— Non, c'est annulé.

Il déglutit, la douleur de sa rupture avec Kent lui revint en force.

— Kent et moi sommes séparés, précisa-t-il.

— Tant mieux, je ne l'ai jamais apprécié.

Elle semblait soulagée et plus que satisfaite.

— … aussi je vais me concentrer pour remarcher le plus vite possible.

— Oh, parle-moi de cette nouvelle forme de rééducation : de quoi s'agit-il ?

— De monter à cheval.

Il sentit son sourire s'élargir devant la surprise de sa mère. Puis il demanda :

— Pourquoi est-ce que tu n'aimais pas Kent ?

— Parce qu'il ne t'aimait pas vraiment.

Elle lui jeta un regard ferme, déglutit, puis continua :

— Ton père et moi n'étions pas enchantés quand tu nous as annoncé être gay. Et Milford n'a jamais voulu l'accepter, je le sais. Mais je t'aime et je ne veux que ton bonheur. Je veux bien te voir avec un homme, à condition qu'il t'aime vraiment. Et Kent n'était qu'un profiteur.

Preston fut à la fois choqué et heureux. Il ouvrit les bras, sa mère se pencha vers lui et se laissa étreindre.

— Merci, maman.

Elle se redressa et lui offrit un grand sourire.

— Dis-moi tout sur cette nouvelle thérapie. Je faisais de l'équitation, autrefois, tu sais…

Preston la suivit. Ensemble, mère et fils traversèrent la maison jusqu'à la cuisine. Pour la première fois depuis des mois, ils parlaient, ils communiquaient.

# III

STONE BAISSA la fermeture éclair du manteau qu'Eli lui avait donné, laissant flotter les pans pour une meilleure ventilation. Le travail lui donnait chaud, mais nettoyer les stalles l'obligeait à de fréquents allers-retours à l'extérieur, et dehors, il faisait sacrément froid.

— Tu t'en sors ?

Cette voix nouvelle venait de derrière la cloison. Se retournant, il vit un inconnu à l'entrebâillement de la porte.

— Je suis Joey. Tu dois être Stone. Geoff m'a dit que je te trouverais là.

Stone cessa de pelleter pour s'appuyer sur le manche de son outil.

— Je te serrerais bien la main, mais les miennes sont crades.

Malgré cet avertissement, l'homme pénétra dans la stalle et lui tendit la main.

— Tu sais, par ici, ce n'est pas le genre de détail qui compte.

Après une poignée de main, Joey regarda autour de lui.

— Beau boulot. D'après ce que je vois, tu n'es pas un novice.

— C'est vrai. Mon père et moi avions une petite ferme, dans le nord, où nous élevions des cochons. Je trouve la tâche infiniment plus facile, ici, et le fumier sent bien moins mauvais.

Joey lui offrit un sourire lumineux, Stone remarqua alors sur son visage des cicatrices presque effacées.

— Désolé de ne pas avoir été là hier pour t'accueillir, mais je suis rentré tard et tu étais déjà couché.

Stone se remit au travail, il ne voyait pas pourquoi il ne pourrait pelleter tout en parlant. Pour rien au monde il ne voulait qu'on le prenne pour un tire-au-flanc. Son père l'avait élevé en le faisant travailler dur. De plus, Geoff avait eu la gentillesse de lui donner sa chance, il ne comptait pas la rater. Il jeta dans sa brouette une pleine pelletée de fumier.

— J'ai rencontré hier ton… hum… partenaire. Il m'a paru très sympa.

— C'est vrai.

La voix lui parvenait de nouveau, derrière la cloison, dans la stalle voisine.

— Dis-moi, reprit Joey, tu sais monter ?

23

— J'ai été entouré de chevaux quasiment toute ma vie. Malheureusement, j'ai dû laisser le mien en partant.

Il s'activa avec plus d'acharnement encore, espérant que le bruit de sa pelle interromprait la conversation sur le sujet.

— Dans une demi-heure, j'ai un nouveau patient. Je suis en train de préparer Belle et j'espérais que tu pourrais m'aider.

Stone entendit un cheval s'agiter derrière la cloison et, quand le bruit de son travail ne noyait rien du tout, il percevait également le doux bruissement d'une brosse.

— Bien sûr. Dis-moi seulement ce qu'il faut faire, je n'ai jamais pratiqué ce genre de thérapie.

— Aucun problème.

La porte de la stalle se referma. Stone entendit claquer les bottes de Joey tandis que lui-même terminait sa tâche et emportait la dernière brouette de fumier, avant de rapporter de la paille fraîche pour la litière. Joey et Belle étaient toujours à côté. Stone se concentra sur ce qu'il faisait, même si, depuis qu'on lui avait proposé de rester, son corps vibrait d'excitation. Robbie était mignon, Joey beau et solide, malgré les cicatrices de son visage. Quant à Geoff, il était magnifique, et Eli, superbe. Stone s'activa de plus belle, déterminé à s'éclaircir les pensées. Aucun de ces hommes n'étant libre, il devait contrôler ses fantasmes.

Quand il eut terminé de nettoyer la stalle, il entendit la porte voisine se rouvrir. Peu après, des sabots claquèrent sur le plancher de l'écurie.

— Tu peux me rejoindre d'ici dix minutes au manège ?

— Bien sûr ! cria Stone à travers la porte.

Il rangea ses outils avant de traverser l'écurie, en direction du manège, couvert et bien chauffé. Belle était attachée à un poteau et Joey semblait occupé à vérifier les derniers détails, aussi Stone patienta. Un bruit derrière attira son attention. Se retournant, il vit un homme en chaise roulante traverser également l'écurie pour pénétrer dans le manège. Une femme plus âgée marchait en arrière. Stone déduisit qu'il s'agissait de sa mère.

— Vous êtes Preston ?

Joey alla rejoindre l'inconnu, tandis que Stone restait à l'écart, près du cheval. Il les regarda discuter un moment, puis, par signes, Joey lui indiqua de mener Belle jusqu'à la zone où une rampe avait été installée jusqu'à une plate-forme surélevée. L'ensemble permettait aux patients de se glisser sur le dos d'un cheval. Le nouveau venu fit rouler sa chaise sur la rampe, jusqu'à la plate-forme. Stone observa la façon dont l'homme utilisait ses bras solides pour quitter son fauteuil et se mettre debout. Joey l'aida ensuite à se mettre en selle.

— Vous vous en êtes très bien sorti.

— Merci, grommela l'étranger, sur son cheval.

Joey reprit :

— Stone va vous conduire à la longe pour faire le tour du manège. Je veux que vous serriez les jambes autour du cheval. Cela vous aidera à rester en selle et à garder l'équilibre. Je serai à proximité. Si vous craignez de tomber, il vous suffit d'agiter la main.

Joey se pencha pour ajuster les étriers et s'assurer que l'homme était à son aise.

— Détendez-vous et amusez-vous, lui conseilla-t-il avant de reculer.

Stone prit la longe et se prépara à guider le cheval.

— Vous êtes prêt ? demanda-t-il.

Le cavalier grogna une vague réponse, Stone se mit en marche, très lentement, il fit le tour de l'arène. Il regardait le sol devant lui ou bien l'endroit où le cheval posait les sabots, essayant de ne pas trop dévisager l'homme en selle, ses yeux brillants, sa poitrine large et ses épaules musclées.

— Hé, toi, le garçon d'écurie, tu ne crois pas que nous pourrions accélérer un peu ?

Stone se retourna pour lui jeter un regard noir.

— Je m'appelle Stone.

Et sans attendre une réponse de ce connard arrogant, il ralentit le pas et continua à marcher.

— Preston ! cria sa mère. Essaie de t'accorder à ton cheval, utilise tes jambes.

En entendant de nouveau ce nom, Stone étouffa un ricanement. D'accord, lui-même avait été prénommé d'après le personnage d'un feuilleton qui plaisait à sa mère, mais quand même, c'était moins grotesque que 'Preston'.

Stone s'immobilisa dès que Joey approcha du cavalier sur son cheval.

— Il faut que vous utilisiez vos jambes pour que cet exercice soit efficace, expliqua Joey.

— Je ne peux pas utiliser mes jambes ! hurla Preston.

Stone fut plutôt surpris par la force de sa voix et la véhémence qu'il y avait derrière.

— Mais si. Vous vous êtes mis debout avant de monter en selle. Cette thérapie a pour objectif de fortifier les muscles de vos jambes.

Quand Joey passa les mains le long des jambes de Preston, Stone dut détourner les yeux. Il se demanda brièvement ce qu'il éprouverait en sentant ces mêmes jambes sous ses doigts. Il secoua la tête d'un geste imperceptible. Pas question de fantasmer sur M. Arrogant !

— Si vous serrez les jambes autour du cheval, il vous sera plus facile de rester en selle. De plus, vous sentirez mieux vos jambes une fois que ce sera terminé.

Stone se remit à marcher. Joey s'écarta d'un pas et complimenta Preston :

— C'est beaucoup mieux, affirma-t-il.

Stone continuait de tirer le cheval par la longe en faisant le tour du manège.

— Hé, garçon d'écurie…

Stone s'arrêta net et se retourna pour jeter au cavalier un regard glacial.

— Je. M'appelle. Stone. *Preston,* ajouta-t-il plus distinctement.

Après un ricanement moqueur, il se remit en marche au même pas. Dès qu'ils furent hors de portée des autres, Preston s'entêta à le provoquer en l'appelant 'garçon d'écurie' et lui posa toutes sortes de questions. Stone l'ignorait et marchait d'un pas tranquille, heureux de réussir à ne pas réagir.

— Alors, garçon d'écurie…

Stone inspira profondément, puis souffla peu à peu. Cette fois, le mec avait bien failli l'avoir.

— … que fais-tu au juste quand tu ne promènes pas un cheval ? Tu déblaies de la merde ? J'ai l'impression que tu es tombé dans ton tas de fumier.

Stone tourna la tête sans ralentir le pas.

— Je m'appelle Stone, grinça-t-il, les dents serrées, et si tu n'arrêtes pas avec tes conneries, je vais finir par te taper dessus. J'en ai rien à foutre que tu sois un pathétique infirme dans une chaise roulante.

Il se redressa et continua à avancer. Quelques pas plus loin, il ne put résister : il jeta derrière lui un coup d'œil furtif, faisant semblant de vérifier si tout se passait bien pour Belle. Il remarqua alors le visage dévasté du cavalier, avant que Preston se reprenne et change d'expression, les yeux brûlants de douleur et de fureur.

— Preston, utilisez vos jambes, répéta la voix de Joey. C'est parfait, vous vous en sortez très bien.

La satisfaction de Stone dura deux bonnes minutes, puis sa conscience prenant le relais, il commença à se sentir coupable, et même un peu inquiet. Que penserait Geoff s'il apprenait ce qu'il venait de faire ? Il faillit se retourner pour s'excuser, mais sa fierté l'en empêcha. M. Arrogant Preston, l'enfoiré, l'avait délibérément provoqué, non ? Il méritait ce qu'il avait reçu. D'accord, le mec était plutôt mignon – et gay, Stone en était quasiment certain –, mais cela ne lui donnait pas le droit de se sentir supérieur ou d'être odieux.

Quand Joey, appuyé contre la rambarde, leva la main, Stone fit traverser le manège à Belle pour le rejoindre. Il était heureux que ce soit terminé.

Dès qu'ils approchèrent, Joey expliqua à Preston :

— Je ne veux pas que vous en fassiez trop pour cette première session. Vous risquez d'avoir des courbatures dans les jambes, mais c'est normal, parce que vous avez utilisé des muscles inactifs depuis longtemps.

Joey aida Preston à descendre de cheval et à s'installer dans son fauteuil roulant. Puis il se tourna vers Stone :

— Tu peux te charger de ramener Belle à l'écurie ?

— Bien sûr, Joey.

Reconnaissant d'avoir une bonne excuse pour s'en aller, Stone s'éloigna vivement pour ramener le cheval dans sa stalle. Belle semblait comprendre qu'elle revenait dans ses quartiers, elle agitait la tête avec excitation. Stone la libéra de sa selle et de son harnachement.

— Voilà, ma belle. Tu as bien travaillé.

Il lui flatta l'encolure lorsqu'elle commença à croquer ce qui se trouvait dans sa mangeoire.

— Alors, ça t'a plu ?

La voix féminine et les pas pressés provenaient de l'écurie.

— Ce n'était pas facile, mais oui, c'était sympa.

Stone referma derrière lui la porte de la stalle. Il vit Preston faire rouler son fauteuil dans sa direction ; il parlait avec sa mère, qui marchait à ses côtés.

— … mais j'ai mal aux fesses, je ne te raconte pas !

Stone ne put s'empêcher d'intervenir :

— Ce ne serait pas le cas si tu avais porté un jean correct.

Les roues ralentirent, Preston se dirigea vers lui.

— Je te signale que je porte un Armani qui coûte plus cher que tout ce que tu as pu mettre de toute ta vie.

L'arrogance de sa voix résonna dans toute l'écurie. Stone lui jeta un œil noir.

— Non, sans blague ? Ça ne m'étonne pas, les jeans de filles sont toujours onéreux.

Tout à coup, il réalisa que ça lui plaisait de rabaisser le caquet de son adversaire. Preston en avait bien besoin ! D'ailleurs, la femme qui l'accompagnait – sa mère en plus – n'intervenait même pas pour prendre son parti.

— Ce n'est pas étonnant que tu aies mal aux fesses. Tout ce strass a dû s'incruster bien profond.

Il s'éloignait déjà lorsqu'il ajouta :

— Tu fais comme tu veux, bien entendu, mais à mon avis, un bon vieux Wrangler – comme ceux que portent tous les cow-boys – serait plus approprié pour monter à cheval.

Stone s'en alla pour de bon, il lui fallait récupérer ses outils avant de se remettre à la tâche. Il avait d'autres stalles à nettoyer, mais, avant de retourner dans l'écurie, il tenait à s'assurer que Preston soit parti.

Les enfants allaient et venaient. Eli traversa l'écurie pour donner ce qui devait être un cours d'équitation. Stone continua à travailler, tout en écoutant le brouhaha des hommes qui s'occupaient des chevaux.

Au bout d'un moment, Eli vint le retrouver.

— J'ai un groupe en équithérapie dans une demi-heure, tu peux m'aider ?

Stone venait juste de terminer une autre stalle.

— Bien sûr, répondit-il.

— Tant mieux. Tu travailleras avec Sherry. Elle a six ans, je crois, elle ne parle pas beaucoup. Son père a été tué il y a quelques mois et, à ce que j'en sais, elle n'a plus ouvert la bouche depuis. Par contre, elle semble bien s'entendre avec les chevaux.

Stone quitta la stalle désormais immaculée et referma la porte derrière lui.

— Que voulez-vous que je fasse ?

— Fais avancer le cheval autour du manège et parle à Sherry. Simplement, je ne voulais pas que tu sois surpris si elle ne te répond pas.

Stone marqua son accord d'un signe de tête, puis il alla ranger ses outils. Il était fatigué, la journée avait été longue et bien remplie, mais au moins, toutes les stalles étaient maintenant nettoyées. En se rendant à la remise, il entendit les rires de ceux qui se trouvaient avec les chevaux.

— Et zut !

Il s'essuya les yeux. Buster lui manquait. Stone avait passé tant de temps avec son hongre au cours des dernières années, ça lui avait presque brisé le cœur de devoir l'abandonner en partant. Il s'inquiétait pour lui, tout en espérant que son père s'en occuperait bien. De toute façon, Carl, l'employé de son père, y veillerait sûrement.

L'écurie résonnait des bruits chevalins et de voix joyeuses : chaque élève ramenait sa monture dans sa stalle.

Eli et Joey les suivaient, sélectionnant et préparant les bêtes pour la session de thérapie.

— Joey ?

Se retournant, il vit Robbie à la porte de l'écurie, mais il remarqua aussi que Joey était bien occupé. Il referma la porte de la remise et traversa le chaos.

— Joey est occupé, mais moi, je peux t'aider.

Robbie lui expliqua :

— En temps normal, j'arrive à me diriger tout seul, mais là, il y a trop de monde et d'activité.

Robbie prit son bras et tous deux traversèrent le bâtiment en contournant les bêtes.

— Hé, Robbie !

Stone le libéra dès qu'il vit Joey émerger d'une stalle pour s'approcher d'eux, et glisser un bras autour de la taille de son partenaire.

— Merci pour le coup de main, Stone.

— De rien.

Il regarda Joey entraîner Robbie dans la stalle qu'il venait de quitter. Une fois l'aveugle en selle, Joey entraîna cheval et cavalier jusqu'au manège. Arrivé là, lui-même monta en selle et Robbie serra les deux bras autour de sa taille tandis qu'ils s'éloignaient.

— Tu peux conduire Mercury jusqu'au manège et rester avec lui ? demanda Eli. Je vais chercher Belle, ensuite, nous serons prêts. Les enfants ne vont pas tarder à arriver.

Ce fut le cas, quelques minutes plus tard, mais le groupe n'était pas accompagné des rires et hurlements que l'on pouvait attendre chez des enfants de six ans.

— Voici Sherry, déclara une femme d'une voix douce.

Stone croisa d'immenses yeux bleus. Une petite fille aux cheveux blonds qui s'accrochait à la main de sa mère.

Eli se pencha pour faire les présentations :

— Voici M. Stone, mais si tu veux, tu peux l'appeler Stoney. C'est lui qui va t'aider aujourd'hui avec Mercury, d'accord ?

L'enfant paraissait regarder à travers les adultes qui l'entouraient, elle se concentrait sur le poney.

— Je vais t'aider à monter sur son dos, chérie.

La mère prit Sherry dans ses bras et la mit en selle. Stone plaça les petits pieds dans les étriers, puis il prit la longe et guida le poney autour du manège.

— Tu es déjà montée sur Mercury ?

Il se retourna et ne vit aucune réaction à sa remarque. Cependant, il nota que Sherry se tenait à la selle d'une seule main : de l'autre, elle caressait le poney.

— C'est un joli cheval, tu ne crois pas ?

Aucune réponse. Pourtant, la petite fille leva les yeux, elle continuait à flatter l'encolure de Mercury.

— Tu aimes les chevaux ? Moi aussi, beaucoup. Quand j'étais chez moi, j'en avais un, mais je n'ai pas pu l'emmener quand je suis parti.

Toujours rien. Stone continua de marcher et de parler, il tenta cependant un autre sujet :

— C'est ta maman qui est là, avec toi ?

Il désignait la jeune femme du doigt, Sherry suivit son geste des yeux, sans mot dire.

— Elle est très jolie.

Les grands yeux bleus se braquèrent sur lui.

— Toi aussi, reprit Stone, tu es très jolie. Comme ta maman.

Cette fois, il vit des larmes couler le long de ses joues. Elle continua à caresser le poney, son regard passant de sa mère à Stone.

— Papa me disait ça aussi.

Sa voix n'était qu'un chuchotement.

Elle avait parlé ? Ben merde alors ! Stone ne savait pas trop comment réagir, aussi il continua à avancer.

— Que disait-il d'autre, ton papa ?

Elle ne répondit pas.

— Est-ce qu'il te donnait un surnom ? Ma maman m'appelait toujours Zébulon parce que je n'arrivais pas à rester tranquille.

30

Elle ouvrit de grands yeux, puis sourit :

— Papa m'appelait Miss Sorbet.

Stone jeta un coup d'œil alentour, Eli et Joey faisaient également marcher des poneys. Joey avait mis en selle un petit garçon, que Robbie tenait par-derrière. Tous les cavaliers souriaient. Stone continua à avancer. Ensuite, il vit Joey s'arrêter et aider d'abord l'enfant à descendre, puis Robbie. Ce fut ensuite au tour de Eli de faire la même chose. Après un dernier tour de piste, Stone dirigea Mercury jusqu'à la barricade. Il attacha la longe et vit la mère de Sherry approcher. Mais ce fut à lui que la petite fille tendit les bras pour descendre. Il la souleva et eut un sourire lorsqu'elle lui passa ses bras autour du cou.

— Alors, chérie, tu as fait une bonne promenade ?

La petite tourna ses grands yeux vers elle, puis vers Stone. Elle hocha la tête en silence. Une fois à terre, elle prit la main que lui tendait sa mère.

— Tu reverras ton poney quand nous reviendrons, la semaine prochaine.

Elles commencèrent à s'éloigner. Au bout de quelques pas, l'enfant lâcha la main de sa mère et revint lentement vers Stone. Elle se serra contre ses jambes.

— Merci… Stoney.

Elle levait vers lui des yeux lumineux et purs. Il tapota gentiment ses cheveux blonds, puis elle retourna vers sa mère sidérée et lui reprit la main. Une larme roula sur la joue de la jeune femme qui souleva l'enfant dans ses bras et la serra très fort.

— Merci, dit-elle à Stone. Je ne sais pas ce que vous lui avez dit ou fait, mais merci.

Elle s'éloigna vers sa voiture, la main serrée sur la tête blonde de sa petite fille.

Stone se sentait sur un petit nuage lorsqu'il reprit son travail. Il planait toujours au moment du dîner, quand il revint vers la maison.

Il enleva ses bottes avant de pénétrer dans la cuisine. Adelle l'accueillit d'un sourire et d'une tasse de café chaud. Geoff apparut au même moment, venant d'une autre pièce.

— J'ai à te parler.

— M. Geoff, protesta doucement Adelle, laissez-lui une minute pour souffler, le pauvre garçon vient à peine de rentrer.

Geoff sourit devant cette discrète réprimande.

— Rejoins-moi dans mon bureau, Stone.

Il tourna le dos en secouant la tête et rebroussa chemin.

Stone ne put s'en empêcher : il se demanda ce que Geoff lui voulait. Il posa sa tasse et le suivit sans attendre, pensant qu'il valait mieux ne pas tenter le sort. Il aimait sa place, bien qu'il se soit juré de ne pas trop s'y habituer. Tout pouvait se terminer aussi vite que c'était arrivé.

Stone frappa légèrement au panneau de bois avant de pénétrer dans le bureau. Geoff semblait s'être déjà remis au travail.

— Vous vouliez me voir ?

— Oui. Assieds-toi.

Geoff déposa les papiers qu'il lisait, Stone le fixa d'un air inquiet en se demandant... Geoff ne paraissait pas en colère, ce qui était de bon augure.

— J'ai entendu parler de ce que tu as accompli avec Sherry. Sa mère est passée me voir avant de partir, elle m'a chanté tes louanges à n'en plus finir.

— J'ai juste dit à la petite que sa maman était bien jolie, répondit Stone, avec un sourire. Et qu'elle l'était aussi, parce qu'elle lui ressemblait.

Geoff parut étonné.

— Les Bidder ont adopté Sherry lorsqu'elle était bébé. Elle n'est pas leur enfant biologique, elle ne ressemble pas du tout à sa mère.

— Peut-être, mais d'après Sherry, son défunt père lui disait la même chose. En fait, c'est la première réponse qu'elle m'a donnée.

Stone n'arrivait pas à cacher sa satisfaction à l'idée qu'une simple erreur, innocente et accidentelle, ait aidé la petite fille à sortir de son silence. Il perdit vite son sourire en voyant Geoff changer d'expression.

— J'ai aussi entendu dire que tu avais eu un problème avec un autre client.

Stone baissa les yeux sur le plancher.

— C'est exact, monsieur.

Bon, il était cuit. Chez son père, peu importait les circonstances d'un incident, c'était toujours sur lui que retombait le blâme. Et manifestement, ici, c'était la même chose.

— Je vais aller chercher mes affaires et m'en aller, reprit-il.

Il se redressa et quitta le bureau, fonçant en direction de l'escalier. Après tout, c'était peut-être mieux. S'il partait très vite, il n'aurait pas trop à regretter lorsqu'on finirait par le mettre à la porte.

— Stone !

Il entendit tonner la voix de Geoff et se figea, au milieu des marches.

— Quoi ?

— Au lieu de sauter aux conclusions, pourquoi ne pas prendre le temps de m'expliquer la situation ?

Très lentement, Stone redescendit l'escalier. Il s'attendait à recevoir un coup lorsqu'il passa devant Geoff pour retourner dans le bureau. Il fut surpris de voir son patron tirer un siège pour s'installer à côté de lui.

— Raconte-moi ce qui s'est passé.

Stone évoqua donc toute l'histoire ; il se sentait honteux, stupide.

— Je suis désolé de m'être énervé contre lui, mais il ne cessait de me traiter de garçon d'écurie, alors que je lui avais répété mon nom à plusieurs reprises. Je suis désolé. Je n'aurais pas dû lui répondre comme je l'ai fait.

— Oui, peut-être, mais lui n'avait pas à te provoquer comme ça.

Stone attendit que Geoff lui dise de partir ou, au moins, qu'il lui hurle dessus pour la perte d'un client.

— Monte te préparer pour le dîner.

Stone releva les yeux, sans plus rien comprendre.

— Écoute, reprit Geoff, je t'ai offert un job et, si je ne suis pas content de toi, je te le dirai. Tu as fait du bon boulot aujourd'hui avec Sherry et ça fait plusieurs mois que je n'avais pas vu les stalles aussi propres.

Stone se remit prudemment debout. Geoff se redressa aussi pour retourner derrière son bureau.

— De plus, ajouta-t-il, aucun client n'a le droit de te traiter de cette façon. Je vais lui téléphoner et lui dire qu'il s'abstienne de revenir.

— S'il vous plaît, non ! Ne faites pas ça.

Geoff tapait déjà un numéro de téléphone. Stone insista :

— Je ne veux pas que vous perdiez un client à cause de moi.

Cette fois, Geoff reposa lentement le combiné sur son socle.

— Les clients de ce genre, ça ne nous intéresse pas. Nous nous efforçons de rester corrects, mais je n'accepterai jamais que quelqu'un qui travaille dans ma ferme se fasse insulter.

Ses yeux s'étaient durcis. Geoff tenait à lui, Geoff était prêt à refuser un client pour lui.

Stone était sidéré. Personne n'avait jamais tenu à lui. Son père l'avait toléré, au mieux, et après la mort de sa mère, il l'avait utilisé comme un cheval de labour.

— Je pense que nous pouvons aider cet homme, déclara Stone. Alors, même s'il se comporte comme un vrai con, parfois…

L'expression de Geoff se modifia, l'ombre d'un sourire apparut.

— D'accord, concéda Stone, c'est *toujours* le cas, mais peu importe, nous pouvons l'aider. Et c'est la seule chose qui compte.

Il ne put s'empêcher de sourire. Geoff se rassit lentement dans son fauteuil, en lui renvoyant son sourire.

— C'est entendu. Mais s'il recommence à te dire des choses désagréables, je veux que tu m'en parles, à moi ou à Joey. Nous les jetterons dehors, lui et sa chaise roulante.

— M. Geoff, M. Stone, le dîner est servi ! cria Adelle, depuis la cuisine.

Sa voix porta à travers toute la maison.

Geoff quitta une nouvelle fois sa place en disant :

— Si tu dois monter faire un brin de toilette, dépêche-toi.

Stone hocha la tête, quitta le bureau et monta l'escalier. Il n'arrivait pas à croire à sa chance. C'était trop beau pour être vrai. Ces gens-là étaient incroyablement sympas.

Une fois en haut des marches, il entra dans la salle de bain et referma la porte. Personne n'avait jamais été aussi gentil avec lui, pas depuis qu'il avait perdu sa mère. Si M. Strass-au-Cul avait quelque chose à dire, surtout qu'il n'hésite pas. Stone se sentait prêt à tout endurer de ce connard arrogant pour rester à la ferme – du moins, jusqu'à ce qu'ils découvrent la vérité, parce que dans ce cas plus personne ne souhaiterait le voir rester. Il repoussa cette perspective très loin dans son crâne, se lava le visage, et quitta la pièce. Il dévala les marches deux par deux pour rejoindre la cuisine au plus vite.

# IV

PRESTON SURSAUTA quand on frappa à la porte d'entrée. Il écarta les rideaux, jeta un coup d'œil et vit Jasper sur le perron.

— Entre !

Il venait juste de quitter sa chaise roulante pour s'installer confortablement sur le canapé. Dans des moments comme ça, seul dans la maison, il se sentait à la fois libre et vulnérable. Il tenait désespérément à échapper de temps en temps à sa chaise, même s'il devait alors laisser la porte d'entrée déverrouillée.

Il alluma la télévision et entendit des pas traverser l'entrée avant de voir son invité pénétrer au salon.

— Je n'étais pas…

Sa voix s'étouffa quand il vit l'expression du visage de Jasper. Il fit illico un rapide bilan pour chercher à déterminer ce qu'il avait bien pu faire.

— Qu'est-ce qui t'a pris, bon sang ? hurla Jasper. Je travaille avec ces gens-là et toi, tu te comportes vis-à-vis d'eux en parfait et irrécupérable crétin ?

Debout près du canapé, son ami le fusillait des yeux. Si un regard pouvait tuer, Preston aurait cessé d'exister en moins de trois secondes.

— Ce sont les gens les plus merveilleux que tu rencontreras de toute ta misérable vie d'égocentrique ! Et tu les insultes ?

Très vite, Preston sentit monter sa colère.

— Merde quoi, qu'est-ce que tu racontes ?

— Le garçon d'écurie. Ça te rappelle quelque chose ? Espèce de sale con !

Jasper inspira profondément avant d'enchaîner :

— Je n'arrive toujours pas à croire que tu aies pu faire ça, insulter un homme qui tentait de t'aider pendant ta thérapie.

— Ce n'était qu'un gamin… commença Preston sans conviction.

Il tentait de justifier l'injustifiable. Il vit Jasper trembler de colère, aussi il ravala vite le reste de ses paroles pour tenter une autre approche.

— Hé, je suis désolé. Je ne savais pas que c'était un ami à toi.

Jasper pivota et se pencha, si proche de Preston que ce dernier sentit le parfum de son haleine.

— Je connais Geoff et Eli parce que je travaille avec eux, précisa-t-il d'une voix tonnante. Ce sont les meilleurs hommes qui soient. Et je vais te donner une info importante, mon coco, tu as besoin d'eux, infiniment plus qu'ils n'ont besoin de toi.

Jasper chercha à se contrôler en respirant plusieurs fois, puis il repoussa les jambes de Preston du canapé pour se faire de la place.

Il s'installa avant de continuer :

— Ils possèdent une des plus grandes propriétés de la contrée. Je parle de milliers d'hectares. Ils se sont lancés dans l'équithérapie pour aider les enfants en difficulté. Je leur ai demandé en personne de te rajouter à leur programme et, toi, tu réagis comme le dernier des enfoirés.

— Je suis désolé, d'accord ? Je ne savais pas son nom, alors... Eh merde !

Preston grinça des dents et chercha un moyen de sauver la face. D'ordinaire, c'était lui qui criait le plus fort, ce qui faisait reculer la plupart des gens. Mais ça ne marchait jamais avec Jasper ou Derrick.

— Je suis désolé, vraiment désolé.

Que pouvait-il dire d'autre ?

— J'aimerais pouvoir te croire.

Cette petite phrase fit mouche, non parce que Jasper ne le croyait pas, mais parce que Preston lui-même ne se croyait pas. Les mots n'étaient pour lui qu'un moyen d'atteindre un objectif.

— Écoute, Jas, je ne sais pas pourquoi je l'ai appelé comme ça, d'accord ? Je n'aurais pas dû.

— Non, tu n'aurais pas dû. Et tu as une sacrée chance que ce gosse soit foutrement plus généreux que toi.

Preston poussa un long soupir soulagé. Au moins, Jasper ne criait plus.

— Tu veux savoir pourquoi tu es encore dans le programme ? C'est grâce à Stone – au fait, c'est comme ça qu'il s'appelle, précisa son ami, qui, de nouveau, le regardait sévèrement. Geoff s'apprêtait à te renvoyer, mais Stone pense qu'ils peuvent aider. Il a plaidé ta cause.

Preston en resta sidéré.

— Il a fait ça pour moi ?

— Oui, merde. J'ai pu t'avoir un rendez-vous pour vendredi. Je t'accompagnerai pour m'assurer que tu te tiennes correctement.

Jasper se releva et marcha jusqu'à la porte.

— Je viendrai te chercher à midi, ajouta-t-il. Tu as intérêt à être prêt.

Preston, bouche bée, le regarda s'en aller. Mais Jasper n'avait pas terminé.

— Au fait, j'oubliais, si tu tiens à ce que je t'adresse de nouveau la parole, tu as intérêt à t'excuser auprès de Stone. Et plus que platement.

Il fit une sortie fracassante : Preston l'entendit taper des pieds à travers toute la maison et la porte d'entrée claqua assez fort pour faire vibrer les tableaux accrochés au mur.

Bon sang, il n'avait jamais vu Jasper aussi en colère. Et c'était justifié. Il avait été lamentable avec Stone, vraiment *vraiment* lamentable.

La porte se rouvrit, Preston reconnut les pas qui résonnèrent dans l'entrée.

— Hé, maman ?

Elle ôtait son manteau lorsqu'elle pénétra au salon.

— C'est bien Jasper que je viens de croiser sur le départ ?

— Oui.

— Il paraissait très en colère.

Elle alla ranger son manteau dans la penderie avant de revenir dans la pièce.

— Maman, je peux te parler ?

Elle s'installa en face de lui, dans un fauteuil.

— Bien sûr.

— Est-ce que j'ai déjà été impoli vis-à-vis de toi ?

Elle eut un sourire.

— Pourquoi cette question ?

— Maman, j'ai vraiment besoin d'une réponse.

— Tu as traversé bien des épreuves depuis ton accident.

Elle avait évité de lui répondre directement. Pourtant, Preston reçut la vérité claire et nette, comme si sa mère la lui avait énoncée à voix haute.

— Maman, écoute… Je suis désolé.

Elle l'avait soutenu sans faillir, toujours prête à le réconforter, ce que personne n'aurait pu mieux faire. Tout à coup, Preston se souvint de tout ce qu'il avait dit à sa mère au cours des derniers mois. Il avait été sec, grossier, sinon carrément odieux – aussi bien envers elle qu'envers tout le monde.

— Je n'aurais jamais dû m'en prendre à toi. Cet accident n'était pas de ta faute.

Ce n'était de la faute de personne, sauf du chauffard… Malgré ça, il s'était efforcé de faire payer ses souffrances au monde entier. Il commença à se soulever pour se rapprocher de son fauteuil roulant. Elle se redressa pour l'aider.

— Non, maman, laisse-moi faire.

Il nota la sécheresse de son ton et chercha à se rattraper :

— Il faut que je redevienne autonome, mais merci quand même.

Il la vit sourire en le regardant pousser sur ses jambes pour déplacer son corps dans la chaise.

— Je vais préparer le dîner, dit-elle.

Elle se leva, toujours souriante, et quitta la pièce.

— Tu peux t'aider ? cria Preston derrière elle.

Il la suivit en propulsant sa chaise jusque dans la cuisine. Il n'aidait jamais. C'était sa mère qui faisait tout dans la maison. Et il était temps peut-être qu'il donne un coup de main. Il recevait le gîte et le couvert, il était temps qu'il le mérite.

— Bien sûr.

Elle le regarda d'un air sceptique, avant d'ouvrir le frigidaire dont elle sortit divers ingrédients. Elle les plaça sur la table.

— Tu pourrais préparer une salade.

Elle le laissa muni d'un couteau et occupé à découper des légumes. Quand il eut terminé, il mit le couvert pour sa mère et lui.

— Sais-tu depuis combien de temps nous n'avons pas travaillé comme ça, tous les deux ? demanda-t-elle.

Il se figea pour la regarder. Il réfléchit, puis secoua la tête. Elle l'avait conduit partout où il désirait aller, mais il y avait des années qu'ils n'avaient rien accompli ensemble, en tandem.

— Je ne me souviens pas.

Elle ne se retourna pas, mais sa voix devint plus basse.

— Tu avais environ quinze ans, nous avions fait un séjour au lac, chez ma sœur. Tu t'es bien amusé cette semaine-là avec tes cousins.

Elle lui tournait le dos, mais il sentait qu'elle cherchait à retenir ses larmes.

— Helen ne voulait pas que ses enfants mangent de sucreries, reprit-elle, aussi nous devions filer en douce, tous les deux, pour aller chercher des glaces.

Il s'en souvenait. Et en y repensant, il décida que sa mère avait été super gentille.

— Ça fait si longtemps que ça ?

Elle hocha la tête. Preston évoqua ce lointain passé. À la fin de cet été-là, il était entré au lycée. Ses amis s'étaient mis à compter davantage que ses parents. Après le lycée, il avait fait la fête à l'université, pendant quatre ans. Son père payait les factures, lui-même faisait le minimum pour passer d'une année à l'autre et ne pas se faire couper les vivres. Ensuite, une fois son diplôme en poche, il s'était trouvé un boulot – qu'il détestait de toutes ses forces – et qu'il n'avait pas pu garder après son accident.

— Quand tu étais jeune, maman, qu'est-ce que tu faisais pour t'amuser ?

Sa mère se retourna avec un sourire.

— Je chantais dans une chorale. Et, aux premiers temps de notre mariage, ton père et moi partions souvent camper.

Elle s'essuya les mains d'un air absent.

— C'était avant ta naissance, précisa-t-elle, avant que les affaires de ton père lui prennent tout son temps.

Son visage perdit son expression nostalgique.

— Ensuite, dit-elle, je me suis occupée de toi et je suis devenue femme au foyer.

Sa voix avait changé, prenant cette tonalité désabusée que Preston détestait. Il l'avait déjà entendue auparavant, chaque fois qu'elle se souvenait que son fils, désormais adulte, n'avait plus besoin d'elle.

— J'ai pensé à un truc, déclara Preston, avec un entrain forcé, si c'est toi qui conduis, pourquoi n'irions-nous pas au cinéma après le dîner ? Juste tous les deux.

Il eut chaud au cœur en voyant le regard qu'elle lui lança, surpris et ravi à la fois. Pas à dire, il avait été odieux envers elle comme envers tout le monde. Sa mère ne réclamait de lui qu'un peu de temps et d'attention, exactement ce qu'il avait attendu d'elle en grandissant.

— Ça me plairait beaucoup.

Elle déposa les plats sur la table. La mère et le fils s'installèrent pour manger, mais, au lieu de prendre leur repas en silence, comme d'habitude, ils ne cessèrent de rire et d'échanger des plaisanteries. Preston n'aurait jamais cru pouvoir bavarder aussi librement avec sa mère.

Pas à dire, c'était une femme tout à fait unique.


PRESTON ÉTAIT en voiture avec Jasper, qui ne lui avait pas adressé la parole depuis qu'ils avaient quitté la maison.

— Allez, Jas, tu ne vas quand même pas me faire éternellement la gueule ?

Il se tourna vers son ami en battant des cils. Jasper tenta de retenir son sourire, en vain.

— Tu es vraiment un cas !

Il tapa dans ses mains pour applaudir. Déjà, ils arrivaient à la ferme.

— Oui, je sais, mais tu m'aimes quand même.

Preston continua à flirter jusqu'au moment où la voiture se gara dans l'allée, juste devant la ferme. Jasper lui sortit cette maudite chaise roulante et Preston s'y installa.

— Je serai vraiment heureux le jour où je pourrai brûler ce truc-là, grommela-t-il.

Il se propulsait déjà vers l'écurie. Heureusement que la neige du chemin était damée !

De grosses et nobles têtes émergèrent des portes de diverses stalles, les chevaux le regardant rouler et traverser l'écurie dans le passage qui menait au manège couvert. Une fois arrivé là, Preston vit Joey et le garçon d'écur...

Il se reprit mentalement, *Stone*. Le garçon s'appelait Stone.

— Salut, les mecs.

Il leur offrit son plus beau sourire et roula vers eux.

— Tout est prêt pour moi ? demanda-t-il, lorsqu'il arriva auprès d'eux.

Il vit Stone adresser à Joey un signe de tête avant de retourner dans l'écurie. Joey fit quelques pas dans sa direction et dit :

— Désolé, nous avons pris un peu de retard, Stone est allé vous chercher Belle.

Preston sentit une bouffée d'impatience, mais il fit un effort pour l'étouffer. Ce n'était probablement pas de leur faute, pensa-t-il. Et lui-même n'avait rien d'urgent, après tout. Il s'adossa dans son siège et se détendit.

— Aucun problème.

Il sourit à Joey avant de détourner les yeux sur le cavalier qui terminait un tour du manège. L'homme faisait corps avec sa monture, comme s'il avait passé toute sa vie à cheval.

— Qui est-ce ?

— Eli, répondit Joey avec un sourire. Geoff et lui possèdent la ferme.

Preston se concentra sur cet homme magnifique et l'élégant cheval noir qu'il montait. Le spectacle était superbe ! Preston s'émerveilla de voir le cavalier faire manœuvrer sa monture avec tant de précision. Il sentit une décharge de désir le traverser.

— Ces deux-là semblent faits l'un pour l'autre, remarqua-t-il.

Joey se retourna pour le regarder

— Tonnerre n'accepte que Geoff et Eli sur son dos. C'est un étalon, alors, il a tendance à être plutôt agressif. Dans la plupart des fermes, les étalons ne servent qu'à la reproduction, mais Tonnerre ferait n'importe quoi pour ses maîtres. Je pense qu'il leur est reconnaissant d'être encore entier.

Joey se mit à rire, Preston se joignit à lui. Au même moment, Eli arrêta son cheval et mit pied à terre. Menant Tonnerre par la bride, il quitta le manège et prit la direction de l'écurie. Au passage, il salua les deux hommes d'un geste de la main.

Stone revint avec Belle derrière lui, la jument que Preston avait déjà montée la fois précédente. Le lad la conduisit d'un pas prudent jusqu'à la plate-forme.

Joey donna à Preston ses instructions :

— Aujourd'hui, nous allons tenter un peu plus. Il faudra que vous utilisiez vos jambes autant que possible. Je sais que vous pouvez les serrer autour du cheval, même si vous ne pouvez pas encore marcher. Tout ira bien. La session sera un peu plus longue et, si vous vous en sentez capable, je vous laisserai les rênes.

— Vous voulez dire que je pourrai faire du cheval, pour de vrai ?

Tout excité, Preston poussa son fauteuil roulant sur la rampe à la plate-forme, Joey était derrière lui.

— Bien entendu. C'est là notre objectif : vous apprendre à monter. Ça prendra un peu plus longtemps à cause de vos jambes, mais si vous êtes patient et prêt à vous en donner la peine, vous apprendrez.

Avec l'aide de Joey, Preston transféra son corps sur la selle. Et Stone, après avoir placé ses pieds dans les étriers, guida le cheval à la longe pour faire lentement le tour du manège. Preston serrait les jambes autour du cheval, il sentait le pouvoir de l'animal vibrer sous lui.

— Tu crois qu'on pourrait aller plus vite ?

Il avait formulé sa demande d'une voix aimable. Délibérément.

Stone se retourna pour le regarder.

— Il faut que tu le demandes à Joey. Moi, je ne suis que le garçon d'écurie, tu t'en souviens ?

Le gosse paraissait terriblement blessé. Preston le regarda, *le regarda vraiment*, pour la première fois. Il avait de longs cheveux bouclés dont

41

la frange cachait ses grands yeux expressifs. Il était attirant, et son air de vulnérabilité le rendait encore plus adorable.

— Je suis désolé de ce que j'ai dit. Je n'aurais jamais dû t'appeler comme ça.

Preston ne quitta pas Stone des yeux tandis qu'ils continuaient leur parcours.

— C'est rien.

Stone lui tournant le dos, Preston se sentit abandonné. Il aurait voulu que le gosse le regarde de nouveau.

— Écoute, c'est vrai, je n'aurais jamais dû te traiter comme ça. Tu tentais de m'aider à remarcher un jour et je me suis comporté comme un sale con.

Soudain, il était très important que Stone lui pardonne. Peut-être parce qu'il avait le visage d'un ange. En tout cas, son opinion comptait beaucoup pour lui.

— Merci.

Quand il se retourna, Preston sentit une étrange sensation naître dans son estomac, une sorte de tremblement furtif. Et il eut envie de tout faire pour garder sur lui ce regard-là.

— Moi non plus, je n'aurais pas dû te parler comme ça, ajouta Stone.

Durant quelques secondes, ses yeux brillèrent d'un vif éclat, puis le jeune homme se remit à sa tâche. Il accéléra également le pas.

Se retournant, il conseilla :

— Laisse-toi guider par le pas du cheval. Utilise tes jambes pour garder l'équilibre et laisse ton corps suivre le mouvement.

Preston suivit ces instructions, la chevauchée en devint plus facile et beaucoup plus agréable.

Il entendit alors Joey crier, de l'autre côté du manège :

— C'est parfait ! Vous vous en sortez très bien.

Ils continuèrent un moment avant que Joey leur fasse signe de le rejoindre.

— Laisse-lui les rênes, Stone, nous allons lui apprendre à diriger son cheval.

Stone fit passer la boucle de cuir par-dessus la tête du cheval et la tendit à Preston.

— Comme ça.

Il lui prit les mains pour lui montrer comment tenir les rênes. Au premier contact, peau à peau, Preston eut un petit frisson électrique.

— C'est mieux, dit Stone. Si tu veux changer de direction, il te suffit de tirer les rênes d'un côté ou de l'autre, pour indiquer à Belle où tu veux aller. Je serai juste à côté de toi.

Preston tremblait presque d'excitation.

— Bien. Hum… comment je fais pour la faire avancer ?

— Donne-lui un petit coup de pied assorti d'un claquement de langue.

Preston n'était pas certain d'avoir assez de force dans les jambes pour obtenir un tel résultat, mais il essaya : il fit claquer sa langue et tenta de planter ses talons dans les flancs de la jument. À sa grande surprise, elle répondit. Elle se mit en marche et recommença à tourner dans le manège. Il montait, il faisait bel et bien du cheval. Il avait de la peine à y croire. Depuis son accident, il avait cru que les activités physiques n'étaient plus pour lui. Les médecins ne lui avaient pas caché la vérité : il y avait peu d'espoir qu'il puisse un jour récupérer l'usage de ses jambes, et encore moins marcher. Et pourtant, il était là, il chevauchait. Bien sûr, ses jambes ne lui permettaient pas encore de marcher, elles n'étaient pas assez fortes, mais il pouvait quand même monter à cheval.

En regardant autour de lui, il vit Stone qui, depuis le centre du manège, le fixait avec attention. Preston aurait aimé croire que le jeune homme le regardait, *lui*, mais en vérité, il ne faisait que son travail.

— Pourquoi ne pas tourner à gauche pour faire traverser à Belle le centre du manège ?

La voix douce portait loin, elle paraissait résonner juste à l'oreille de Preston.

— Elle a l'habitude de tourner en rond, le long de la clôture, pas de traverser. Je veux qu'elle sache que c'est toi qui la diriges, insista le jeune homme.

— Très bien, je vais essayer.

Preston baissa la main gauche, ce qui pressa les rênes contre l'encolure de la jument. D'abord, elle tourna la tête et, au bout d'un moment, elle commença à pivoter. Surpris, Preston se redressa, relâchant sa prise. Belle reprit immédiatement son ancien parcours.

— Recommence, mais cette fois, ne lâche pas les rênes quand elle change de direction.

Preston suivit ces instructions et, cette fois, Belle lui obéit et traversa le manège.

— Parfait. Quand tu seras de l'autre côté, fais-la avancer jusqu'au fond du manège, puis traverse une nouvelle fois, dans le sens de la longueur.

— D'accord.

Preston fut étonné de constater qu'il souriait. Il rectifia son assise et tira sur les rênes, côté droit. La jument accepta de suivre les consignes et avança le long de la barrière. À mi-chemin, il lui demanda un changement de direction. Encore une fois, elle obéit et traversa jusqu'au centre de l'arène.

— Bravo. Tu vois, c'est toi qui la diriges.

Stone s'approcha de lui, un grand sourire aux lèvres. Preston lui rendit son sourire. Lorsqu'il plongea le regard dans les grands yeux, cachés derrière la frange sombre, il sentit son corps réagir. Bon sang, le visage de Stone était transformé par un sourire ! C'était incroyable !

— Il suffit de montrer à un cheval qui est le patron. Dès qu'il a confiance en toi, il fera tout ce que tu lui demanderas.

— C'est toujours aussi facile ?

Quand Stone éclata de rire, Preston sentit son sexe durcir dans son pantalon. Et cette autre sensation troublante ne cessait de s'aggraver en lui.

— Seigneur, non ! Belle a l'habitude des débutants, elle est très douce et très gentille. Avec certains chevaux, c'est un combat perpétuel, mais tu vois, pour un cavalier émérite, le défi est précisément d'établir une connexion de confiance et de respect. C'est nécessaire pour travailler ensemble.

— Comment vont vos jambes ?

La voix de Joey venait de traverser le manège jusqu'à eux. Preston se tourna vers lui en tirant sur ses rênes, ce qui incita Belle à s'arrêter.

— Très bien.

— Pas de crampes ?

Preston vit alors un autre homme, plus petit, avancer d'un pas prudent jusqu'à Joey, qui lui passa le bras autour de la taille.

— Si, un peu, mais c'est plutôt agréable.

— Très bien, décida Joey, dans ce cas, vous pouvez rester en selle encore un quart d'heure, et ce sera assez pour aujourd'hui.

Jasper rejoignit le couple près de la barrière tandis que Preston remettait Belle en marche. Il remarqua, chaque fois qu'il passa devant eux, que le trio discutait avec animation. Il se demanda même s'ils ne parlaient pas de lui, mais sans s'y attarder, parce que Stone l'occupa à d'autres exercices jusqu'à la fin de la séance.

Ensuite, il aida Preston à descendre de cheval et à retrouver sa chaise roulante.

— C'était génial, déclara-t-il, avec un sourire. Merci, Stone.

— De rien.

Le jeune homme lui adressa un bref sourire, avant de s'éloigner vers l'écurie, en tirant Belle derrière lui.

— Preston !

La voix de Jasper le ramena au présent. Son ami fit les présentations :

— Voici Robbie Jameson, le partenaire de Joey. Robbie, voici Preston Harding.

— Enchanté de vous rencontrer.

Le nouveau venu tendit la main, mais un peu dans le vide, comme s'il pensait à autre chose. Preston se déplaça pour échanger une poignée de main.

— Merci, moi aussi, je suis très heureux de vous connaître.

Aussitôt, Robbie tourna la tête vers lui.

— Vous allez suivre cette thérapie ?

— J'aimerais beaucoup, si c'est possible.

Joey et Jasper discutèrent et décidèrent que, pour commencer, il faudrait à Preston deux sessions d'une demi-heure par semaine. Ils décidèrent de la prochaine date. Ensuite, après avoir pris congé, Preston quitta le manège et repassa dans l'écurie. Voyant que Stone s'était remis au travail, il s'arrêta pour lui parler.

— Merci encore, Stone.

Le jeune homme agita la main sans interrompre sa tâche. Preston retourna jusqu'à la voiture. Ce fut seulement lorsque la portière claqua sur lui que Jasper fit remarquer :

— D'après ce que j'ai vu, cette session s'est mieux passée que la précédente.

— Ouais.

Il resta silencieux, revoyant Stone… et la façon dont son jean serré moulait de longues jambes et le petit cul le plus ferme qu'il ait vu depuis bien longtemps.

Jasper se mit à rire.

— Tu vois, je te l'avais dit.

Preston sourit à son ami.

— Quoi ?

— Que tu finirais par rencontrer quelqu'un d'intelligent, indiqua Jasper, qui se mit en route.

— Si je me souviens de tes paroles exactes, c'était 'quelqu'un qui avait autre chose que du vide entre les deux oreilles', précisa Preston en riant.

— Effectivement, je m'en souviens. Et ce jeune homme que tu n'as pas quitté des yeux durant toute la séance me prouve que j'avais raison.

Preston en perdit le sourire, il fit une grimace furieuse et croisa les bras.

— Quoi ? Je suivais simplement ses instructions.

— J'aimerais bien que tu suives les miennes avec la même concentration.

Jasper continuait de conduire, mais Preston remarqua son expression narquoise et ses yeux brillants de malice.

— Pas besoin d'être aussi ronchon, reprit son ami, taquin. Le garçon te regardait avec le même air enamouré.

La voiture grimpait déjà la route cahoteuse d'une des nombreuses collines de la région.

— Ce n'est pas vrai ! protesta Preston. Il faisait juste son travail.

Pourtant, cette idée l'excitait, il ne pouvait le nier.

Jasper lui jeta un long coup d'œil avant de reporter son attention sur la route.

— Si tu le dis.

# V

STONE ENTENDIT des voix résonner dans la maison, il dévala les escaliers et se figea en voyant les tables qui encombraient le salon.

— Hé, Eli, je peux t'aider ?

— Bien sûr, va chercher les autres chaises pliantes. Elles sont au sous-sol, juste en bas de l'escalier.

Stone regarda autour de lui et demanda :

— Où est Adelle ?

Eli lui lança un regard brillant d'humour.

— Elle ne travaille pas le vendredi. Dès sa première semaine ici, elle nous a déclaré qu'elle n'était pas payée pour nourrir tous les hommes de la création, et encore moins pour nettoyer après eux. Nous sommes tombés d'accord, aussi nous devrons nous débrouiller sans elle ce soir.

— Où est-elle ?

Eli haussa les épaules.

— Geoff lui laisse prendre une des voitures le vendredi, mais personne n'a eu l'audace de lui demander où elle se rendait.

Stone quitta la pièce et se rendit dans l'espace sombre et humide sous la maison, où il trouva les chaises à l'endroit indiqué par Eli. Il en prit deux dans chaque main et les rapporta en haut des marches, jusqu'au salon.

— Je les installe ?

Eli acquiesça et lui tendit un chiffon. Stone dépoussiéra les sièges et les plaça autour d'une table.

— C'est pour qui, tous ces préparatifs ?

Eli posait un bol de chips sur chacune des tables.

— Tous les vendredis, Geoff organise une soirée poker. D'après ce que j'ai compris, Len et Cliff, les deux pères de Geoff, ont lancé la tradition il y a des années, et Geoff continue.

— Tu joues aussi ?

— Non, Geoff a tenté de m'apprendre, mais je suis vraiment nul. Je me contente de les regarder de loin. Parfois, je sors avec Robbie en laissant les gars s'amuser.

Eli continua ses préparatifs, Stone fit d'autres voyages pour rapporter des chaises de la cave. Il venait d'installer les dernières lorsque la porte arrière de la maison s'ouvrit et se referma.

— Stone !

En entendant l'appel d'Eli, il se rendit dans la cuisine.

— Voici Len, le père de Geoff, et Chris, son partenaire.

Les deux hommes lui tendirent la main, Stone échangea avec eux une ferme poignée de main et se présenta.

— Ah, c'est toi le jeune dont Geoff m'a parlé, dit Len.

Stone s'empourpra légèrement.

— Oui, je crois.

Len lui sourit.

— Pas la peine d'être timide, Geoff ne m'a dit que du bien de toi.

Une fois encore, la porte arrière s'ouvrit et claqua. Des bottes tambourinèrent, et d'autres personnes pénétrèrent dans la pièce.

— Hé, Eli.

Geoff serra son partenaire dans ses bras et lui vola un baiser, avant de désigner ceux qui l'accompagnaient.

— Regarde un peu qui j'ai trouvé.

Stone avait souri en voyant Jasper entrer dans la cuisine. Il avait un petit faible pour lui, même s'il savait bien n'avoir aucune chance. Le kiné s'approcha de lui et le salua, avant tout autre, d'une étreinte affectueuse.

— Derrick ne va pas tarder, annonça-t-il. Il récupère un truc dans la voiture.

Stone aimait bien Derrick, mais Jasper était son préféré : c'était le premier homme, à l'exception peut-être de Geoff, avec lequel il se sentait libre de parler de sa véritable nature. La semaine précédente, chaque fois que Jas était passé s'enquérir des progrès de Preston, il prenait toujours le temps de bavarder avec Stone sur d'autres sujets. Au final, les deux hommes avaient parlé ensemble des heures durant.

— Tu joues au poker, Jasper ? demanda Stone.

D'après lui, c'était plus que probable. Ce fut Geoff qui répondit à sa question.

— Oh que oui ! La semaine passée, il a emporté tout mon argent.

— Et toi, Stone, tu as déjà essayé ? s'enquit Jasper.

Le jeune homme secoua la tête. Son père n'avait jamais autorisé un jeu de cartes à la maison. *'La tentation du diable',* disait-il. Pour lui, tout ce qui

48

était amusant provenait du démon cornu. Par contre, boire comme un trou ne le gênait pas, pas plus que frapper son fils à la moindre provocation.

— Si tu veux, je t'apprendrai.

— Merci, répondit Stone, avec un sourire.

Derrick posa ses plats sur le comptoir.

— Qu'est-ce que je peux faire pour vous aider ? proposa-t-il ensuite. Je sais que j'aurais dû venir plus tôt, c'est toujours toi qui te tapes tout le travail, Eli.

Stone regarda Derrick et Eli bavarder, tout en terminant les préparatifs de la soirée. Il s'apprêtait à demander à Jasper son premier cours de poker quand un téléphone sonna. Le kiné fouilla dans sa poche et vérifia qui l'appelait avant de répondre.

— Preston, qu'est-ce qu'il y a ?

Stone s'accouda au comptoir, attendant qu'il ait terminé.

— C'est une blague, j'espère… ? Mais enfin, tu l'as bien prévenu que tu étais gay ?

Stone se demanda ce qui se passait, parce que la voix de Jasper était devenue de plus en plus tendue.

— Et c'est pour quand ? insista son ami, qui consultait sa montre. Là, je suis chez Geoff et Eli… Oui, une soirée de poker… Non, je pense que ça ne leur poserait pas de problème… Tu peux venir, ton père ne te retrouvera certainement pas ici.

D'un regard, Jasper consulta Geoff et Eli, qui tous les deux lui donnèrent leur accord d'un signe de tête. Quant à Stone, il sentit son estomac se contracter. Preston allait venir ? Depuis leur dernière session de thérapie, quelques jours plus tôt, il s'était plusieurs fois demandé à quoi ressemblerait le bel handicapé sans sa chaise roulante – et même sans ses vêtements, pour dire la vérité. Et pourtant, en sa présence, il se sentait plutôt nerveux. D'accord, Preston s'était excusé de son impolitesse du premier jour, mais ce n'est pas pour autant que Stone tenait à passer trop de temps en sa compagnie. S'il devait être franc envers lui-même, il avait un peu peur de lui. Il avait du mal à se l'avouer, aussi il n'était pas question qu'il en parle à quiconque.

— Je serai chez toi le plus tôt possible, déclara Jasper avant de raccrocher.

Il se tourna vers Geoff et expliqua :

— Je vais aller récupérer Preston qui a des ennuis. J'espère que ça ne te gêne pas qu'il se joigne à nous, Geoff. Je sais qu'il s'est montré odieux, mais au fond, il n'est pas méchant.

Geoff regarda Stone, avant de reporter les yeux sur Jasper.

— Aucun problème, tant qu'il se comporte bien.

— Je pars en voiture, mais je reviens aussi vite que possible.

Il enfila son manteau et demanda :

— Ça te dit de venir avec moi ?

Stone regarda autour de lui avant de réaliser que Jasper s'adressait à lui.

— Si tu as besoin de moi, bien sûr.

— Preston a parfois du mal à monter ou à sortir de ma camionnette, aussi un coup de main ne me ferait pas de mal.

— Très bien, je reviens tout de suite.

Stone alla chercher son manteau. Lorsqu'il revint, il vit Derrick et Jasper échanger un tendre baiser. Il suivit ensuite le kinésithérapeute jusqu'à son véhicule. Quelques minutes plus tard, les deux amis quittaient la ferme pour dévaler les routes de campagne en direction de la ville.

Un quart d'heure plus tard, lorsque la voiture emprunta une longue allée privée, Stone vit apparaître la plus grande maison qu'il ait jamais vue.

— C'est là que vit Preston ?

— Ouais.

Stone se retourna pour le regarder.

— Mais alors, pourquoi se montre-t-il aussi pénible ? Si je vivais dans un endroit pareil, je penserais être mort et me trouver au paradis. Tu sais, j'ai grandi dans une ferme où il n'y avait que quatre petites pièces. En comparaison, cette maison est un palace.

Jasper se gara devant le garage de la maison.

— Stone, l'argent n'a jamais fait le bonheur, et ce n'est pas parce qu'on vit dans une grande maison que l'on est heureux.

Stone eut un vrai sourire et examina, derrière sa vitre, l'énorme bâtiment.

— Peut-être, mais ça facilite les choses, tu ne crois pas ?

Jasper se mit à rire.

— Allez, viens, allons sauver Preston.

Il ouvrit sa portière et descendit, Stone le suivit. Ensemble, les deux hommes avancèrent jusqu'à la porte d'entrée où Jasper sonna. Stone regarda autour de lui, tous les buissons étaient parfaitement taillés en forme de boule ou de cône, chacun d'eux décoré de guirlandes de Noël.

La porte s'ouvrit lentement.

— Jasper ? Nous ne vous attendions pas.

Avec un sourire, madame Harding s'écarta et leur fit signe d'entrer. Elle refermait la porte lorsque Preston et sa chaise roulante se précipitèrent vers eux.

— Grâce au ciel, tu es là ! Il me rend fou.

— Preston, le reprit doucement sa mère, c'est ton père, il ne veut que ton bien.

— Non, maman, ce n'est pas vrai. Il ne veut que SON bien. Et tout ce qui compte à ses yeux, c'est sa précieuse réputation. Je ne crois pas qu'un fils gay ait une place dans son petit monde bien organisé.

Preston ouvrit la porte d'un placard, dont il sortit son manteau.

— Fichons le camp pendant qu'il est encore au téléphone.

— Preston ! Tu ne peux pas t'en aller ! Ton père a invité à dîner quelqu'un qu'il veut te présenter.

Preston enfilait déjà son pardessus.

— Justement, maman, c'est bien pour ça que je me sauve.

— Vraiment, et où comptes-tu aller ?

Stone se retourna vers cette voix tonnante et vit un homme imposant, sans doute le père de Preston.

— Tu vas dîner avec nous, fiston. C'est très important pour ton avenir.

Preston se retourna pour affronter son père d'un œil noir.

— Il n'en est pas question, papa. J'en ai marre que tu me jettes dans les bras de toutes les bimbos de la création. Elles ont la tête aussi vide que leurs seins sont énormes. Je suis gay. Rien de ce que tu feras n'y changera rien.

— Foutaises ! C'est juste que tu n'as pas encore trouvé la femme qu'il te faut.

Stone réalisa qu'il levait les yeux au ciel, en signe d'empathie. Voilà qui lui rappelait tout à fait son propre père, sauf que lui accentuait ses paroles de gifles si violentes qu'il en voyait des étoiles. Sa première réaction fut de reculer, afin de s'éloigner autant que possible du père de Stone comme autrefois du sien.

Il se reprit vite et, sur une impulsion, il se précipita et se pencha sur Preston en criant :

— Aucune bimbo ne te séparera de moi, Pres !

Sans réfléchir, il plaqua ses lèvres contre les siennes. Au début, Preston se raidit et tenta de s'écarter, mais lorsque le baiser s'attarda, Stone sentit enfin les lèvres fermes trembler, puis s'ouvrir. Oubliant une seconde qu'il se trouvait dans une maison étrangère et que les deux parents de Preston assistaient à la scène, il se perdit dans un maelström d'émotions : le goût et la sensation de ces lèvres l'enivraient.

Une main gentiment posée sur son épaule la rappela à la réalité, il se redressa et vit Jasper secouer la tête. Puis il croisa les yeux de Preston, tout écarquillés.

Les deux hommes avaient le souffle court. Preston fut le premier à se reprendre :

— Allons-y.

Stone réussit enfin à détourner le regard, il jeta un coup d'œil aux parents et remarqua leur expression, sidérée et choquée. Jasper aida Preston à avancer jusqu'à la porte et à descendre les quelques marches qui menaient à l'endroit où la voiture était garée. Une fois sur le béton, le fauteuil roula mieux : leur fuite en fut facilitée.

Très vite, ils furent tous les trois dans la camionnette. À peine les portières claquées, Jasper démarra et fit demi-tour.

Il tournait dans la rue quand le trio éclata de rire. Et Preston, appuyé contre Stone, était celui qui riait le plus fort.

— Pourquoi as-tu fait ça ? demanda-t-il.

Il gloussait toujours, mais l'amusement commençait à disparaître de ses yeux.

— Je me suis dit que ton père admettrait enfin ton homosexualité s'il te voyait embrasser un autre homme.

C'était effectivement ce qui l'avait poussé à agir. Pourtant, il sentait maintenant ses lèvres comme marquées du sceau de la bouche de Preston.

— Je crois que cette fois, nous l'avons convaincu.

Il n'aurait peut-être pas dû le faire, Preston était peut-être furieux contre lui… Sa réaction avait été instinctive, et ce ne serait pas la première fois qu'il aurait des ennuis à cause de son impulsivité.

— Ça, c'est sûr ! Je n'avais encore jamais vu mon père choqué à en perdre la voix.

Bon, il n'était pas fâché. Tout allait s'arranger. Stone sentit Preston lui donner un coup d'épaule.

— Merci.

— De quoi ? De t'avoir embrassé ? De rien.

Pris d'un accès de timidité, Stone tourna la tête pour regarder à travers sa vitre. Il avait apprécié ce baiser, il l'avait même trouvé merveilleux, mais il n'était pas du tout certain que cela ait représenté pour Preston quelque chose d'important. Il avait agi sans réfléchir, mais à peine ses lèvres unies à celles de Preston, il avait ressenti une… une connexion. Et son corps avait réagi, en se durcissant des pieds à la tête.

Jasper et Preston se mirent à bavarder, mais Stone garda les yeux sur la vitre. Concentré sur la façon dont le corps de son voisin heurtait parfois le sien, il ne vit pas passer le temps avant que Jasper prenne le chemin qui menait à la ferme.

Une fois le pick-up arrêté, Stone descendit le premier, laissant Preston glisser seul sur la banquette jusqu'à la portière. En attendant, il sortit le fauteuil roulant du siège arrière, le déplia et le maintint fermement en place pendant que Jasper aidait Preston à s'installer dedans. Un téléphone sonna, celui de Preston, qui s'agita pour fouiller ses poches. Il récupéra l'appareil et regarda l'écran d'accueil avant de le ranger, sans répondre.

— Il ne me laissera jamais tranquille !

La sonnerie cessa. Stone poussait le fauteuil vers la porte d'entrée à travers la neige lorsque Preston sortit une fois encore son téléphone. Il coupa l'appareil qui émit un léger *bip* électronique.

— Je ne veux plus d'appel ce soir.

— Tu ne crois pas que ton père sera furieux ? demanda Stone.

S'il avait agi de cette façon avec le sien, il l'aurait payé cher. Il pivota et tira le fauteuil à reculons pour monter les marches.

— Si, probablement, mais je ne peux plus supporter ses interférences. Il faut qu'il accepte la réalité.

Une fois sur le perron, Stone fit faire un demi-tour au fauteuil et, pendant que Jasper leur tenait la porte, il le manœuvra pour entrer dans la maison. Les nouveaux venus ôtèrent leurs manteaux et tapèrent des pieds pour enlever la neige qui maculait leurs bottes. Preston essuya également les roues du fauteuil avant de pousser Preston dans la cuisine.

La maison résonnait de voix et de rires. Jasper traversa le salon, Preston derrière lui, Stone fermant la marche.

La voix de Geoff tonna pour se faire entendre au-dessus du tumulte :

— Hé, les gars, vous vous souvenez de Jasper ? Et lui, c'est Stone. Quant à celui qui est déjà assis, c'est Preston.

Des salutations furent échangées, puis les participants reculèrent leurs sièges pour faire de la place autour des tables aux trois arrivants.

Stone ne savait trop quoi faire.

— Je n'ai jamais joué, avoua-t-il.

— Ce n'est pas un problème, répondit Geoff qui s'asseyait à sa droite. Ce soir, tu n'as qu'à regarder. La semaine prochaine, si ça te dit, tu joueras avec nous.

Preston fit rouler son fauteuil à gauche de Stone. Lumpy, un des employés de la ferme, lui demanda :

— Et toi, tu as déjà joué ?

— Bien sûr. J'en suis. Tenez…

Il tendit une mince liasse de billets.

— Nous jouons un Stud [1] à sept cartes, donc les mises de départ sont élevées. Voyons si je peux récupérer mon argent.

Lumpy déposa sa mise. Stone se contenta de regarder jusqu'à ce que Preston, le dernier de qui il aurait attendu un tel geste, se penche pour lui montrer ses cartes. Stone se rapprocha de son voisin, sans pouvoir s'empêcher d'inhaler sa saine et enivrante odeur.

— L'important, indiqua Preston, c'est de garder un visage impassible. Aucun changement de ton expression ne doit indiquer aux autres joueurs le jeu que tu as. Ils ne doivent rien savoir.

Preston avait des cartes diversifiées. Il le regarda miser avant même de recevoir d'autres cartes. Il ne savait pas trop ce qu'il manigançait, mais il surveilla de près les quelques cartes qui furent retournées sur la table. Il n'avait aucune idée de ce que voulaient dire les mots qu'il entendait, aussi il apprécia que Preston continue à lui expliquer le jeu au fur et à mesure qu'il se déroulait.

— La mise est à vingt.

Ils jouaient des cents et non des dollars, mais d'après leur sérieux, on aurait cru que beaucoup d'argent était en jeu. Stone vit plusieurs des gars jeter leurs cartes. Il tenta de contrôler son expression même s'il se demandait ce qui se passait. Pour lui, Preston n'avait rien dans son jeu.

— Je suis, dit Geoff en jetant quelques jetons.

D'autres cartes furent distribuées, Preston misa une nouvelle fois. Stone remarqua que l'assurance de Geoff commençait à vaciller. Peu après, il jeta ses cartes, et Preston, avec un grand sourire, tira vers lui le pot.

— Qu'est-ce que tu avais ?

— Pour le savoir, il fallait payer.

Preston sourit à Stone, qui lui sourit en retour. Ce fut au tour d'un autre de distribuer. Preston se pencha vers Stone et murmura à son oreille:

---

1  Variante de poker, trois cartes fermées, quatre cartes ouvertes (NDT)

— C'était du bluff.

Stone hocha la tête. Il sentit un picotement lui parcourir le dos quand Preston se remit à jouer.

La soirée s'écoula, tous jouaient et riaient. Le tas de jetons placé devant Preston ne cessait de grossir. Puis il s'écarta de la table en disant :

— Je vais laisser Stone jouer cette main pour moi.

— Tu es sûr ? s'inquiéta Stone

Il se sentit aussi excité qu'angoissé en voyant le meneur battre les cartes. Il ramassa les siennes et vit une paire de sept. Ce qui lui parut un bon jeu. Quand un autre sept fut retourné sur la table, il fit de gros efforts pour ne pas sourire béatement. Il misa modestement. Il y eut relance. Il suivit. Après une nouvelle distribution de cartes, il misa de nouveau et plusieurs des autres joueurs abandonnèrent. Seuls Geoff et Joey restaient dans la partie. En voyant Geoff relancer, Stone commença à devenir nerveux. Preston était loin de la table, il ne regardait même pas les cartes !

— Suis ton instinct !

Stone doubla la mise, Geoff et Joey suivirent « pour voir ».

— Trois sept, annonça Stone.

Il sourit en voyant Joey jeter ses cartes.

— Désolé. Brelan de neuf.

Geoff posa sa paire de neuf sur la table, il y en avait un autre retourné.

— Stone, attends ! s'écria Preston en roulant jusqu'à lui. Tu as un full aux sept par les dix. Regarde, en plus de ton brelan, tu as un dix, et il y en a un second sur la table.

Geoff se pencha en avant pour vérifier, il sourit.

— Pas de doute, tu gagnes.

Il poussa le pot vers lui. Stone, ravi, voulut ajouter ses gains au tas de Preston, qui l'en empêcha.

— C'est ton premier pot gagné au poker, il est à toi.

Stone sourit, les yeux brillants. Il empila ses jetons devant lui. Bien sûr, il s'agissait uniquement d'un coup de bol, mais tout le monde était si gentil envers lui, comme s'il faisait partie du groupe. Quant à Preston, son attitude avait changé du tout au tout, c'était inattendu.

Stone ne sut quoi faire au prochain jeu, il jeta ses cartes. C'était le dernier tour. Quand la soirée se termina, il avait gagné quelques dollars.

Tout le monde participa au nettoyage et au rangement des tables, les unes après les autres. Peu après, commencèrent les premiers départs. Stone vit Preston suivre Jasper vers la porte.

— Merci, Preston. C'était vraiment sympa de ta part, déclara-t-il.

— De rien, lui cria Preston

Stone resta seul à table. Il se leva et se mit à rabattre les sièges pliants, pour ensuite les redescendre au sous-sol. Il remarqua que Jasper et Preston discutaient à voix basse, ils paraissaient se disputer.

— Tu n'es plus au lycée, Preston ! s'exclama le kiné avant de quitter la pièce.

Preston revenait vers lui.

— Qu'est-ce qui ne va pas ? Pourquoi Jasper est-il furieux ?

— Rien. Il m'a juste rappelé que j'étais devenu un adulte.

Stone se figea, deux chaises pliantes sous chaque bras.

— C'est-à-dire ?

— J'ai voulu le charger de parler à quelqu'un à ma place et il m'a dit de le faire moi-même.

— Ah.

Stone traversa la maison avec ses chaises pour les rapporter au sous-sol et les ranger. Il revint ensuite au salon, où il trouva Preston qui semblait l'attendre avec impatience. Sans trop comprendre ce qui se passait, Stone continua à plier ses chaises jusqu'au moment où il sentit une main sur son bras. Il sursauta et faillit lâcher la chaise qu'il tenait.

— Je voulais… euh… te demander quelque chose.

Stone remarqua que Preston se tortillait dans son fauteuil roulant.

— Je t'écoute.

Il se figea, inquiet à l'idée d'avoir mal agi. Pour cacher sa nervosité, il chercha à s'activer et tendit le bras vers une autre chaise. Preston l'en empêcha en lui touchant de nouveau le bras.

— Stone, je me demandais si ça te dirait de sortir avec moi ?

Un tintamarre les fit tous les deux tressaillir, Stone se rendit compte qu'il avait bel et bien laissé tomber la chaise qu'il tenait.

— Désolé.

Très gêné, il se sentit rougir lorsqu'il se baissa précipitamment pour ramasser la chaise et la remettre contre la table.

— Tu parles d'un… tête-à-tête ? Pourquoi ?

— Oui, bien sûr, juste toi et moi.

Preston lui souriait, mais Stone sentit son estomac se contracter.

— Mais enfin, pourquoi ?

La main de Preston pressa la sienne.

— Parce que je me suis mal comporté envers toi, je voudrais réparer.

Stone ne savait trop quoi dire. Soudain, il remarqua la rougeur de Preston. Incroyable, mais le mec paraissait intimidé, ce qui ne devait pas lui arriver très souvent.

— C'est aussi à cause de ce baiser, souffla le jeune homme.

Dans un réflexe instinctif, Stone posa les doigts sur ses lèvres. Lui aussi se souvenait de ce baiser.

— D'accord.

Il avait du mal à croire qu'il venait d'accepter cette proposition. D'ailleurs, à peine les mots étaient-ils sortis de sa bouche, qu'il commença à se demander dans quelle histoire il s'était fourré.

# VI

— ALORS, TON père a piqué sa crise quand tu es rentré ? demanda Jasper.

Preston coinça son téléphone sous le menton pour rouler son fauteuil dans sa chambre. Il essayait de déterminer ce qu'il devait porter pour son rendez-vous avec Stone.

— Non. En fait, contrairement à son habitude, il ne m'a pas dit un mot ces derniers jours. Donc, soit il complote un moyen ingénieux de se débarrasser de moi, soit il a décidé d'ignorer ce qui s'est passé, dans l'espoir que mon homosexualité disparaîtra d'elle-même.

Il propulsa son fauteuil jusqu'à sa penderie et se mit à examiner ses chemises, les unes après les autres.

— Tu ne parais pas très inquiet.

Preston soupira sans cesser ses recherches. Il y avait des années qu'il ne s'intéressait plus à ce que pensait son père. De cette façon, il n'en souffrait plus. Dieu savait que Milford Harding lui avait fait beaucoup de mal au cours des années.

— Je n'ai pas à m'inquiéter. C'est le calme plat. Tout va très bien.

Du moins, pour le moment.

— Tu as rendez-vous quand ?

— Il passe me chercher dans une heure.

Preston ne pouvant conduire, il avait été très reconnaissant d'apprendre que Geoff comptait prêter une voiture à Stone.

— Dieu merci ! Tu te vois demander à ta mère de te conduire ?

Des éclats de rire résonnèrent dans le combiné, Preston faillit en lâcher son téléphone.

— Tu sais, depuis l'accident, beaucoup de choses m'ont fait grincer des dents. Ne plus pouvoir aller à la salle de bain sans être aidé, ne plus pouvoir m'habiller tout seul, être lavé avec une éponge par un inconnu si poilu que j'ai cru qu'il s'agissait de Cousin Machin, mais jamais je ne franchirai cette ultime frontière : emmener ma mère a un rendez-vous galant.

Il se mit à rire et Jasper aussi.

— Hé, Pres, désolé de te quitter, mais Derrick viens juste de rentrer.

Preston entendit dans le combiné une porte claquer, puis des gloussements de sonorité différente.

— Je te dis à demain pour notre séance de kiné, tu me raconteras tout.

Quand Jasper raccrocha, son rire devenait plus rauque.

Preston referma son téléphone. Il venait de trouver la chemise qu'il cherchait et commença à se changer. Il lui fallut un certain temps, mais il réussit à s'habiller et à se préparer tout seul. Une fois prêt, il quitta la chambre en emportant sa veste, décidé à attendre l'arrivée de Stone près de la porte d'entrée.

— Tu vas vraiment sortir avec ce garçon ?

Il se retourna et soupira. Il avait espéré quitter la maison sans voir son père.

— Oui, papa.

Son père sirota une gorgée de scotch d'un air pensif.

— Celui qui t'a embrassé ?

— Oui.

Preston sourit en voyant un petit frisson traverser son père des pieds à la tête. C'était la première faille d'une armure redoutable ! Milford Harding portait au visage une telle expression que Preston prit le temps de l'examiner une seconde. Il y avait bien longtemps qu'il n'avait pas vu cela, il en ressentit une bouffée d'espoir. Il attendit la réaction de son père, mais celui-ci se contenta de le fixer.

Preston soupira et se rapprocha de lui.

— Écoute, papa, je suis gay. Je n'ai jamais désiré de fille et je ne le ferai jamais.

Son père paraissait l'écouter, l'écouter vraiment.

— J'aime les hommes, insista Preston. Cela ne changera pas, même si tu fais défiler à poil dans le salon toutes les cheerleaders des *Dallas Cowboy*.

Il sourit en voyant le fantôme d'un sourire – du moins, il espérait ne pas se tromper –, sur le visage de son père. Pour la première fois, Preston pensa pouvoir se faire entendre. Bon sang, voilà déjà la plus longue conversation que son père et lui avaient depuis bien longtemps, même si elle était plutôt à sens unique.

— Je suis désolé de t'avoir déçu, mais comme tu le dis souvent, *'les faits sont les faits'*.

Preston attendait une réaction, n'importe laquelle, mais son père secoua simplement la tête avant de s'éloigner dans le couloir. Quelques secondes plus tard, une porte se referma.

— Merde ! murmura Preston.

Il cligna des yeux pour chasser les larmes qui menaçaient de couler. Pas question qu'il pleure sur son sort. Il ne l'avait déjà que trop fait, c'était terminé. Il savait ne jamais avoir été le fils que son père désirait. Il avait passé une grande partie de son adolescence à tenter d'attirer son attention et gagner son approbation. À l'époque où il quittait le lycée avec son diplôme, il avait réalisé la vérité : c'était impossible. Quoi qu'il fasse, cela ne suffisait jamais.

— Tu aurais voulu une star du football. À la place, tu as moi.

Il se retourna et regarda le couloir où son père avait disparu. À nouveau, il s'essuya les yeux.

— Pas étonnant que je déconne en permanence !

Il n'obtiendrait jamais ce qu'il désirait plus que tout au monde. Il devait accepter le fait que son père ne supporterait jamais un fils gay.

La sonnette retentit. Preston se tamponna les yeux et fit rouler son fauteuil jusqu'à la porte, qu'il ouvrit. Stone se tenait sur le seuil, nerveux comme un chat, son regard surveillant les environs. Il avait pris sa lèvre inférieure entre ses dents et la mordillait fiévreusement. Il avait l'air adorablement attirant, à se tortiller d'un pied sur l'autre.

Preston sourit et recula.

— Entre.

Stone fit un pas précautionneux pour franchir le seuil. Une fois à l'intérieur, il jeta un coup d'œil autour de lui. Il ouvrit des yeux grands comme des soucoupes.

— Je n'arrive pas à m'y faire : tu es tellement riche !

— Pas du tout. Mon père a de l'argent, moi, je vis ici. Rien de plus.

C'était un moyen comme un autre de décrire sa position. Il y avait très longtemps que Preston ne considérait plus cette maison comme son foyer. Sa mère était géniale et, en l'absence de son père, tout se passait bien. À peine était-il de retour, on aurait cru que la neige extérieure venait de pénétrer dans la maison.

— C'est pareil pour moi à la ferme : j'y vis, rien de plus.

Preston fut choqué d'entendre ces mots, prononcés d'une voix enrouée. Il examina le visage de Stone et y lut l'écho de la solitude qu'il éprouvait.

Stone se hâta de corriger :

— Je ne veux pas dire que Geoff et Eli ne sont pas gentils avec moi, ils m'ont très bien accueilli.

Preston ouvrit le placard de l'entrée et tira son manteau.

— Je comprends. C'est juste que tu ne te sens pas chez toi. Dans cette maison aussi, je ne me sens plus chez moi depuis longtemps.

Il tenta d'enfiler son manteau en le plaçant d'abord sur ses épaules, mais un de ses bras resta coincé dans une manche. Il sentit alors la main de Stone se poser sur lui. La chaleur de cette paume traversa sa chemise, pendant que Stone guidait son bras dans la bonne position.

Preston réussit enfin à enfiler son manteau.

— Merci. On y va ?

Il avait besoin de quitter la maison. Il s'y sentait de plus en plus oppressé, ce qu'il ne supportait plus. Il tenait à profiter de la compagnie de Stone. C'était leur premier rendez-vous, après tout.

Stone passa le premier, Preston le suivit jusqu'à la voiture. Il lui fallut quelques minutes pour quitter sa chaise roulante et monter dans un véhicule qu'il ne connaissait pas, mais il y parvint. Stone replia son fauteuil et le plaça sur le sol, à l'arrière.

Preston sourit.

— J'ai réservé une table au Harborside Country Club.

Stone referma sa portière et mit en route la voiture. L'inquiétude marquait son visage.

— Tu crois que je suis assez habillé pour un endroit pareil ?

— Tu es superbe !

C'était la vérité. La couleur vive de sa chemise mettait en valeur ses yeux magnifiques et profonds et son pantalon lui moulait les cuisses.

— J'ai voulu t'emmener là-bas pour exprimer mes regrets quant à la façon dont je t'ai traité.

— C'est pour cette raison que tu as voulu sortir avec moi ?

— Non, c'est pour apprendre à mieux te connaître. Je me suis comporté de façon odieuse et maintenant, tu vas devoir me supporter un moment. Par ta faute !

Stone lui jeta un regard éberlué.

— Jasper m'a expliqué que c'était grâce à toi qu'on m'avait permis de continuer mon équithérapie. Tu sais, personne n'avait jamais pris ma défense jusqu'à ce jour.

Preston ressentait beaucoup plus de choses, mais il avait du mal à trouver des mots pour l'exprimer.

— Si tu veux la vérité, j'ai voulu sortir avec toi parce que tu me plais, parce que j'espère que tu me pardonneras et qu'avec le temps, toi aussi tu m'apprécieras.

Il se sentait tout ému et troublé. Il n'avait jamais accordé d'importance à ce que les autres pensaient de lui, mais Stone avait percé ses défenses. Le problème était que, désormais, Preston se trouvait en territoire inconnu.

Le sourire de Stone calma ses appréhensions. Par contre, les papillons qui voletaient dans son estomac ne firent que se multiplier.

— Je ne connais pas la route, c'est à toi de nous guider, dit Stone.

Preston lui renvoya son sourire.

— Oui, bien sûr. Retourne en ville et je te dirai où il faut tourner.

Les deux hommes, l'un conduisant, l'autre guidant, arrivèrent peu après devant l'entrée du Country Club. Stone gara son véhicule dans une place réservée aux membres, près de la porte.

Il fallut à Preston quelques manœuvres, mais il finit par se retrouver dans la chaise haïe. Il la fit rouler, passa la porte et pénétra dans le restaurant quasiment de son propre chef. Stone lui donna simplement un discret coup de main aux passages délicats. Preston détestait ne pas pouvoir se déplacer seul, mais se faire aider par Stone ne le dérangeait pas vraiment. Surtout parce que le jeune homme l'effleurait à chaque fois.

— J'ai réservé au nom de Harding, annonça Preston à l'hôtesse d'accueil.

Elle les conduisit à une table située près de grandes fenêtres donnant sur un bosquet d'arbres éclairés par des projecteurs. Elle enleva une chaise et Preston se positionna devant la table. Stone s'assit en face de lui. La jeune fille leur remit deux cartes avant de s'en aller.

Preston regarda Stone ouvrir son menu et crut voir ses yeux lui sortir de la tête.

— Tu crois vraiment que… ?

Preston sourit.

— Oui. Ne t'inquiète pas. Commande ce que tu veux. C'est le meilleur restaurant de toute la ville.

Il s'inquiéta soudain : peut-être aurait-il dû choisir un autre endroit ? Il n'avait pas pensé à la réaction de Stone, il ne voulait pas le mettre mal à l'aise. Il avait seulement tenu à l'emmener dans un endroit agréable.

Stone hocha la tête. Avec un sourire, Preston le regarda étudier le menu avec de grands yeux.

— C'est quoi des... *escargots* [2] ?

Il prononça « ess-care-gottse »

— Des escargots dans une sauce au beurre, à l'ail et au persil.

Stone fit une grimace, Preston se mit à rire.

— Pas de souci, je ne les aime pas non plus. C'est trop caoutchouteux. Je te conseille le filet de bœuf accompagné de frites *à la française*, les meilleures que tu aies jamais goûtées. Ils les servent avec de la mayonnaise maison, c'est délicieux.

La serveuse revint, Stone commanda un soda. D'habitude, Preston aurait pris une bière, mais il se dit que Stone était sans doute trop jeune pour boire. Lui aussi prit du soda.

La serveuse partit chercher leurs boissons. À son retour, ils passèrent commande, et peu après, ils furent de nouveau en tête-à-tête.

— Tu es d'ici ? demanda Preston.

— Non. J'ai été élevé près de Petoskey, dans une petite ferme.

— Depuis combien de temps es-tu ici ?

— Un peu plus d'une semaine.

Stone commença à se tortiller sur sa chaise.

— Tu te plais à la ferme ?

Preston remarqua que Stone cessa de s'agiter pour lui sourire.

— Oui. Ils sont tous vraiment sympas avec moi.

La serveuse les interrompit en déposant devant chacun d'eux une assiette fumante.

— Ça paraît délicieux.

Stone se pencha et inspira profondément avant de commencer à manger. La nourriture était excellente. Les deux hommes échangèrent un sourire par-dessus la table.

À plusieurs reprises, Preston tenta de relancer la conversation, mais il ne savait pas trop quel sujet aborder.

— Tu fais quoi pour te distraire ?

Pour la première fois de la soirée, le visage de Stone s'illumina.

— Autrefois, j'aimais passer du temps avec Buster, mon cheval.

Son sourire s'éteignit.

— Stone, qu'est-ce qu'il y a ?

---

2 En français dans le texte. (NDT)

Il n'avait pas envie de poser cette question, mais il ne pouvait accepter une telle tristesse sur ce visage expressif. Sans réfléchir, il tendit le bras au-dessus de la table et effleura les doigts de Stone.

— Si tu as envie de parler, je t'écouterai.

Il sourit intérieurement en réalisant qu'il suivait à la lettre les instructions de Jasper, mais il voulait vraiment aider Stone. Le jeune homme écarquilla les yeux. Preston sentit son regard le sonder, avant de prendre la décision de se confier.

— Mon père m'a jeté dehors, il y a quelques mois. Depuis, je n'ai cessé d'errer sans savoir où aller.

— Parce que tu es gay ? demanda Preston.

Stone hocha la tête.

— La vie n'a jamais été facile avec mon père, mais c'est devenu pire après la mort de ma mère. À mon avis, à un moment, il a cessé de me considérer comme son fils... Il me voyait plutôt comme un ouvrier agricole qu'il n'avait pas à rémunérer.

Stone déposa sa fourchette pour prendre une gorgée d'eau.

— Je ne sais pas ce qui m'a pris, mais un jour, je lui ai dit que je pensais être gay. Il m'a battu comme plâtre, avant de me jeter dehors.

Il déglutit péniblement et but encore. Puis, à la surprise de Preston, il poursuivit :

— J'ai travaillé ici et là pendant un certain temps, j'avais un peu d'argent devant moi. Je pensais descendre vers le sud, mais...

De nouveau, il eut ce regard douloureux, insoutenable.

— Je ne suis pas allé plus loin qu'ici... Le routier qui m'avait pris en stop m'a éjecté de son camion.

À la façon dont Stone refusait de le regarder dans les yeux, Preston comprit qu'il ne lui disait pas tout.

— Ça va. Tu as le droit de garder tes secrets, tu sais.

— Le pire, c'est que j'ai dû laisser Buster. Je suis capable de me débrouiller tout seul, mais pas lui. Je ne sais même pas si...

Sa voix s'étrangla. Preston lui prit la main pour marquer sa compassion.

— Je suis désolé.

Stone s'essuya les yeux.

— Moi aussi. Parce que je suis en train de gâcher notre soirée.

— Nous pourrions parler de sujets plus agréables, par exemple les plaisirs physiques de la kinésithérapie.

À son grand soulagement, Stone sourit et l'ambiance devint plus légère. Les deux hommes se mirent à bavarder. Les confessions de Stone avaient vraiment brisé la glace entre eux. Preston évoqua son enfance dans la maison Harding.

— Finalement, nous avons beaucoup de points communs, déclara Stone entre deux bouchées.

Preston avala sa frite avant de répondre :

— Ouais, c'est vrai. Nous avons tous les deux espéré un amour sans condition de notre père, et aucun de nous ne l'a obtenu.

Il prit une autre frite dans son assiette.

— Mais si tu veux mon avis, il faut que nous parlions d'autre chose, sinon nous allons avoir la soirée la plus déprimante de tous les temps.

Stone leva les yeux et sourit, Preston sentit sa main contre la sienne.

— En clair, nous en revenons aux joies de la kiné ?

Preston rit devant son petit sourire malicieux, Stone se joignit à lui.

— Décidément, nous sommes lugubres ce soir !

— Ne dis pas ça, je passe un très bon moment.

Preston lui jeta un coup d'œil, avant de confirmer, avec un sourire, que lui aussi. Mais en vérité, il avait la sensation d'être de retour au lycée, au temps des doutes et des hésitations. Sauf qu'à l'époque, jamais il n'aurait osé autant parler de lui-même et de ses insécurités. Il se serait plutôt caché derrière un mur d'arrogance.

Ils avaient terminé leur assiette, leurs échanges devenaient animés et joyeux. Preston trouvait agréable de voir Stone sourire, et surtout de savoir que c'était grâce à lui. Il aurait même juré que le jeune homme se détendait peu à peu.

— Je vous apporte la carte des desserts ?

Pris dans la conversation, Preston n'avait pas entendu la serveuse approcher. Les deux hommes ayant bien mangé, ils refusèrent le dessert. Après avoir payé l'addition, Preston récupéra son manteau et laissa Stone lui faire traverser la salle, actuellement bondée, pour retourner à la voiture.

— Merci.

Preston se hissa sur son siège.

— De rien.

Stone replia le fauteuil roulant et le rangea à l'arrière avant de s'installer et de claquer la portière.

— Stone. *Merci.*

Preston se pencha vers lui, le siège grinçant légèrement sous son poids.

— De quoi ?

Stone ne protesta pas quand Preston posa la main sur sa nuque, sa peau était chaude et lisse.

— Pour tes confidences. Personne n'a jamais été aussi franc envers moi.

Preston l'attirant doucement, Stone se rapprocha. Ses lèvres étaient si près qu'il percevait leur chaleur tentatrice.

— Peut-être que si… peut-être que tu n'as jamais écouté.

Ses lèvres effleurèrent les siennes dans une caresse aérienne. Preston réalisa que son cœur tambourinait follement. Il ouvrit la bouche pour mieux savourer ce contact. Stone émit un bruit de gorge très doux, une sorte de miaulement plaintif qui l'atteignit au plus profond de lui-même. Son cœur affolé se mit à chanter. Il avait passé des mois avec Kent, à coucher avec lui, sans jamais ressentir cette émotion troublante et enivrante née d'un simple baiser avec Stone.

Un bruit de voiture derrière eux les ramena brutalement au présent. Les deux hommes réalisèrent qu'ils étaient toujours en public, sur le parking du restaurant. Preston sentit Stone reculer et le vit qui portait son doigt à ses lèvres. Ce simple geste lui indiqua que le jeune homme avait ressenti la même chose que lui.

Stone lui adressa un clin d'œil et un sourire avant de démarrer.

Preston tendit le bras à travers le siège pour poser la main sur sa cuisse, mais il l'enleva très vite en voyant le sourire de son jeune chauffeur disparaître. Il avait simplement voulu toucher celui qu'il venait d'embrasser, il ne comprit pas sa réaction.

Le trajet jusqu'à la maison de ses parents se fit en silence, Preston ne cessait de se demander ce qu'il avait fait de mal. Stone gara la voiture dans l'allée, juste devant la maison.

— Merci de m'avoir accompagné, dit Preston.

Stone sortit de la voiture et en fit le tour pour l'aider à reprendre place dans son fauteuil, puis il se détourna brusquement. Preston tendit la main pour effleurer son bras. Il voulait lui demander ce qui n'allait pas. Mais lorsqu'il croisa les yeux de Stone, ce qu'il lut en eux bloqua les mots dans sa gorge. Il laissa retomber sa main et resta assis, sans bouger, pendant que la voiture redémarrait. Il attendit que les feux arrière disparaissent avant de faire demi-tour vers la maison.

La porte d'entrée s'ouvrit. Preston vit sa mère apparaître dans le carré de lumière. Sans un mot, il se propulsa à l'intérieur et alla tout droit jusque dans sa chambre. Il ôta son manteau, le jeta sur le lit et s'empara du téléphone, si brutalement que tous les objets posés sur sa table de chevet en furent renversés.

— Jasper !

— Preston ? Tu es déjà rentré chez toi ? Il est à peine 21 heures.

— Oui. Nous avons passé un très bon moment à table, ensuite, je l'ai embrassé.

Il gardait le goût de ses lèvres sur les siennes, un souvenir qui ne désamorçait pas sa frustration, bien au contraire.

— Ensuite, il m'a ramené à la maison et il est parti.

— Qu'est-ce que tu as fait ?

Le ton accusateur de son seul ami aggrava encore sa mauvaise humeur.

— Rien. Je l'ai embrassé, c'est tout !

Mon Dieu ! Est-ce que quelqu'un finirait par le comprendre ?

— Et Stone m'a planté là. Tu aurais vu la façon dont il m'a regardé ! Comme si j'étais… Jack l'Éventreur !

Il aurait tellement aimé se lever. Il aurait voulu faire les cent pas dans la pièce, mais c'était impossible. Il était condamné à mijoter dans sa chaise – ce qu'il haïssait.

— Du calme.

En arrière-fond, Preston entendit Derrick s'adresser à Jasper, qui en réponse marmonna quelques mots – manifestement destinés à d'autres oreilles que les siennes.

— Attends une minute, Pres. Et profites-en pour respirer un grand coup le temps que je revienne.

Il n'y eut plus rien à l'autre bout du fil pendant un moment, puis Jasper reprit la ligne :

— Bien. Maintenant, raconte-moi ce qui s'est passé pour que tu sois dans un tel état.

— Je te l'ai déjà dit.

— Alors, pourquoi ne pas tout commencer depuis le début ?

— Stone est venu me chercher et nous sommes allés dîner au Country Club. Je voulais l'emmener dans un endroit chouette. Nous avons parlé de tout et de rien. Il a évoqué sa famille et son enfance, et je lui ai raconté la mienne.

Il repensa à la façon dont la tension entre eux s'était dissipée, il eut un sourire. Très bref.

— Tu ne l'as pas insulté ?

— Bien sûr que non !

Mais alors, il s'interrompit pour réfléchir.

— Jasper, il me plaît, chuchota-t-il.

— Ahhh.

— Qu'est-ce que ça veut dire ?

— Rien, continue.

— Après le dîner, nous sommes retournés à la voiture et je l'ai embrassé, au milieu du parking. Et il m'a embrassé aussi. C'était… spécial. En tout cas, j'ai trouvé que c'était spécial, et j'ai cru qu'il éprouvait la même chose.

Il sentit sa colère se dissiper.

— Il s'est reculé, alors j'ai mis la main sur sa cuisse. Je voulais juste le toucher, ajouta-t-il très vite. Mais il m'a regardé d'un tel air…

Il frissonna.

— Voilà tout ce que ça m'a rapporté d'être gentil ! J'en ai pris plein les dents et je me suis fait planter, une fois de plus !

— Seigneur ! Pres, je vais t'en apprendre une bien bonne : le monde ne tourne pas autour de ton nombril ! Est-ce que tu t'es demandé pourquoi il a réagi ainsi ? Ça n'a peut-être rien à voir avec toi. Tu disais que vous aviez passé un bon moment ?

— Ouais, très bon, même si c'était parfois difficile. Il m'a raconté que son père l'avait frappé avant de le jeter dehors parce qu'il était gay.

— Toi, tu t'en es bien sorti, Pres. Ta mère t'a accepté tel que tu es. Quant à ton père, il peut ne pas comprendre, mais il ne t'a pas renié.

— C'est vrai. Mais Stone m'a regardé comme s'il avait peur de moi.

— Peut-être que ce n'est pas de toi qu'il a eu peur. Peut-être que sa réaction n'avait rien à voir avec toi. As-tu envisagé d'autres explications ? Stone t'a-t-il dit ce qu'il avait fait et où il avait vécu après que son père l'a renvoyé ?

— Pas vraiment.

— Pres, ce n'est pas facile pour un jeune de se retrouver tout seul, sans rien. Toi, même si tes parents te flanquaient à la porte, il te resterait de l'argent et ton diplôme universitaire pour t'en sortir.

Il entendit Jasper remuer, puis un grognement bas émana du téléphone.

— Il lui est peut-être arrivé quelque chose de grave, que la situation de ce soir a ravivé. Ou alors, tu as été trop vite pour lui. Je ne peux pas te donner de réponses, lui seul les a.

— Que dois-je faire ?

— Essaie d'abord de devenir son ami, il se confiera quand il sera prêt. Tu as bien dit qu'il te plaisait, pas vrai ?

— Oui, Jas, il me plaît vraiment. Je ne sais pas pourquoi, mais c'est le cas.

— Alors, oublie un peu ton égoïsme et pense à lui. Tu n'as jamais été très patient, mais s'il a subi un traumatisme, il n'a peut-être pas envie d'en parler. Suis ton cœur, il t'indiquera la bonne voie.

— Je vais essayer.

— Très bien.

Preston s'apprêtait à raccrocher quand Jasper le rappela.

— Oh, une dernière chose.

— Quoi ?

— Je suis fier de toi.

Voilà qui plongea Preston dans la perplexité. Il sentit son front se creuser de rides.

— Pourquoi ?

— Tu comprendras un jour.

Quand Preston remit le combiné en place, il avait complètement oublié sa colère. Il se remémora la soirée, à la recherche d'indices. Il ne cessait de revenir à ce si doux et inoubliable baiser.


LES LUMIÈRES de la ferme apparurent sur sa droite. Stone s'essuya les yeux pour la millionième fois au moins, à ce qu'il lui semblait, depuis qu'il s'était écarté de Preston. Il avait agi sous le coup d'une poussée d'adrénaline provoquée par un accès de panique. Après coup, il se sentait malade de honte et d'inquiétude. Il tourna dans l'allée, gara la voiture à côté de l'un des camions, et resta assis, sans bouger. Il respira profondément, une fois, deux fois, essayant de reprendre le contrôle de lui-même. Il se tourna vers la maison, heureux que personne ne soit sorti l'accueillir.

Il inspira une dernière fois, profondément, puis soupira. Il ouvrit la porte et sortit de la voiture. Au premier pas qu'il fit, ses genoux manquèrent de se dérober, mais il réussit à se maintenir debout et avancer vers la maison.

Il entra par la porte de derrière. Tout semblait calme. Il ôta ses chaussures et pénétra dans la cuisine, où il trouva Adelle, occupée à essuyer les comptoirs, tout en fredonnant pour elle-même.

— Déjà rentré ?

Elle dut ensuite l'examiner de plus près, car il fut poussé vers une chaise.

— Est-ce que ça va ?

— Non.

Il se cacha le visage dans les mains pour dissimuler son humiliation.

— Est-ce que ce garçon t'a fait du mal ? Si c'est le cas, je vais lui tanner le cuir !

Stone secoua la tête. Adelle paraissait capable de mettre sa menace à exécution, s'il devait en croire sa voix. Et de façon quelque peu tordue, il se sentit mieux.

— Il ne m'a rien fait, du moins, rien de délibéré.

— Là, je ne comprends plus.

Une chaise crissa contre le carrelage. Puis des mains s'accrochèrent aux siennes, tirant légèrement pour enlever ses doigts de son visage. Les doigts rugueux d'Adelle glissèrent jusqu'à ses paumes, les tenant bien fort en les caressant doucement.

Stone leva les yeux et planta son regard dans des iris d'un brun profond. Il sentit son estomac se détendre un peu.

— Il m'a embrassé et… ça m'a plu.

— Je n'y vois aucun mal. Et toi ?

— Moi non plus. Mais alors que nous étions en route pour retourner chez lui, il a touché ma jambe.

Il commençait à trembler parce que tout ce qu'il avait désespérément essayé d'oublier lui revenait en force.

— Je sais que cela paraît idiot. En plus, je crains de l'avoir blessé, sans le vouloir.

Il tremblait de plus en plus. Il sentit le bras d'Adelle autour de ses épaules l'attirer vers elle.

— Tout va bien, mon bébé. Tout va bien.

Elle le câlinait et le berçait comme un enfant, il s'accrochait à elle. Elle ne lui demanda pas ce qui s'était passé, mais il le lui raconta quand même. L'histoire fut bredouillée entre deux halètements, entre deux sanglots, et jamais au cours de ce long récit, cette dame si douce ne relâcha son étreinte.

Stone n'était même pas certain qu'elle ait compris la moitié de ce qu'il avait dit, mais c'était la première fois qu'il se confiait.

Lorsqu'il s'effondra, en larmes, une fois les derniers et horribles détails jaillis de ses lèvres, Adelle le garda dans ses bras. Il la serra très fort contre lui pendant qu'elle chantait d'une voix douce pour le consoler.

# VII

*IL NE* pouvait bouger. Des mains fortes le maintenaient. L'homme parlait. Mais il n'arrivait pas à le comprendre. À travers la brume qui lui remplissait la tête, les mots semblaient déformés.

— Arrête, je t'en supplie ! criait-il.

Il réussit pourtant à se retourner. Il vit le visage de son bourreau.

— Preston, pourquoi fais-tu ça ?

Stone étouffa un cri en se réveillant. Il se redressa, couvert de sueur, le souffle aussi court que s'il venait de courir un marathon. Il fallait que ça s'arrête, ces rêves ne pouvaient pas continuer. Il fallait qu'il trouve un moyen – n'importe lequel – pour qu'ils cessent de le hanter.

STONE PELLETAIT le fumier de la stalle avec une énergie féroce qui faisait trembler tous les muscles de son corps.

— Si tu continues, tu finiras par planter ta pelle dans le béton.

Se retournant, il vit Geoff dans l'embrasure de la porte, qui le regardait, sans rien ajouter. Stone n'avait pas envie de parler, alors il continua à charrier ce que les chevaux avaient laissé derrière eux. Bientôt, il ne sentit plus le regard de Geoff posé sur lui, mais il ne s'en souciait pas vraiment. Travailler devenait pour lui une thérapie : au moins, il n'avait pas à réfléchir.

Au cours des derniers jours, depuis sa soirée avec Preston, ses rêves avaient empiré. Et dès qu'il faisait une pause, il se remettait à penser à ce qu'il avait fait.

— Stone ! Tu m'écoutes ?

Il s'arrêta et se retourna. Joey lui souriait d'un air espiègle.

— Désolé.

Ces derniers temps, il ne cessait de répéter ce mot à tous ceux qui l'entouraient. Il fallait absolument qu'il se reprenne en main !

— Tu peux t'occuper de la session de Preston ? Je dois aller en ville avec Geoff vérifier nos commandes pour l'an prochain.

Stone tenta, en vain, d'étouffer son grognement. Il fit son mieux pour cacher sa consternation.

— D'accord.

Il devait beaucoup aux résidents de la ferme, il ne pouvait courir le risque qu'on lui demande de partir. Ici, on le traitait comme s'il faisait partie de la famille. Pas d'une famille comme la sienne, non, une *vraie* famille. Du moins, d'après lui. Une famille devait se comporter de cette façon envers chacun de ses membres.

— Il est déjà dans le manège ?

— Oui. Belle est sellée, tu n'auras qu'à continuer ce qui a été vu au cours de la dernière leçon. Il a plus de force dans les jambes. La dernière fois, il a réussi à contrôler son cheval, il faut désormais qu'il travaille sa technique.

Joey dut remarquer son visage inquiet.

— Tu peux le faire, j'en suis certain ! assura-t-il.

— Je ferai de mon mieux.

— Je sais, j'ai confiance en toi. La leçon durera moins d'une heure. Je dois y aller. Si tu as un problème, appelle Eli ou moi, sur nos portables.

Joey lui tapota l'épaule et ajouta :

— Merci de me rendre ce service, c'est vraiment sympa !

Stone hocha la tête et croisa les yeux de Joey. Ils brillaient d'une lueur calculatrice. Stone n'eut pas le temps de poser la moindre question, Joey quittait déjà l'écurie.

Il termina de nettoyer la stalle dans laquelle il travaillait, il aimait inhaler l'odeur de la paille fraîche. Il alla ensuite brosser Belle. Son poil bruissa sous ses mains tandis qu'il démêlait les longs poils soyeux de sa crinière et de sa queue.

— Tu es une brave bête, Belle, tout comme mon Buster.

Elle répondit d'un petit coup de tête, comme pour indiquer qu'elle était d'accord avec lui. Il lui flatta l'encolure et soupira.

— Dommage que les gens soient plus compliqués que les chevaux !

Bien sûr, il n'obtint pas de réponse, mais Belle lui rappela quand même que les chevaux aussi peuvent être imprévisibles : elle lui donna un autre coup de tête dans le ventre, avec plus de force qu'il ne s'y attendait. Il aurait presque juré qu'elle se moquait de lui, à sa façon chevaline.

— Merci, ma belle !

Une fois Belle prête, il resserra la selle et vérifia que tout était en place pour la session d'équithérapie de Preston. Menant la jument par la bride, il la conduisit jusqu'au manège. À chaque pas, il sentait son ventre se contracter un peu plus. Il savait qu'il lui fallait affronter Preston et lui expliquer ce qui s'était passé. Preston méritait une explication. Quand il saurait la vérité, il le haïrait probablement. Stone avait réussi à tout avouer à Adelle quelques jours plus tôt et il n'avait plus la force de cacher son secret. Il lui fallait s'en libérer, quelles que soient les conséquences.

Quand il entendit la voix de Preston, il était encore dans l'écurie et approchait du manège. Son estomac fit un soubresaut. En faisant un gros effort pour se calmer, il fit avancer Belle jusqu'à la plate-forme pour que son cavalier puisse se glisser en selle.

Preston cessa de parler à Jasper et roula son fauteuil vers la jument. Il le quitta ensuite et se mit debout, à la grande surprise de Stone. Il réussit à faire quelques pas avant que Jasper l'aide à monter en selle. Stone ne put s'empêcher de sourire devant cet exploit. Une fois le cavalier installé, Stone s'écarta de Belle. Preston lui donna un coup d'éperon, la jument se mit en marche.

— Joey m'a dit qu'aujourd'hui, il voulait te voir travailler à mieux contrôler ta monture, donc nous allons faire à peu près les mêmes exercices que la dernière fois.

Pendant que Belle et Preston faisaient un premier tour du manège, Stone sentit la main de Jasper se poser sur son épaule. Il se retourna pour le regarder. Jasper désigna Preston d'un mouvement de tête, avec un sourire.

— Je te le confie !

Ensuite, il s'écarta et retourna vers l'écurie à grands pas. Stone reporta son attention sur la tâche à accomplir. Il tenta de calmer sa nervosité et avança de l'autre côté du manège, veillant à ne surprendre ni Belle ni Preston.

— Tu t'en sors très bien, remarqua-t-il une fois à portée d'écoute. Mais attention, elle va vouloir refaire exactement la même chose que la dernière fois, donc, il faut que tu lui donnes des ordres différents. De cette façon, elle attendra tes consignes au lieu de n'en faire qu'à sa tête.

Stone étudia la posture de Preston. C'était un beau spectacle, le cavalier se tenait bien droit, légèrement penché en avant, les jambes serrées autour de la jument.

Preston alla jusqu'au bout du manège, puis il fit demi-tour et revint vers lui. Stone sentait bien le poids de son regard sur lui, d'autant plus attentif que Preston se rapprochait. Le cavalier tira sur les rênes et Belle s'arrêta.

Les deux hommes se regardèrent, sans rien dire.

— J'aimerais te demander…

— J'aimerais te parler…

Ils s'étaient exprimés en même temps, leurs phrases s'emmêlant. Ils se turent au même moment, avec un sourire. Preston lui indiqua de parler le premier.

— Lorsque tu auras terminé la séance, j'aimerais te parler. Tu pourrais venir un moment avec moi, à la maison ?

L'expression de Preston s'assombrit.

— Qu'est-ce qui ne va pas ?

Stone ne sut comment répondre à cette question.

— Ça dépendra de toi, de ta réaction.

Il contourna le cheval et lui caressa l'encolure avant de continuer :

— D'abord, je suis désolé pour ma réaction de l'autre soir. Je tiens à te préciser que ce n'était pas à cause de toi.

Au moins, c'était la vérité.

— Il m'est très difficile d'en parler, continua-t-il, mais j'ai décidé que j'étais prêt à tout te raconter, si toi, tu es disposé à m'écouter.

— D'accord.

La voix de Preston était contrainte, son expression sceptique. Cependant, Stone pensa qu'il ne pouvait en espérer davantage. Il n'avait cessé de se répéter de ne pas se faire d'illusions, mais lorsqu'il regarda Preston dans les yeux, il ne put s'en empêcher. Sans doute était-il incurablement idiot d'avoir mis tant d'espoir dans un seul petit geste, mais ce baiser… Ce baiser échangé avec Preston après leur dîner lui était resté gravé dans le cœur. C'était la principale raison qui le poussait à se confier. En plus de la menace d'Adelle : elle lui avait promis une volée dans le cas contraire.

Stone s'éloigna du cheval.

— J'ai vu que tu réussis à tenir debout ?

— Hum, pas longtemps !

— Dans ce cas, voyons si tu peux supporter un trot. C'est un peu plus rapide et surtout, ça exige plus d'équilibre et de coordination avec le cheval. Il te faudra également utiliser tes jambes, plus fermement encore que pour marcher. Nous commencerons tout doucement.

Preston remit Belle en marche, au pas d'abord, puis il la poussa à trotter autour du manège. Stone intervint :

— Non, ne rebondis pas sur ta selle. Bouge au rythme des mouvements de ton cheval, utilise tes jambes.

Preston mit quelques minutes à trouver la bonne cadence, mais peu à peu, il se détendit. Cheval et cavalier formaient un tandem harmonieux.

— Comment ça va, tes jambes ?

— Je commence à fatiguer.

Stone n'en fut pas surpris. Preston transpirait, comme s'il sortait d'une séance de musculation.

— Dans ce cas, ralentis et repasse au pas.

Preston tira sur les rênes.

— Parfait ! le félicita Stone. Pour un premier essai, c'est une réussite. Ramène ta jument par ici, je vais t'aider à descendre et à retrouver ton fauteuil.

Preston suivit ces consignes à la lettre. Une fois Belle arrêtée, il passa la jambe par-dessus sa croupe et se laissa glisser jusqu'à son fauteuil avec l'aide de Stone.

— Tu as fait d'énormes progrès en un délai très court.

— Quand je suis à cheval, je me sens normal, je redeviens comme tout le monde. Je déteste cette putain de chaise !

Il frappa son accoudoir avec rage.

— Je veux redevenir normal ! insista-t-il.

Stone se mit à genoux à côté de lui.

— Ça viendra. Tes jambes sont déjà plus fortes. Trotter est un exercice difficile et aujourd'hui tu as réussi à le faire. C'est la preuve que tes jambes ont fait des progrès, sinon ça n'aurait pas marché. Il te faut juste du temps et de la patience.

Stone ne pensait pas que la patience soit une qualité que Preston possédait.

Preston se retourna pour le regarder, leurs lèvres étaient si proches. Stone commença à se pencher vers lui, mais il recula. Son anxiété revenait en force.

— Attends, il faut d'abord que je te parle. Tu décideras ensuite si tu as toujours envie de m'embrasser.

Les deux hommes ne purent continuer leur conversation, parce que des petits pas rapides s'approchaient d'eux, accompagnés d'une jeune voix stridente :

— Stoney !

Il leva les yeux et vit Sherry courir vers lui. Il n'eut pas le temps de se relever, elle faillit le renverser quand elle se jeta dans ses bras.

— Maman dit que j'ai le droit de monter aujourd'hui !

— Mais oui, absolument.

Elle tourna la tête vers le manège et écarquilla grand les yeux.

— Est-ce que je vais monter sur ce cheval-là ?

Belle était plus imposante que Mercury, le poney qu'elle avait l'habitude de monter.

— Il faudra que tu le demandes à M. Eli quand il reviendra.

Elle se tenait à son côté, accrochée à lui. Elle regarda avec espoir d'abord la porte de l'écurie, puis sa mère. Stone comprit que la petite fille était toujours un peu fragile et que la proximité de sa mère la rassurait.

Elle désigna Belle de son doigt pointé et murmura :

— Comment elle s'appelle ?

Stone répondit dans un murmure inaudible, Sherry se mit à rire. Au même moment, sa mère les rejoignit.

— Maman, devine un peu. Ce cheval s'appelle Tinkerbelle !

Eli sortit de l'écurie en tirant Mercury par la bride, il approcha du groupe.

— Je pense que tu devrais garder encore un peu Mercury, Sherry. Il serait trop triste sans toi.

La petite fille parut réfléchir une minute, puis elle hocha la tête et accepta que sa mère la conduise vers le poney.

Stone sentit une tape sur sa jambe.

— Tu m'as fait monter *Tinkerbelle !*

La colère de Preston était feinte, ses yeux riaient.

— Ouais, je me demandais quand tu finirais par le découvrir.

Stone jeta un regard interrogateur à Eli, déjà au centre du manège. Ce dernier lui indiqua d'un signe qu'il était libre de s'en aller. Aussi, après un dernier adieu à Sherry, Stone suivit Preston et traversa l'écurie. Il prit son manteau avant de sortir.

Les deux hommes avancèrent en silence jusqu'à la porte arrière de la ferme.

La maison était parfaitement silencieuse. Tout le monde était sorti. Même Adelle brillait par son absence. Sans se donner le temps de réfléchir, Stone mena Preston au salon, où il se laissa tomber sur le canapé.

— Donne-moi un coup de main pour sortir de cette horreur ! protesta Preston.

Stone se releva. Avec son aide, Preston s'installa au bout du canapé et lui reprit sa place de l'autre côté. Il avait des nœuds dans l'estomac et se demandait par où commencer. D'un autre côté, autant se débarrasser au plus vite de cette corvée, comme ça, Preston pourrait s'en aller et lui aurait le temps de réfléchir à ce qu'il ferait par la suite.

— Il y a environ six mois, j'ai rencontré Jacob, un nouveau à l'école. Et je suis tombé amoureux de lui.

— Qu'est-ce qui s'est passé ? demanda Preston, d'une voix très douce.

— La routine, je suppose. Il a obtenu son diplôme en même temps que moi, puis il est parti à l'université. J'ai appris ensuite que c'était un coureur. Il était avec moi juste parce qu'il m'avait sous la main.

Stone soupira en pensant que son aventure n'avait rien d'original.

— Comme j'étais jeune et stupide, j'ai décidé d'être franc. J'ai avoué à mon père que j'étais gay.

— Je sais exactement ce que tu as éprouvé. Et tu n'étais pas stupide, juste sincère et fatigué de devoir mentir.

Les yeux de Preston exprimaient une parfaite sincérité. Stone se détendit suffisamment pour continuer. Il serra cependant la mâchoire et, mentalement, raffermit ses forces.

— J'ignorais alors que mon père avait bu, mais cela n'avait rien de surprenant. Il s'est mis dans la tête que s'il me frappait assez fort, j'oublierais mon homosexualité. Il a enlevé sa ceinture pour me taper dessus. Heureusement, il était vraiment ivre et il s'est vite fatigué. Alors, il s'est mis à hurler que si je ne débarrassais pas le plancher, j'aurais droit à une seconde tournée.

Stone savait que sa voix était à peine audible, mais il ne pouvait pas parler plus fort, sinon ce serait comme s'il diffusait son humiliation au monde entier

Il entendit Preston murmurer entre ses dents des mots qui ressemblaient à : *'quel enfoiré !'*

— J'ai pris tout ce que je pouvais et je suis parti pendant qu'il cuvait encore. Je ne savais pas trop où aller, alors j'ai appelé mon oncle Pete. Ce n'est pas vraiment mon oncle, seulement un homme que je connaissais depuis toujours. Je le pensais mon ami.

— Oh non ! marmonna Preston.

Il porta la main à sa bouche. Stone hocha lentement la tête.

— Ton père se calmera dès qu'il sera dégrisé.

Oncle Pete était dans sa cuisine, il bâilla avant de continuer :

— Je vais te chercher des couvertures, tu dormiras sur le canapé.

— Merci de m'avoir recueilli.

Stone se sentait très malheureux et son dos lui faisait horriblement mal. Il ne savait pas où aller et l'oncle Pete était comme un second père pour lui.

— Pas de problème, gamin.

Stone trouva rassurant d'entendre son ancien surnom.

— Éteins toutes les lampes avant de te mettre au lit, dit encore son oncle.

Pete s'en alla. Stone pensait avoir trouvé un abri sûr, au moins pendant un certain temps. Il arrangea ses couvertures sur le canapé et s'installa dans un cocon douillet. Il priait pour que son oncle ait vu juste et que son père finisse par le comprendre. Il regarda le plafond durant un long moment, avant de s'endormir enfin.

Il fut réveillé en sursaut en sentant un poids sur ses jambes. Ensuite, ses couvertures furent arrachées, il frissonna dans la pièce froide.

— Allons, Stone, sois gentil avec ton oncle Pete.

Parfaitement lucide cette fois, Stone fut d'abord trop effrayé pour se débattre, mais quand il sentit des mains se poser sur ses cuisses, remonter le long de ses jambes et glisser dans l'entrebâillement de son caleçon, il commença à lutter.

— Allons, Stone.

La voix cherchait à séduire.

— Tu vas adorer !

Un poids le pressa contre le canapé. Il fut retourné sur le ventre, le visage écrasé dans le coussin, maintenu en place par une grosse main sur sa nuque tandis que l'autre le tripotait. Il haleta et essaya de hurler, se débattant toujours pour se libérer du gros homme.

— C'est ce que tu veux ! Je ne fais que te donner ce que tu veux, répétait son oncle, encore et encore.

Stone sentit des lèvres mouillées se presser contre son oreille, une grosse patte s'insinuer entre ses fesses.

— Ne fais pas ça, par pitié !

Il suppliait, éperdu, sans savoir s'il avait véritablement tenté de prononcer ces mots à haute voix ou s'il les avait juste hurlés dans sa tête. Peu importe, son plaidoyer n'eut aucun effet. Quelque chose de dur glissa sur sa peau. Il se cabra et résista encore, essayant de se libérer, en vain. Oncle Pete était trop gros, trop lourd.

Alors Stone sentit quelque chose commencer à le pénétrer. Le violer. La douleur était pire que tout ce qu'il avait jamais connu. Son cerveau affolé n'était plus que cris assourdissants. La pression recula. Stone se préparait au pire lorsqu'une humidité chaude se répandit sur sa peau. Son oncle respirait lourdement à son oreille.

— Je n'ai fait que te donner ce que tu voulais !

Quand le poids le libéra enfin, Stone désirait plus que tout au monde disparaître. Il voulait mourir.

Des pas lourds sur le plancher, puis un rire, comme si Pete lisait ses pensées.

— Personne ne te croira, de toute façon.

Ensuite, une porte claqua. Stone resta couché, inerte, à respirer avec difficulté pendant que l'humidité dégouttait le long de ses jambes.

Il resta longtemps étendu sur le canapé, il tenait à s'assurer que la maison soit silencieuse. Enfin, il attrapa une des couvertures et se nettoya du mieux possible. Il enfila ses vêtements, l'oreille toujours aux aguets.

Rien ne bougeait dans la maison.

— Je suis resté tout le reste de la nuit sur ce canapé, mais seulement après avoir découvert un tisonnier que je pouvais utiliser comme arme. Dès qu'il a commencé à faire jour, j'ai pris mes affaires et je me suis enfui en emportant de l'argent – je savais qu'il en cachait dans un des pots dans la cuisine.

Stone se sentait lessivé, mais il ne pouvait pas s'arrêter maintenant. Il devait en finir. Preston déglutit avec difficulté.

— Qu'est-ce que tu as fait ? Où es-tu allé ? demanda-t-il.

Stone étudia son visage, s'attendant à y lire de la pitié, mais il n'y vit rien du tout.

— J'ai marché droit devant moi, toute la journée. J'ai fini par tomber sur une ferme, au sud de la ville, qui cherchait des intérimaires pour couper les arbres de Noël.

Il jeta un coup d'œil en direction du sapin décoré dans le coin de la pièce, il ne put réprimer un frisson. Jamais plus il ne verrait un arbre de Noël de la même façon !

— Quand les arbres ont tous été coupés, ils m'ont trouvé autre chose à faire, ils m'ont vraiment gardé autant qu'ils le pouvaient.

Il inspira profondément et soupira.

— Ensuite, je suis descendu vers le sud, parfois en auto-stop quand je réussissais à me faire prendre, mais essentiellement à pied. J'ai beaucoup marché. Je me fichais complètement de la direction à condition de me diriger vers le sud, parce que j'espérais qu'il y ferait chaud.

Il sentait le regard de Preston peser sur lui, ses yeux restaient intenses, mais son expression ne trahissait rien. Malgré tout, Stone perdit sa nervosité, ses larmes se tarirent. Il avait assez pleuré, il ne comptait pas recommencer – et surtout pas devant Preston, s'il pouvait s'en empêcher.

— J'ai trouvé quelques routiers qui ont accepté de m'emmener, mais la plupart réclamaient un paiement pour leurs services.

Il déglutit encore. Cette fois, il ne pouvait plus affronter le regard de Preston.

— Quel genre de paiement… ?

Preston venait d'écarquiller les yeux très grands. Stone baissa les siens sur ses jambes.

— À ton avis ? Je me sentais comme une merde sans valeur, pourtant j'ai accepté… Quelques fois, juste pour rester au chaud et continuer à avancer. Avec le dernier routier, je n'ai pas pu, alors il m'a jeté hors de son camion. J'ai failli geler sur place avant de trouver un abri. J'ai vraiment cru que j'allais mourir au moment où j'ai aperçu les lumières de la ferme.

Il se leva et fit quelques pas pour s'éloigner, il s'immobilisa à la porte qui menait à la cuisine. Son regard évitait Preston.

— Maintenant, tu vois pourquoi j'étais certain que tu ne tiendrais pas à m'embrasser. J'ai accepté de faire des pipes à de parfaits étrangers pour monter dans leur camion. Je suis… diminué. Je suis sûr que tu trouveras quelqu'un pour te ramener chez toi.

Il valait mieux que les choses se terminent avant qu'il souffre trop, décida Stone. Il préférait s'en aller. Il allait…

— Et moi, tu me trouves diminué ? demanda Preston doucement.

Coupé net dans son élan, Stone protesta sans se retourner :

— Non !

— Pourtant, c'est ce que je pensais. C'est encore le cas, à certains égards.

Sa voix était toujours aussi basse et pensive.

— Tu n'es pas diminué ! Bientôt, tu remarcheras et tu seras comme neuf. Aussi beau et parfait que tu l'as toujours été. Mais moi, je serai toujours la pute qui s'est vendue pour pas grand-chose.

Il entendit sa voix se casser, ce qu'il dissimula sous une petite toux. Il ferma très fort les yeux et tenta de retenir son émotion.

— Stone !

Il se retourna et vit Preston lui tendre la main.

— Je viendrais jusqu'à toi si je le pouvais, insista le jeune homme.

Très lentement, Stone se rapprocha du canapé.

— Tu n'es pas plus diminué que moi. Ton oncle a fait bien plus que t'agresser, il a tenté de te voler ton estime de soi. Maintenant, tu as le choix : soit tu le laisses gagner, soit tu continues de vivre.

Guidé par la voix de Preston, Stone reprit sa place à ses côtés, sur le canapé.

— Cela ne change rien au fait que je me suis comporté comme une pute, souffla-t-il.

Il regarda la façon dont la poitrine de Preston montait et descendait, au rythme de sa respiration, en attendant une réponse émouvante et rassurante.

Mais alors, Preston leva les yeux au ciel en faisant le pitre.

— Espèce de salaud arrogant ! s'emporta Stone.

À sa grande surprise, Preston se mit à rire.

— C'est ce que tout le monde ne cesse de me répéter !

Stone ne put retenir sa colère.

— Eh bien, tout le monde a raison.

— Peut-être, mais réfléchis un peu. Pendant une seconde, grâce à moi, tu as cessé de t'apitoyer sur ton sort.

Stone aurait voulu arracher l'expression satisfaite de son visage, peut-être en l'embrassant... Il afficha lui aussi un air supérieur :

— D'accord, tu as le droit d'être odieux, mais seulement si c'est par altruisme.

— Et comment veux-tu que je réussisse un truc pareil ? ricana Preston.

Il haussa un sourcil dans un geste qu'il pensait sans doute très suggestif – alors que ça le faisait juste ressembler à Groucho Marx.

— Je vais y réfléchir.

Stone sentit la main de Preston se poser sur sa joue.

— D'accord.

Sa voix basse provoqua en lui un frisson de désir. Il n'eut pas le temps de s'attarder sur la façon dont Preston lui avait fait oublier tout ce qui n'était pas lui – et ses mains. Déjà, leur chaleur atteignait son corps à travers ses vêtements.

Preston se pencha, très lentement, pour lui donner le temps de s'écarter s'il le voulait. Stone sentit son cœur se remettre à tambouriner, il faillit reculer lorsque leurs lèvres s'effleurèrent.

— Tu n'es pas diminué, Stone.

Que cette voix était séduisante ! Le baiser s'approfondissant, Stone s'abandonna. Il aimait le picotement qui électrisait son corps des pieds à la tête. Il sentait bien que Preston se maîtrisait, ce dont il lui fut très reconnaissant. Les deux hommes se contentèrent de s'embrasser doucement, tendrement, une simple caresse de lèvres qui apprenaient, peu à peu, à mieux se connaître.

Le doux baiser s'atténua enfin avant de disparaître.

Stone sourit. À son tour, il prit l'initiative de se pencher pour rendre à Preston son baiser. Un bras passa autour de lui tandis qu'ils s'embrassaient de nouveau, prudemment, presque timidement. Stone hésita. Preston dut craindre de l'effrayer s'il allait trop vite, aussi tous deux prirent leur temps avant de se séparer.

— Pour le 24, déclara Stone, Geoff a prévu de réunir quelques amis. Et il m'a dit que j'étais libre d'inviter qui je voulais.

Il se mordit la lèvre inférieure, d'un air hésitant. Puis il se lança :

— Ça te dirait de venir ?

— Bien sûr, à quelle heure ?

Avec un sourire, Preston s'empara encore de ses lèvres. Cette fois, son baiser fut plus profond, plus passionné. Stone sentit monter son propre désir. Le côté physique lui faisait toujours peur, mais pour le moment, Preston semblait se satisfaire de l'embrasser.

Malgré tout, Stone se tourmentait, se demandant combien de temps Preston serait prêt à attendre, la patience n'étant certainement pas son fort. Il décida d'oublier ses préoccupations. Pour le moment. Il avait fait le premier pas et tout allait bien. Il sentait que la suite du parcours, encore à découvrir, ne serait pas aussi facile.

Le baiser cessa enfin. Stone fut surpris de découvrir qu'il ne s'affola même pas lorsque Preston l'attira contre lui, pressant les mains sur son ventre, pour lui permettre de se poser la tête sur sa poitrine. Il y avait si longtemps que personne ne l'avait ainsi serré. C'était bien agréable.

# VIII

— QUI EST le con…

Preston haletait sous l'effort de pousser son pied en avant.

— … capable de prévoir une session de kiné…

À présent, c'était l'autre pied qu'il tentait de remuer entre deux jurons.

— … la veille de Noël, bordel !

Un autre pas lui fit étouffer un cri entre ses dents serrées, et il arriva enfin à l'extrémité des barres. Il se retourna pour dire :

— Je crois que c'est toi !

Jasper ayant l'audace de sourire, Preston lui envoya une bourrade avant de refaire les très longs (cinq) mètres qui devaient le ramener à son point de départ.

— Va te faire voir !

Il arriva à l'autre extrémité, à bout de souffle, après avoir passé tout son temps à gémir et à grogner.

— Je me demande comment un bébé réussit à apprendre à marcher, c'est vraiment épouvantable !

Il se tourna une fois encore, prêt à recommencer.

— Cette fois, arrête-toi au milieu, décida Jasper.

Suivant ces instructions, Preston avança de deux mètres cinquante, les mains accrochées aux barres latérales pour garder son équilibre.

— Très bien. Tu as fait d'énormes progrès. Maintenant, je veux que tu lâches les barres en restant bien ferme sur tes deux pieds. Je vais chronométrer le temps que tu réussis à tenir, j'arrêterai dès que tu reprendras appui sur une barre.

— D'accord, sadique, grommela Preston, sarcastique.

Il écarta les pieds et détacha ses mains des barres. Il manqua d'équilibre et vacilla, au début, mais il se reprit.

— Tu vois ? Tu réussis à tenir debout sans appui. Déjà trente secondes, indiqua Jasper après avoir consulté son chronomètre. D'après ce que j'ai compris, tu vas passer le réveillon avec Stone.

— Oui.

84

Preston sourit, impatient de revoir le jeune homme. Peut-être obtiendrait-il un baiser sous le gui…

— Maman a été déçue que je ne reste pas à la maison ce soir, reprit-il. Mais elle a compris. De toute façon, papa et elle seront chez des cousins.

Il sentit qu'une de ses jambes commençait à trembler. Il tenta de la stabiliser : il tenait à rester debout. Jasper regarda son chronomètre et sourit.

— Deux minutes. Tu t'en sors très bien. Pour en revenir à Stone, tu vas lui offrir quelque chose ?

— Oui. Je ne savais pas trop quoi prendre, je voulais un truc bien.

Sa jambe pliant sous lui, il se retint à la barre pour retrouver l'équilibre avant de retourner lentement à son fauteuil roulant. Une fois assis, il roula jusqu'à son manteau et fouilla dans une des poches pour y pêcher une boîte. Il la tendit à Jasper.

— J'ai remarqué qu'il n'en portait pas.

Jasper regarda à l'intérieur avant de la lui rendre.

— Très chouette. À mon avis, c'est une réussite, je parle aussi bien de ton cadeau que de ta session de ce soir. Tu es resté debout plus de trois minutes, alors que tu étais fatigué de tes précédents exercices. C'est très impressionnant.

— Merci.

Avec un sourire, Preston rangea la boîte dans sa poche.

— J'espère bientôt pouvoir remarcher.

— Ce sera probablement le cas.

Jasper ramassa son manteau et pressa l'interrupteur qui éteignait toutes les lampes de son cabinet.

— Je vais te ramener chez toi et te laisser le temps de te préparer. Je te conduirai ensuite à la ferme. J'ai moi aussi un cadeau à remettre à Derrick.

Il avait pris un air libidineux.

— En clair, c'est un cadeau en nature, se moqua Preston.

Jasper sourit et passa le premier. Quittant le bâtiment, les deux hommes traversèrent le parking, vide à cette heure, jusqu'à la voiture. Preston s'y installa. Ils allèrent d'abord chez lui.

Preston sortit le premier et entra dans la maison. Tout était silencieux. Apparemment, ses parents étaient déjà partis.

— Je vais prendre une douche, puis nous pourrons y aller.

— Pas de problème, mais ne t'attarde pas.

Jasper ricana. Preston savait aussi bien que lui que sa toilette lui demandait beaucoup de temps, même quand il tentait d'aller vite.

— Tu es très drôle !

Il tendit à Jasper la boîte destinée à Stone.

— Tu pourrais me faire un paquet cadeau pendant que je suis dans la salle de bain ? Tu trouveras tout ce qu'il te faut dans le bureau.

— Bien sûr.

Jasper se dirigeait déjà vers la pièce en question.

— Ne perds pas de temps, vas-y ! ajouta-t-il.

Preston se rendit dans sa chambre, il ôta son manteau et arracha ses vêtements aussi vite que possible avant de pénétrer, entièrement nu, dans la salle de bain avec son fauteuil. Sa douche était spécialement équipée pour handicapé, ce qu'il détestait. Il en avait pris l'habitude parce qu'il le fallait, mais tout aménagement spécifique le mettait en colère : il voulait juste redevenir normal, entier et autonome.

Il glissa sur le siège de sa douche et fit couler l'eau. Il apprécia de la sentir déferler sur lui. Il se laissa même aller à envisager ce qu'il éprouverait si Stone se trouvait ici, avec lui.

— Je suis prêt à parier que tu es superbe, marmonna-t-il, pour lui-même.

Mentalement, il créa une image du jeune homme, son corps nu et mouillé, ses cheveux plaqués en arrière. Il imagina ensuite la peau souple, les longues jambes nerveuses. Peut-être qu'à deux, ils trouveraient à ce putain de siège un usage plus intéressant ?

Il découvrit qu'une partie de son anatomie n'avait aucune difficulté à se dresser de façon autonome. Il dut faire un effort pour ne pas se branler en pensant à Stone. Il n'en avait pas le temps. Il préférait se dépêcher et avoir davantage de temps à passer avec lui.

— Tu as besoin d'un coup de main ? cria Jasper, depuis sa chambre.

— Très drôle. J'ai presque fini. Et ne te déshabille surtout pas, je ne veux te voir nu pour rien au monde.

Il entendit un rire, puis le bruit de la porte de sa chambre qui se refermait. Il avait perdu son excitation, il put terminer de se laver, fermer l'eau et se sécher du mieux possible, avant de retrouver sa chaise. Il enfila un caleçon et un pantalon, et opta pour une chemise d'un rouge qu'il trouva festif. Il termina de s'habiller, chaussettes et chaussures, et choisit ensuite le manteau qu'il voulait porter.

Enfin prêt, il roula jusqu'à la salle de séjour.

— Tu crois que je suis bien comme ça ?

Jasper se leva et saisit son manteau avant de regarder Preston d'un air approbateur.

— C'est parfait.

Il lui tendit un paquet superbement enveloppé. Les deux hommes quittèrent ensuite la maison.

Ils eurent beaucoup de circulation en traversant la ville, mais elle se fluidifia, comme on pouvait s'y attendre, dès qu'ils s'engagèrent sur la route de campagne qui menait à la ferme.

— Tu n'auras pas besoin de moi pour revenir te chercher ? s'inquiéta Jasper.

Preston sourit.

— Non, Stone a promis de me ramener à la maison

Déjà, la voiture tournait dans l'allée, pour se garer devant la ferme.

— Merci, Jas, joyeux Noël !

— Joyeux Noël, Pres !

Les deux hommes avaient déjà échangé leurs cadeaux, ils s'étreignirent avec affection. Jasper s'accrocha à Preston un moment avant de le lâcher.

— Tu sais, ce n'est pas ce fauteuil roulant qui te définit, chuchota-t-il.

Preston s'écarta, sans comprendre où Jasper voulait en venir.

— Tu te rappelles qui tu étais avant ton accident ? insista son ami.

— Très bien. Je pouvais marcher sans problème, aller aux toilettes sans qu'on m'assiste et la plupart des gens me regardaient sans éprouver de pitié, remarqua Preston d'un ton sarcastique.

— Ce n'est pas ce que je voulais dire, espèce d'idiot. Je te parlais du garçon capable d'animer une fête dès qu'il franchissait le seuil, du garçon qui passait son temps à s'amuser, du garçon qui a poussé le vieux Newkirk à une retraite anticipée.

Tous deux eurent le même sourire à ce rappel.

— Preston, reprit Jasper, ce garçon est toujours là, quelque part. Et si tu vois de la pitié dans le regard des gens, c'est ton attitude qui la provoque, pas ton fauteuil.

Jasper pointa du doigt la maison.

— Maintenant, vas-y, et montre-leur qui est le Preston que je connais et que j'aime.

Preston croisa les mains sur sa poitrine. Il ne savait pas trop s'il venait d'être insulté ou si Jasper se montrait volontairement condescendant.

— Le Preston que tu connais ? répéta-t-il. C'est qui ?

Jasper sourit, puis se mit à rire.

— La version adulte du gamin qui, à peine arrivé à l'université, a convaincu tous les premières années de l'équipe de football que, pour le 1er novembre, il était de tradition qu'ils portent leur coquille par-dessus leur pantalon d'uniforme.

Jasper éclata d'un rire hystérique. Preston ne put s'empêcher de l'accompagner. Il y avait des mois qu'il n'avait pas ri de cette façon, à gorge déployée.

— Ils ont failli me tuer ! haleta Preston.

Il n'avait pas pensé à ça depuis des années.

— Non, tu les tenais trop bien avec ces photos compromettantes.

Leurs rires se calmèrent enfin, mais les deux hommes gardèrent le sourire.

— Merci.

Preston se tourna vers Jasper, réalisant tout à coup que c'était le meilleur ami qu'il ait jamais eu.

— Je vais y aller, chuchota-t-il, ce qui te permettra de rentrer chez toi retrouver ton homme.

Il souriait toujours en s'installant dans son fauteuil. Au même moment, Stone sortit en courant de la maison pour venir l'aider. Tous deux firent de grands signes pour saluer Jasper qui s'en allait. Il commençait à neiger sur le rond-point, le paysage était recouvert d'un manteau blanc, comme si la nature voulait participer à la féerie de Noël.

— Rentrons vite, proposa Stone.

Preston n'avait pas froid.

— Pas encore, s'il te plaît.

Tous deux restèrent tranquillement là, à regarder la neige tomber. Preston tourna ensuite la tête vers Stone et lui prit la main, leurs doigts se réchauffant mutuellement. Il y avait bien longtemps qu'il n'avait plus tenu une autre main, tout simplement. Kent était du genre... Action avant tout. En clair, il ne s'intéressait qu'au sexe, et le plus souvent possible avec lui, c'était toujours une course contre la montre.

Preston décida qu'être assis avec Stone, à regarder la neige tomber, était l'un des moments les plus agréables de sa vie.

— Les chevaux sont rentrés ?

Stone croisa son regard avant de détourner les yeux en direction de l'écurie.

— Ouais, ils sont tous à l'abri, bien au chaud. Et nous devrions faire pareil.

Preston hocha la tête, Stone l'aida à monter les marches et à pénétrer dans la maison. La chaleur l'assaillit dès qu'il enleva son manteau et fit rouler son fauteuil dans la cuisine. Eli n'avait pas fini ses préparatifs : il venait juste de sortir une fournée de pain frais.

— Waouh ! Ça sent drôlement bon !

Eli sourit en refermant la porte du four, il mit le pain sur une grille à refroidir.

— Autrefois, je travaillais dans la boulangerie de mon oncle, expliqua-t-il en continuant sa tâche.

— Je peux vous aider ?

Eli le regarda comme s'il apprêtait à refuser. Puis il changea d'avis.

— En fait, oui. Tu te sens capable de préparer le punch ?

Il sortit du frigo tous les ingrédients nécessaires, les plaça sur le comptoir, et indiqua à Preston comment les mélanger.

— Stone, tu peux aller chercher des chaises supplémentaires et les apporter au salon ? demanda-t-il ensuite.

Stone s'éloigna en courant. Apparemment, il y avait encore beaucoup à faire.

Preston rapprocha les ingrédients du bol à punch et commença son cocktail. Geoff, venu dans la cuisine pour poser une question, récolta, en plus de sa réponse, une autre tâche à accomplir. Manifestement, Eli gérait la maisonnée. Preston venait de terminer son punch quand Adelle les rejoignit, pour chercher plus de nourriture pour le buffet.

Ils apprêtaient à nourrir une armée ou quoi ? se demanda Preston.

Peu de temps après arrivèrent les premiers invités, dont la nombreuse famille de Geoff : ses tantes, cousins et cousines, et leurs enfants… Preston reconnut aussi plusieurs des hommes qu'il avait déjà vus autour de la ferme. Il fut présenté à tout le monde, dont une femme et sa petite fille.

— Nous ne pouvons rester longtemps, expliqua la jeune femme avec un sourire qui éclairait la pièce, mais Sherry a insisté pour passer : elle voulait donner son cadeau à M. Stoney.

Preston regarda Stone s'agenouiller. La petite fille lui fit un gros câlin avant de lui remettre un dessin qu'elle avait manifestement fait elle-même.

— Merci, Sherry. Est-ce Mercury ?

Sherry hocha la tête vigoureusement.

— Voui, dit-elle de sa petite voix. Et là, c'est vous sur Buster.

Elle semblait très fière de son œuvre. Preston remarqua combien Stone était ému lorsqu'il détourna le visage de la petite pour tenter de lui cacher son bref accès de douleur et de solitude.

— Sherry, voici Preston, annonça Stone.

La petite fille le regarda avec des yeux tout écarquillés. Elle pointa du doigt les grandes roues de son fauteuil roulant.

— Est-ce qu'il va très vite ? demanda-t-elle.

— Parfois. Tu aimerais faire un tour ?

Sherry leva les yeux vers sa mère, qui hocha la tête en lui accordant la permission. La petite grimpa sur ses genoux et Stone les poussa tout autour de la maison, tout en en esquivant les jambes des autres invités. Sherry se mit à rire et à l'exhorter à aller plus vite, avec des cris de joie. Après quelques minutes, ils revinrent à la cuisine où ils trouvèrent tous les autres enfants alignés, prêts à participer. Sherry se retourna pour embrasser Preston avant de descendre rejoindre sa mère. La jeune femme s'essuya les yeux et s'adressa à Stone.

— Je n'arrive pas à croire tout ce que vous avez fait pour elle !

Elle prit Sherry dans ses bras.

— Ce que vous avez *tous* fait pour ma fille, insista-t-elle, mais c'était toujours Stone qu'elle regardait.

— Joyeux Noël, répondit Stone, gêné.

— Merci, dit-elle en reniflant, Sherry dans ses bras. Merci pour tout. Joyeux Noël à vous aussi. Maintenant, nous devons partir.

Elle reposa Sherry et l'enveloppa dans sa doudoune rose. Après une nouvelle tournée d'adieux, Stoney reçut de la petite un dernier câlin, et toutes les deux s'en allèrent, Sherry agitant sa petite main jusqu'à son départ.

— Je peux aussi faire un tour ? demanda un garçonnet.

Il grimpa sur les genoux de Preston pour un tour de la maison. C'était merveilleux d'être la source d'un tel plaisir, même si c'était à cause de cette maudite chaise. Après que tous les petits eurent eu leur tour, Preston roula au salon, où il prit place près du canapé et écouta sans participer. Il savait combien une chaise roulante mettait la plupart des gens mal à l'aise, aussi il ne fut pas surpris de voir la conversation flotter autour de lui sans l'inclure.

— Ça va, vous vous amusez ?

Preston se retourna et vit Robbie assis sur le canapé, à côté de lui. Une main aux longs doigts effilés se posa sur bras.

— Je suis toujours un peu dérouté pendant une soirée, chuchota le jeune aveugle. Trop de voix, trop de mouvements, trop d'obstacles.

Il prenait une voix de conspirateur, en exagérant ses mimiques, ce qui amusa beaucoup Preston. Joey, assis à côté de son partenaire, lui tendit une assiette. Preston remarqua que Joey expliquait en détail à Robbie ce qui se trouvait dedans.

Preston soupira et tendit le cou pour avoir un meilleur aperçu de la grande pièce. Il ne vit pas Stone, mais il aperçut Geoff et Eli, debout côte à côte, le bras de Geoff autour de la taille d'Eli, les deux hommes discutaient avec Len et Chris, qui se tenaient par la main. Et bien sûr, il y avait aussi Joey et Robbie sur le canapé, aussi proches que des siamois reliés par la hanche.

— Ça va ?

Preston sursauta, surpris par la voix de Stone.

— Bien sûr.

Que pouvait-il dire d'autre ? Qu'il se sentait seul et souhaitait avoir quelqu'un à aimer, comme tous les autres hommes présents ce soir ? Il savait qu'il n'avait aucune chance de voir son vœu se réaliser tant qu'il était dans ce fauteuil. Bien sûr, Stone avait accepté de sortir avec lui, il l'avait aussi invité ce soir, mais, quand même, ce n'est pas pour autant qu'il tenait à fréquenter un infirme.

Stone tira une chaise et s'installa à côté.

— Tu veux manger quelque chose ? Je peux aller te chercher une assiette, si ça te dit.

— Non, merci.

Il n'avait pas particulièrement faim.

— Tu es sûr ? Je sais que c'est dur pour toi de voir tous ces gens.

Son inquiétude semblait si sincère et attentionnée, ses yeux si grands, que Preston finit par céder avec un sourire. Aussitôt, Stone bondit de sa chaise et se précipita vers le buffet.

Preston le regarda d'un œil avide, ce pantalon moulait si bien ce petit cul serré…

— Ça te plaît ?

Trop absorbé à regarder Stone, Preston n'avait pas remarqué que Geoff s'était approché.

— Beaucoup. Merci de m'avoir invité.

Il sourit, Geoff lui sourit aussi, mais ni l'un ni l'autre ne savait quoi dire. Geoff se redressa et se balança d'un pied à l'autre. Quant à Preston, il regarda autour lui en essayant de trouver le meilleur moyen d'aborder le sujet qui le démangeait.

— Stone a dû abandonner son cheval quand il est parti de chez lui.

— Oui. Je sais qu'il s'en inquiète beaucoup.

— Je me demandais… Après les fêtes, pourriez-vous m'aider à récupérer Buster pour Stone ? Je ne peux pas conduire et Stone a besoin de son cheval. Je ne veux plus qu'il se fasse autant de souci.

Geoff le dévisagea comme s'il avait trois têtes. Ensuite, l'expression adoucie, il suivit le regard de Preston jusqu'à Stone.

— Je vois.

— Hein ?

— Rien, désolé.

Geoff hésita une seconde.

— En fait, c'est une bonne idée. Je vais vérifier qui est l'actuel propriétaire de Buster. S'il n'est pas enregistré au nom de Stone, il risque d'y avoir un problème. Sinon, oui, je pense que c'est exactement ce dont Stone aurait besoin.

— J'ai besoin de quoi ? demanda Stone, qui paraissait sur la défensive.

Il tendit à Preston une assiette bien garnie avant de plier les mains sur sa poitrine. Preston eut un geste vers lui, mais ce fut Geoff qui passa le premier un bras autour de ses épaules.

— Preston vient de me demander si, après les fêtes, nous pourrions aller récupérer Buster pour toi.

En entendant cela, Stone eut le visage tout illuminé. Avec un grand sourire, il laissa retomber ses bras le long de ses flancs.

— Pour de vrai ?

Il avait du mal à retenir son excitation.

— Ouais. Mais il nous faudrait savoir qui est le véritable propriétaire de Buster.

Avant même que Geoff ait fini sa phrase, Stone disparut et ses pas résonnèrent dans l'escalier. Quelques minutes plus tard, il dévala les marches, toujours en courant, et revint au salon. Il tenait à la main un morceau de papier jaune. Il le tendit à Geoff.

— Je l'avais dans mes papiers, je l'ai emporté en récupérant le reste de mes affaires. C'est le certificat d'achat de Buster.

Geoff regarda le document et sourit.

— Parfait, c'est à ton nom. Légalement, personne ne peut t'empêcher de le récupérer. Dès que les conditions météorologiques seront plus favorables, nous filerons vers le nord chercher ton cheval.

Le regard de Stone passait de l'un à l'autre des deux hommes, et son visage exprimait qu'il venait de recevoir le plus beau des cadeaux de Noël. Peu après, Geoff s'éloigna pour parler à d'autres invités, Stone s'installa dans un siège à côté de Preston. Tous deux mangèrent et discutèrent jusqu'à ce que les guirlandes du sapin deviennent plus brillantes. Derrière les vitres, le ciel s'assombrissait.

— Bonne nuit ! Et joyeux Noël.

Len et Chris les saluèrent d'une ferme poignée de main et d'une étreinte à Stone. Leur départ annonça le début de l'exode. Chacun échangea des 'bonne nuit', des baisers et des promesses de se revoir très bientôt.

— Je vais te ramener chez toi, déclara Stone.

La maison s'était calmée, on n'entendait plus que les bruits de rangement et nettoyage. Preston sourit quand Adelle chassa tout le monde de sa cuisine.

Avant de sortir, Preston s'emmitoufla dans son manteau. Il souhaita à chacun un 'Joyeux Noël' et réussit péniblement à retourner jusqu'à la voiture. La neige tombait de plus en plus dru et le vent soufflait, ce qui créait autour de la voiture des tourbillons de flocons. Stone mit le moteur en marche et alluma la radio. Une chanson de Noël se répandit dans l'habitacle : *Let it snow, let it snow, let it snow.*

— Conduis prudemment et appelle-nous avant de repartir, cria Eli.

Stone promit de le faire, puis il remonta sa vitre et fit marche arrière. Dès qu'il fut sur la route, la neige se transforma en éclairs blancs qui fonçaient sur eux dans la lumière des phares, comme d'innombrables et minuscules boulets. Preston resta silencieux, les yeux fixés sur la route, il ne voulait pas troubler la concentration de Stone au volant. Au carrefour, ils prirent la direction du sud. La neige devenait de plus en plus violente.

— Merde, merde !

À ces mots, Preston tourna vivement la tête vers Stone, se demandant ce qui n'allait pas.

— J'ai oublié de te donner ton cadeau !

Preston pressa sa main contre la poche de son manteau, la boîte enrubannée y était toujours. Il comptait l'offrir à Stone en arrivant chez lui.

— Tu m'as fait un cadeau ?

Il se sentait excessivement heureux que Stone ait pensé à lui. La voiture fit une embardée, Stone reprit le contrôle de son véhicule et reporta toute son attention sur la route.

— Merde, je ne vois rien du tout, marmonna-t-il.

— Je sais, on dirait que ça empire.

Les cadeaux furent oubliés, les deux hommes fixaient sur la route et les flocons qui s'accumulaient dans le faisceau des phares. À la radio, la musique fut interrompue.

« Le service météorologique lance un avertissement général. Attention. Risque de blizzard pour les comtés de Mason, Osceola, et Manistee. Attention. On nous annonce de grosses chutes de neige et des vents violents, ce qui provoquera du verglas sur les routes et des conditions difficiles. Attention. La situation va se dégrader rapidement, surtout aux alentours du lac. Attention. Nous recommandons aux usagers de rester chez eux, sauf en cas d'urgence. »

L'annonce officielle prit fin et fut suivie par une nouvelle chanson de Noël.

— C'est arrivé drôlement vite ! Et moi qui pensais les tempêtes terribles à Petoskey !

Stone lui jeta un coup d'œil, puis il reporta les yeux sur la route. Il leva le pied de l'accélérateur, la voiture avançait au ralenti.

— Qu'est-ce qu'on fait ? demanda-t-il

— Fais demi-tour et retourne à la ferme.

Ils n'avaient parcouru que quelques kilomètres, après tout. Même si la voiture arrivait jusqu'à chez lui, jamais Stone ne réussirait à rentrer à la ferme. De plus, ses parents devaient également avoir été bloqués. Bien sûr, il appréciait la perspective de se retrouver seul chez lui avec Stone, mais il refusait de prendre le moindre risque.

— Nous ne sommes pas très loin.

— Mais c'est Noël ! protesta Stone. Ta famille…

Preston l'interrompit, sa seule et unique pensée étant Stone.

— Nous devons faire demi-tour. La situation va se dégrader sur les routes, tu ne pourras jamais rentrer. Tu as entendu ce qu'ils ont dit à la radio ? Ça sera encore pire aux abords du lac.

La voiture s'immobilisa, puis Stone tourna dans une rue à droite.

— Fais attention au trottoir de ce côté.

Le vent avait accumulé de la neige des deux côtés de la route, ce qui réduisait considérablement la chaussée. Il fallut un certain temps et

94

beaucoup de va-et-vient pour faire un demi-tour complet. Peu après, la voiture repartait en sens inverse dans un univers entièrement blanc.

— Je suis désolé de te faire manquer Noël.

Preston ne s'en souciait pas particulièrement.

— Je ne manque rien du tout. Je vais juste passer Noël avec toi.

Il regarda Stone.

— Je veux dire… Si tu es d'accord.

Ils roulaient dans les tourbillons de plus en plus serrés, la route se distinguait à peine.

— En plus, il y a du brouillard ? protesta Preston.

— Non, je crois que c'est juste de la neige soufflée par le vent.

Le téléphone de Stone se mit à sonner. Il le sortit de sa poche et le tendit à Preston, bien trop concentré sur son laborieux retour pour répondre.

Il entendit tonner la voix de Geoff :

— Stone. Où es-tu ?

— C'est Preston. Nous sommes en train de revenir. Je pense que nous sommes au dernier tournant avant la ferme.

— Nous allons sortir à votre rencontre. J'ai allumé toutes les lumières.

Sur ce, Geoff raccrocha. Les derniers mètres semblèrent prendre une éternité, mais enfin Stone vit l'allée menant à la ferme, il l'emprunta, approcha autant que possible la voiture, et coupa le moteur, avec un énorme soupir de soulagement. La porte arrière de la maison s'ouvrit, Geoff, Eli et Adelle se précipitèrent vers eux. La voiture était à peine arrêtée que les portières s'ouvrirent. Eli prit la chaise de Preston et se dépêcha de rentrer avec. Avant que Preston puisse protester – comme il avait l'intention de le faire –, Geoff, qui avait ouvert sa portière, lui passait un bras sous les jambes et l'autre derrière son dos, et le soulevait de son siège.

— Je…

Il avait à peine commencé à râler qu'un vent glacé traversa son manteau et ses vêtements jusqu'à sa peau. Les rafales étaient beaucoup plus fortes qu'une demi-heure plus tôt, quand les deux hommes avaient quitté la maison. Geoff l'emporta dans la cuisine et l'installa dans un siège devant la table. Au même moment, son téléphone se mit à sonner.

— Preston, où es-tu ? Est-ce que tout va bien ?

Sa mère paraissait affolée. Il se hâta de la rassurer :

— Je suis à la ferme. Nous avons essayé de rentrer à la maison, mais il nous a fallu faire demi-tour.

Preston vit Adelle enlever son manteau pour s'activer aux fourneaux. Il entendit aussi le soupir de soulagement que poussait sa mère.

— Nous sommes toujours chez ta tante. Les conditions sont tout aussi déplorables par ici.

Preston se détendit enfin. Il était désolé de l'avoir inquiétée.

— Je suis heureux de savoir que vous êtes tous en sécurité, maman. Je t'appellerai demain. Joyeux Noël. Souhaite-le à tout le monde de ma part.

Il fut très surpris d'entendre sa mère renifler.

— Qu'est-ce qui ne va pas ? demanda-t-il. Nous sommes tous sains et saufs et nous serons réunis très bientôt.

— Je sais, mais tu es toujours mon bébé et je m'inquiète pour toi, répondit-elle, d'une voix rassérénée. Je t'ai appelé je ne sais combien de fois, tu ne me répondais pas.

Preston jeta un coup d'œil sur son écran : six appels manqués.

— Je suis désolé. J'avais laissé mon portable dans mon manteau et je n'ai pas entendu.

Il bavarda avec elle quelques minutes. Son père prit ensuite le combiné, tous deux échangèrent quelques phrases et s'adressèrent leurs meilleurs vœux avant de raccrocher.

— Tout va bien ? demanda Stone.

Il posa une tasse devant Preston, qui lui donna les dernières nouvelles. Il sentit la main de Stone sur son épaule, pour l'aider à enlever son manteau. Il s'appuya contre cette paume, surpris de voir combien ce contact lui plaisait. Une fois le vêtement sur ses genoux, Preston fouilla dans sa poche et en sortit son cadeau. Il demanda à Stone de le placer sous l'arbre, et sourit en voyant l'expression ravie de son visage.

Peu après, Joey, Geoff et Eli revinrent dans la cuisine. Ils étaient sortis pour vérifier que les animaux ne risquaient rien. Robbie vint également les rejoindre.

Tous s'installèrent autour de la table. Adelle distribua des assiettes pleines avant de prendre sa place.

— Joyeux Noël à tous. Vous êtes tous les bienvenus et nous sommes heureux d'être ensemble.

Tous trinquèrent. Preston éprouva un sentiment qu'il n'avait plus ressenti depuis la fin de ses études : il faisait partie d'un groupe soudé. Il regarda autour de lui, les visages accueillants, la conversation joyeuse et animée. Il en eut un coup à l'estomac, mais de joie. Ces gens qu'il connaissait depuis quelques semaines à peine l'avaient accepté. Malgré sa cécité, Robbie était traité ici comme tout le monde, à part quelques conseils discrets. Au cours de la soirée, Preston avait constaté la façon dont Joey guidait sa main jusqu'à son verre et lui expliquait où la nourriture était située dans son assiette. C'était la même chose ce soir, au dîner. De plus, Robbie travaillait à la ferme. Preston n'en avait pas cru ses oreilles en découvrant que le responsable du programme de thérapie était aveugle. Maintenant, il comprenait mieux : c'était le soutien de son entourage. Et c'était ce qu'il voulait aussi. Sous ses yeux, Robbie se mit à rire parce que son compagnon lui disait quelque chose à l'oreille, puis il frappa Joey à l'épaule, pour jouer.

Preston tourna la tête vers Stone, admirant son sourire naturel, ses yeux brillants, si heureux d'être avec sa... sa famille. C'était ce qu'il voulait aussi. Il réalisa qu'il espérait pouvoir partager ses espoirs – et plus encore – avec Stone.

Une fois tout le monde rassasié de la délicieuse cuisine sudiste d'Adelle, les plats furent laissés à tremper dans l'évier, les convives passèrent au salon. Preston jeta un coup d'œil à la grande télévision, pensant à une soirée devant un film. Il fut étonné de voir Joey apporter à Robbie un violon. Le jeune aveugle se mit à jouer. *Douce Nuit* naquit sous ses cordes, sous ses doigts, suivie d'autres chansons de circonstance.

Et Stone se mit à chanter, doucement au début. Sa voix claire s'accordait parfaitement aux notes mélodieuses de Robbie. Preston pivota pour se rapprocher, attiré par ce chant. Il regarda avec une fascination ravie les lèvres pleines qui formaient les paroles de la chanson. La dernière note s'étira longuement, avant de s'éteindre. Stone gardait maintenant le silence.

Preston s'appuya contre lui et posa un très doux baiser sur sa joue. L'enchantement dura jusqu'au moment où Robbie se lança dans une interprétation animée de *Vive le vent*, tout le monde l'accompagnant avec enthousiasme, dansant et se balançant les uns avec les autres. L'allégresse qui remplissait la pièce sembla jaillir de la maison jusqu'à la nuit enneigée au-dehors.

C'était le plus agréable Noël que Stone ait connu depuis des années. Il essaya de ne pas penser aux réveillons formels dont il avait l'habitude chez ses parents. À la ferme, l'ambiance était bruyante, presque trop à certains moments, mais tellement drôle. Il y eut d'autres chansons, les biscuits traditionnels, des jeux et encore à manger. Tout se passa au salon, autour du sapin enguirlandé et orné de décorations rustiques, au son du violon de Robbie.

Franchement, Preston aurait voulu que la soirée ne se termine jamais. Pourtant, il étouffa un bâillement qui en provoqua un autre.

— Nous devrions aller au lit, déclara Geoff à Eli

Son partenaire approuva et bâilla à s'en décrocher la mâchoire.

— C'est vrai, nous aurons du travail demain matin.

Peu après, Joey et Robbie dirent bonsoir à la ronde et montèrent à l'étage ensemble. Preston remarqua que le chien, endormi dans le coin de la pièce, se levait pour les suivre, avec deux chats à la traîne.

— Si vous me donnez des couvertures, je peux dormir ici, offrit Preston.

Il ne souhaitait pas voler un lit. De plus, il ne pouvait pas monter les escaliers.

— Geoff, tu pourrais le porter au premier ? Je vais lui donner mon lit, et moi, je dormirai ici, proposa Stone à mi-voix. Il sera mieux dans un lit.

Stone lui adressa aussi un regard ferme, qui annonçait une décision sans appel. Preston se trouva donc une fois de plus dans les bras de Geoff. Cet homme étonnamment puissant le porta jusqu'à l'étage. Stone les suivait, avec le fauteuil roulant plié en deux. Au sommet de l'escalier, Stone ouvrit le fauteuil et Geoff y installa Preston. Il souhaita bonne nuit aux deux jeunes gens avant de redescendre l'escalier.

— Tu as besoin d'aide ? demanda Stone en désignant la salle de bain de la tête.

Le premier réflexe de Preston fut de refuser, mais en vérité, il n'en était pas certain. Ici, la salle de bain n'aurait aucun de ces aménagements haïs auxquels il s'était habitué.

— Je ne sais pas.

— Alors je vais rester ici, dans le couloir. Appelle si tu as besoin de moi.

Il dut sentir combien Preston était gêné, parce qu'il posa la main sur son bras.

— Ma mère avait l'habitude de me dire que nous avons tous besoin d'aide, de temps en temps.

Preston hocha la tête. Il roula jusqu'à la salle de bain et se lava sans problème. Quand il eut fini, il sortit à reculons et retrouva Stone, qui l'emmena tout droit dans sa chambre.

— En principe, il y a tout ce dont tu as besoin. Je t'ai mis des draps propres. À demain.

La porte se refermait sur lui quand Preston le rappela.

— Stone.

La porte s'ouvrit, le jeune homme passa la tête à l'intérieur.

— Je t'en prie, ne va pas dormir sur le canapé.

Il tendit la main, attendant de voir si son invitation serait acceptée. Il désirait désespérément savoir ce que Stone ressentait.

En le voyant revenir lentement dans la pièce, Preston poussa un soupir rassuré : il n'avait pas été rejeté. Ce qu'il avait craint, à dire vrai. Leurs deux mains se joignirent. Preston attira en douceur Stone jusqu'à lui. De son autre main, il lissa la peau de sa joue, son pouce effleurant une lèvre inférieure qui tremblait.

— N'aie pas peur. Tu n'as pas à avoir peur. Je ne te ferai jamais de mal. Je te le promets,

Les mots s'échappèrent de sa bouche avec une ferveur presque effrayante dans son intensité.

Dès que Stone hocha la tête, Preston le lâcha. Il déboutonna sa chemise et la fit glisser de ses épaules, il enleva ensuite ses chaussures et ses chaussettes. Il s'étendit sur le lit pour ôter son pantalon. Il ne portait plus que son caleçon quand il se glissa, tout frémissant, sous les couvertures. Stone l'avait regardé faire sans détourner les yeux.

Puis les couvertures se soulevèrent, Preston sentit l'air frais de la chambre contre sa peau. Cela ne dura qu'une minute, parce qu'il fut bientôt enveloppé dans la chaleur corporelle de Stone.

— C'est vraiment…

La voix de Stone était presque inaudible.

— Je sais. Ne t'inquiète pas, détends-toi, c'est tout.

Il passa le bras autour de sa taille, pour rapprocher leurs deux corps. Stone se blottit contre lui. *C'est si bon,* pensa Preston, *de tenir à nouveau quelqu'un dans mes bras, d'entendre sa douce respiration, de sentir sa chaleur.*

Il laissa sa main s'aventurer et dessina de petits cercles sur le ventre lisse. Il en fut récompensé par un gémissement.

— Quand nous irons chercher Buster, je ne veux pas que tu viennes.

Surpris, il cessa ses caresses. Stone roula sur lui-même. Preston, horriblement blessé, voulut s'écarter. Sous la douleur qui le déchirait en deux, il faillit invectiver son compagnon. Il se retint de justesse.

Stone détourna les yeux et chuchota :

— Mon père est un vrai salopard, il risque de s'en prendre à toi. Surtout s'il devine que je tiens à toi.

— C'est vrai ? Tu tiens à moi ?

En retenant son souffle, il posa une main sous le menton de Stone. Il avait besoin de voir ses yeux, même dans la pénombre de la pièce.

— Oui.

Preston se détendit et se mit à caresser la courbe de la hanche de Stone.

— Je suis capable de me défendre et je veux vraiment y aller. Et s'il s'en prend à toi, il aura affaire à moi, affirma-t-il, les yeux plissés.

Puis sa voix s'adoucit :

— Parce que moi aussi, je tiens à toi.

Il ne savait pas trop la nature de ce sentiment. Ce n'était pas de l'amour, pas encore. Stone était si jeune et inexpérimenté. Si Preston ne se protégeait pas, il risquait d'avoir le cœur brisé, encore une fois. Kent n'avait rien représenté pour lui, il le savait désormais, mais cela prouvait surtout la nullité de ses choix. Il manquait de bon sens en ce qui concernait les hommes. Il tenta de ne pas laisser ces sombres pensées anéantir le cocon de bien-être qui les entourait. Il se mit à embrasser Stone, légèrement d'abord. Très vite, sa passion s'enflamma au goût enivrant de l'homme pressé contre lui.

Stone lui rendit son baiser avant de se retourner. Une fois de plus, Preston le serra dans ses bras, pressant son visage sur son épaule, sous les couvertures.

— Joyeux Noël, Preston.

Une main glissa le long de la jambe de Preston, dont l'excitation ne fit que croître. À son grand soulagement, Stone ne s'écarta pas quand il pressa son érection contre sa hanche.

Il tenta sa chance : il laissa sa main s'aventurer plus bas et découvrit que Stone était également excité. Il voulait tellement le voir aux prises avec le désir, quand sa passion se libérait, quand il jouissait, quand il ne retenait plus rien. Il voulait y goûter aussi, mais le moment n'était pas encore venu. Il fallait qu'il apprenne d'abord à Stone à lui faire confiance. D'après Preston, la meilleure façon d'obtenir ce résultat était de donner du temps au temps. D'être patient, ce qu'il n'avait jamais réussi auparavant – et peut-être que son problème se trouvait là.

— Joyeux Noël, Stone.

Après tout, c'était le plus joyeux Noël dont il se souvenait.

Il ôta sa main, mais resserra les bras autour de cet homme auquel il tenait tant.

# IX

— PRÊT À partir ? demanda Geoff.

Appuyé contre l'avant du camion, il regardait Stone descendre les marches.

— Je crois.

Il n'en était pas certain du tout. Il voulait récupérer Buster, aucun doute là-dessus, mais il aurait préféré ne pas avoir à affronter son père. Il approcha du camion, ouvrit la portière et monta à l'intérieur.

— Vous n'étiez pas obligé de venir.

La portière, côté conducteur, se referma dans un claquement. Geoff lui jeta un regard très ferme.

— Je sais. Mais cette ferme est comme une famille.

Beaucoup plus souriant, il ajouta :

— … Et que ça te plaise ou pas, tu en es devenu un membre. Ici, nous nous soutenons les uns les autres. Nous nous aidons.

*Ben merde alors !* pensa Stone. Ces gens qu'il avait rencontrés quelques semaines plus tôt le considéraient de leur famille et le traitaient bien mieux que la sienne ne l'avait jamais fait.

— Je ne sais pas quoi dire.

— Tu n'as rien à dire du tout. Maintenant, allons chercher Preston.

Geoff mit le moteur en route et fit avancer son camion, une remorque à cheval était accrochée à l'arrière.

— Tu n'as pas oublié de prendre ton certificat de propriété ?

— Il est là.

Stone tapota son sac à dos, posé sur le sol, entre ses jambes.

— Parfait. En plus, Adelle nous a gavés ce matin pour trois jours.

— C'est vrai, admit Stone qui posa la main sur son ventre plein. Je pense qu'elle essaie de m'engraisser.

— Le premier mois de son arrivée à la ferme, j'ai pris cinq kilos, je te jure. Eli est bon boulanger, mais la cuisine, c'est vraiment la spécialité d'Adelle. Son poulet frit et son pain de maïs *viennent tout droit du paradis*.

C'était une des phrases favorites de Robbie, Geoff la prononça avec un accent sudiste exagéré.

Le camion rebondit une dernière fois sur la route de campagne avant d'approcher la voie rapide, où Geoff prit la direction de Ludington. Peu après, il s'engageait dans l'allée des Harding. Il était à peine arrêté que la porte d'entrée s'ouvrait, Preston sortit dans son fauteuil roulant, suivi de sa mère. Geoff coupa le moteur, Stone et lui descendirent.

Mme Harding les accueillit d'un sourire chaleureux.

— Avez-vous tout ce qu'il vous faut, les garçons ? Je peux vous préparer des sandwichs, proposa-t-elle.

— Non, merci, madame, nous sommes parés, répondit Geoff

Il se présenta et lui serra la main, pendant que Stone aidait Preston à quitter sa chaise roulante et à s'installer dans le camion.

— Maman, je te rappelle plus tard, cria Preston de la cabine. Je te raconterai comment ça se passe.

Stone monta et Geoff fit le tour du camion pour reprendre sa place derrière le volant. Il remit le moteur en marche, Preston agita la main pendant que le véhicule reculait dans l'allée.

— Ta mère semble très gentille, remarqua Geoff.

Il reprenait la rue principale, en direction de l'autoroute.

— C'est vrai. Sans elle, je n'aurais jamais supporté tout ce qui s'est passé depuis mon accident.

Il soupira lorsque le camion rebondit sur une ornière de la chaussée.

— Je ne pense pas qu'elle soit très heureuse, avoua-t-il. Mon père est très souvent absent, elle passe l'essentiel de son temps toute seule.

Il resta silencieux, en pensant à sa mère, bercé par le bourdonnement des roues qui résonnait fort dans l'habitacle. Il finit par retrouver le moral une fois sur l'autoroute en direction du nord. Les trois hommes se mirent à bavarder de tout et de rien.

Stone sourit en son for intérieur lorsqu'il sentit la main de Preston se glisser dans la sienne.

— Tu as mis ta montre, remarqua Preston

Il était heureux que Stone porte son cadeau de Noël. Le jeune homme se pressa contre lui.

— Toi aussi, tu portes ton cadeau. J'ai pensé qu'un Wrangler te serait utile pour tes leçons d'équitation.

Il flattait de la main le denim sur ses jambes. Preston le prit par l'épaule et le serra contre lui. Chacun d'eux avait été surpris et heureux de son cadeau de Noël, manifestement tous deux y avaient porté beaucoup d'attention et de réflexion.

Le camion continua de rouler, dépassant les villes de Traverse et de Charlevoix. À chaque kilomètre, Stone sentait monter sa peur et sa nervosité. L'estomac de plus en plus contracté, il sentait qu'il allait vomir.

— Geoff, vous pourriez vous arrêter ?

Le camion sursauta et ralentit, avant de s'immobiliser. Stone ouvrit la porte et se jeta dehors, il atteignit de justesse le bas-côté avant de se vider l'estomac. Il était toujours plié en deux, secoué de spasmes, lorsqu'il sentit une main sur son dos. Sa nausée se calmant, il vit Geoff à côté de lui. Dès que Stone se redressa, Geoff le prit dans ses bras et le berça, une main apaisante posée sur sa tête.

— Ça va aller, promit une voix douce à son oreille. Tout se passera bien.

Dès que Stone se sentit mieux, Geoff le libéra et tous deux remontèrent dans le camion. Preston se serra contre lui sur le siège.

— Nous pouvons faire demi-tour et retourner à la ferme, si tu préfères, murmura-t-il à son oreille. Comme ça, tu n'aurais pas à revoir ton père. Je n'aurais jamais fait cette suggestion si j'avais su que tu le prendrais aussi mal.

— Non, surtout pas.

Stone souleva la tête de la poitrine de Preston et supplia :

— Geoff, il faut que nous allions récupérer Buster !

— Tu en es sûr ? insista Preston.

Il frottait à deux mains le dos de son compagnon.

— Oui. Il le faut.

Stone se redressa, Geoff remit le moteur en marche et le camion reprit la route. Stone décida qu'il lui fallait se maîtriser. Il n'avait pas pensé que revoir son père aurait autant d'effet sur lui.

— Tu n'es pas tout seul, Stone. Geoff et moi sommes avec toi. Il ne t'arrivera rien.

Il hocha la tête, sans rien dire. Il avait peur, à tous les points de vue. Il était certain que son père serait loin d'être heureux de le revoir, mais cela ne le gênait pas. Bien sûr, il préférerait que son père soit absent, ainsi, il pourrait juste récupérer Buster et s'en aller. Et s'il tombait sur l'oncle Pete ? Et si son père avait bu ? Et si quelque chose arrivait à Preston ou Geoff ? Alors que les pires scénarios ne cessaient de lui traverser l'esprit, Stone réalisa que son estomac recommençait à se tordre.

— Ça va aller, Stone, dit Preston, manifestement inquiet. Je sais ce qui te tracasse. S'il est là, je le tuerai, je te le jure. Il ne te touchera plus jamais.

Preston le prit de nouveau dans ses bras. Cette fois, Stone se détendit en toute confiance.

Ils approchaient. Stone commença à guider Geoff, il sentit aussi revenir son anxiété. En respirant profondément, il réussit à maîtriser son cœur affolé. En haut d'une côte, il vit apparaître la maison et la grange de son enfance.

Rien n'avait changé.

— C'est là, l'embranchement juste devant nous.

Geoff prit la route indiquée. Stone lui conseilla de se garer près de la grange.

— J'aimerais filer d'ici le plus vite possible, expliqua-t-il.

Une fois le camion arrêté, les trois hommes attendirent un moment. Personne n'émergea de la maison ni de la grange. L'endroit semblait désert, Stone poussa un soupir de soulagement.

Ouvrant sa portière, il sortit et regarda autour de lui. Tout semblait pareil, et pourtant, tout avait changé, du moins à ses yeux. C'était là qu'il avait grandi, mais ce n'était plus son foyer. Il en fut presque soulagé : cette fois au moins, il lui serait facile de repartir.

Il chercha derrière le siège, trouva la chaise roulante de Preston et la déplia. Il aida ensuite le jeune homme à sortir du camion et à s'installer, puis il le tira à reculons dans la neige en direction de la grange. Il entendit alors la porte du bâtiment s'ouvrir, dans un grondement familier.

— Mon Dieu !

Au cri horrifié de Geoff, il pivota sur ses talons, sans lâcher la chaise de Preston, qu'il poussa à l'intérieur. L'endroit sentait la crasse et l'humidité. Stone jeta un regard frénétique autour de lui et siffla, très soulagé de voir la tête de Buster émerger de la porte de sa stalle. Lâchant les poignées de la chaise, Stone se précipita et serra contre lui la longue tête brune de Buster tout en lui caressant le nez.

Il entendit Geoff s'exclamer derrière lui, près de la porte :

— C'est une honte ! Il faut que nous le sortions de là.

Geoff ouvrit la porte, Stone regarda alors à l'intérieur. Le sol était couvert de crottin, la stalle paraissait ne pas avoir été nettoyée depuis son départ. Il prit sur un portant le mors et la bride de Buster, les passa sur la tête de son cheval et lui fit quitter la stalle. Ses sabots s'enfonçaient dans le fumier à chaque pas.

— Voyons si nous pouvons trouver de l'eau chaude pour lui nettoyer les sabots. J'espère qu'ils ne sont pas infectés.

— J'espère aussi. Ils risquent d'avoir pourri dans un merdier pareil.

Stone regarda à l'intérieur de l'auge et de l'abreuvoir, tous les deux étaient vides.

— Geoff, pourriez-vous me le tenir ? Je vais chercher du foin et une musette-mangeoire dans la remorque. Qui sait depuis quand il n'a pas mangé !

Il sentit son cœur se briser pendant qu'il courait jusqu'à la remorque. De retour dans la grange, il remplit l'abreuvoir au jet et accrocha une musette-mangeoire à un poteau. Il ne voulait pour rien au monde ramener Buster dans sa stalle immonde, même pour y manger.

Geoff le mit en garde :

— Ne lui en donne pas trop d'un seul coup, ça pourrait le rendre malade.

— Je peux faire quelque chose ? demanda Preston.

Stone pointa du doigt le fond de la grange :

— Dans ce coin, il y a un fer à chauffer. Va le chercher, s'il te plaît, je vais remplir un seau. Nous utiliserons le fer pour réchauffer l'eau avant de laver Buster.

Le plein hiver n'était pas le meilleur moment pour mouiller un cheval, mais il fallait nettoyer les sabots de Buster du fumier afin de pouvoir les examiner. Stone remplit de foin la musette-mangeoire, Geoff y conduit Buster. Immédiatement, le cheval se mit à manger. Une fois l'abreuvoir plein d'eau, Stone le posa sur un banc. Buster s'en approcha et engloutit une quantité énorme.

— Il va falloir lui laisser le temps de manger et de se reposer avant de l'emmener. Sinon, il risque d'avoir la colique, ce qui n'arrangerait pas nos affaires.

Geoff avait raison, Stone le savait bien. Il s'écarta pour remplir un seau au tuyau. Il le ramena et plongea le fer à l'intérieur avant de brancher la prise.

— Zut ! J'aurais dû penser à chauffer son eau avant de le faire boire.

— Il y a une grande thermos dans le camion. Adelle la remplit toujours d'eau chaude pour mon thé. Va la chercher et verse-la dans l'abreuvoir, ça devrait suffire.

Stone passa d'abord dans la sellerie, il prit une couverture et la tendit à Geoff. Puis il y retourna pour chercher sa selle qu'il emporta jusqu'au camion. Il trouva la thermos, effectivement remplie d'eau chaude. De retour dans la grange, il versa l'eau dans l'auge de Buster, en veillant à bien mélanger.

— Voilà, mon tout beau, ce sera meilleur pour toi.

— Qu'est-ce que vous foutez là, bordel ?

Stone reconnut cette voix, il se tourna vers la porte. Son père s'y tenait, son vieux fusil à la main. Combien de fois Stone l'avait-il vu ainsi ? Cette silhouette maigre, ces cheveux bouclés et emmêlés, ce jean et cette chemise en flanelle lui étaient horriblement familiers.

— Je suis juste venu récupérer mon cheval, déclara-t-il, tranquillement. Ensuite, nous repartirons.

Il marcha vers son père, surpris par le calme qu'il ressentait. Ou plutôt, il ne ressentait rien du tout, point final.

— Je devrais te tirer dessus, sale voleur de cheval !

Son père essayait de paraître menaçant, mais Stone n'allait pas le laisser prendre l'avantage. Il devait tenir tête à ce vieux salaud, même si sa nausée revenait.

— Je ne peux pas voler un cheval qui m'appartient, papa. J'ai l'acte de propriété pour le prouver.

Il vit son père baisser le canon de son fusil, tout en le gardant à la main pour pénétrer dans la grange. Il se positionna contre la porte de la stalle et jeta d'un ton hargneux :

— Donc voilà que le pédé que j'ai élevé se repointe.

— Mieux vaut être un pédé qu'un misérable sac à merde capable d'éjecter de chez lui son propre fils parce qu'il est gay !

Stone resta bouche bée en voyant Preston se propulser jusqu'à son père.

— Fais attention à ce que tu dis, mon garçon !

— Ou quoi ? Vous comptez me frapper moi aussi ? Taper sur un infirme en fauteuil roulant, voilà qui fera bon effet quand le shérif arrivera. Vos petits copains auront de quoi vous admirer !

Preston dardait sur son adversaire un regard féroce. Stone réprima un sourire en voyant son père reculer.

— Je ne vous toucherais pour rien au monde ! protesta-t-il, l'air dégoûté. Vous êtes peut-être contagieux.

— Vous êtes dingue ou quoi ? L'homosexualité n'a rien de contagieux, bon Dieu ! Et c'est votre fils !

En désignant Stone, Preston fit pivoter sa chaise, puis il avança encore et le vieillard recula. Stone trouvait très gratifiant de voir que cette brute, qui l'avait terrorisé pendant des années, avait peur d'un fauteuil roulant.

— Ce n'est pas mon fils ! Sa mère avait couché avec un autre gars avant notre mariage.

Cette fois, Stone ne put se retenir :

— Sale menteur !

Il se rua vers son père qui échappa de justesse à son coup de poing.

— Je ne mens pas. Ta mère était déjà enceinte quand je l'ai rencontrée.

Il parlait d'une voix si détachée que Stone se plia en deux, comme frappé au ventre. Son estomac recommença à gargouiller. Il courut jusqu'à la porte et vomit dans la neige le peu qui lui restait à rendre. Lorsqu'il se redressa, il vit l'homme qu'il avait longtemps considéré comme son père retourner vers la maison. Quand Stone avança vers lui, le vieil homme lui fit face et cracha :

— Fais bien attention à ne prendre que ce qui t'appartient, sinon j'appelle le shérif !

Il lui tourna de nouveau le dos, monta les marches, et pénétra dans la maison. La porte d'entrée claqua derrière lui dans un bruit sourd.

— Je suis désolé, Stone.

Il pivota et vit Preston, devant la grange. Il s'approcha de lui. Lorsque Preston tendit les bras, il accepta son réconfort.

— C'est un vrai salaud.

— Quelle importance que je n'aie pas été son fils ? Pourquoi a-t-il refusé de m'aimer ? J'ai vécu avec lui depuis que je suis né et, après la mort de maman, nous sommes restés seuls, lui et moi.

Il sentit les mains de Preston lui frotter le dos de haut en bas, pour l'apaiser.

— Je ne peux pas te répondre, mais quoi qu'il en soit, ce n'est pas de ta faute. Et ce n'est certainement pas à cause de ce que tu as fait.

Il s'écarta.

— Comment peux-tu le savoir ?

Preston désigna la maison.

— Parce que c'est lui qui a un problème. Toi, tu es quelqu'un de bien qui se soucie des autres. Lui, il ne peut pas t'accepter pour celui que tu es.

Preston lui prit la main et la serra entre les siennes.

— Cet homme a eu des années pour te dire qu'il n'était pas ton père, mais il a délibérément attendu le moment où ça te ferait le plus mal.

— Comment sais-tu que ce n'était pas à cause de moi ?

Preston déglutit.

— Parce que j'ai du goût et que je ne serais jamais tombé amoureux de toi si tu n'étais pas un des meilleurs hommes que j'aie rencontrés.

Il regarda Preston, éberlué, comme pour s'assurer qu'il avait bien entendu.

— Oui, c'est ce que j'ai dit, confirma Preston.

Il se pencha et captura ses lèvres.

— Les garçons, je ne pense pas que ce soit le bon moment.

La voix de Geoff émergeait du plus profond de la grange.

— J'ai besoin de vous pour emmener Buster. Je crois qu'il est prêt, ajouta-t-il.

Stone se détacha de la bouche de Preston.

— Allons-y, j'ai hâte de quitter cet endroit.

Ils retournèrent jusqu'à Geoff et Buster. La pauvre bête avait mangé un peu de foin et bu beaucoup d'eau.

— J'emmène le reste de ses affaires dans la remorque.

Stone retourna dans la sellerie pour y prendre ce qui appartenait à Buster, il chargea le tout dans le camion, puis il vérifia la température de l'eau dans le seau. C'était assez chaud. Il débrancha le fer et le rangea, il emporta ensuite son seau jusqu'à Buster qui mâchait allègrement son foin.

Stone se pencha et frotta doucement le flanc de son hongre. Il lui souleva une jambe après l'autre pour en nettoyer les souillures.

— Tout va bien, mon tout beau, entendit-il Geoff roucouler.

Lorsqu'il eut terminé, Geoff lui demanda :

— Alors, le verdict ?

Stone se redressa, fou de rage.

— Ça pourrait être pire, je suppose. Ses sabots sont un peu fragiles à certains endroits, mais dans l'ensemble, plutôt solides.

Buster n'aurait jamais souffert si Stone ne l'avait pas abandonné. Une vague de culpabilité le submergea. Il aurait dû s'en douter, il aurait dû revenir plus tôt.

— Stone, ce n'est pas de ta faute.

— Bien sûr que si !

Il tapota les jambes avant de Buster et avoua :

— J'étais responsable de lui, je l'ai laissé tomber.

La voix de Preston tonna derrière lui, très ferme :

— Non, ce n'est pas vrai ! Le coupable, c'est lui, insista-t-il, en pointant la maison du doigt. Quelqu'un capable de faire souffrir un animal n'est pas un être humain digne de ce nom.

Était-ce bien celui que Stone avait rencontré quelques semaines plus tôt ? Se tournant vers Preston, il tenta de le comprendre. Preston lui avait avoué tenir à lui, il avait pris son parti devant son père et il s'était même montré compatissant envers Buster. Machinalement, Stone tapota le flanc tiède de l'animal.

— Qu'est-il arrivé au salopard arrogant qui me traitait de garçon d'écurie ? murmura-t-il, presque pour lui-même.

Il eut un sourire narquois à ce souvenir. Au moins, il n'avait eu aucun mal à comprendre l'ancien Preston.

— Il est devenu altruiste, rétorqua Preston en lui renvoyant son sourire. C'est toi qui me l'as demandé.

Geoff rit. Puis il ramena leur attention sur la tâche à accomplir :

— Tout est prêt ?

— Oui, il n'y a plus qu'à faire monter Buster dans la remorque. Auparavant, je tiens à m'assurer que ses jambes sont bien sèches.

Stone regarda les deux hommes qui l'accompagnaient, il sentait leur soutien comme des bras chaleureux autour de lui. Pour la première fois de sa vie, il avait été capable de tenir tête au vieux salopard.

Il prit tout à coup sa décision et se dirigea vers la porte en disant :

— Je serai de retour dans quelques minutes.

— Où vas-tu ? cria Preston derrière lui.

— Chercher le reste de ce qui m'appartient.

Sans se donner le temps de réfléchir, il traversa la cour enneigée et monta lourdement les marches du perron pour frapper à la porte d'entrée.

— Qu'est-ce que tu veux encore ?

Les yeux du vieil ivrogne le fixaient sous les mèches grasses de ses cheveux sales.

— Le reste de mes affaires.

Il n'allait pas s'abaisser à l'appeler 'papa'. D'ailleurs, l'avait-il jamais été à son égard ? Stone repoussa le vieillard et entra dans la maison, le salon était dans un état épouvantable, des papiers et de la vaisselle sale répandus un peu partout.

— Toujours pas fichu de faire le ménage, hein ?

Sans s'arrêter, il alla au bout du couloir jusqu'à son ancienne chambre. Il fit une pause avant d'ouvrir la porte, se demandant ce qui l'attendait à l'intérieur. En fait, rien ne semblait avoir été touché. À en juger la poussière qui recouvrait les meubles, personne n'avait pénétré ici depuis son départ. Il n'aurait jamais cru être un jour capable d'apprécier la paresse de son père.

Il s'accroupit et tira quelques boîtes de sous le lit, il vérifia qu'elles étaient toujours fermées avant de les empiler près de la porte. Dans son placard, il trouva une vieille valise Spiderman qui datait de son enfance et se mit à la remplir de ses vêtements.

— Ne prends que ce qui t'appartient.

Stone se retourna.

— Est-ce que je t'ai un jour volé ou menti ? répondit-il d'une voix aussi ferme que possible. Même quand tu me battais pour une faute imaginaire, je ne t'ai jamais menti.

Il se rapprocha d'un pas du vieil homme et ajouta :

— C'est toi qui n'es pas capable d'accepter la vérité.

Il inspira profondément et tenta de calmer, en vain. Son père s'avança vers lui et leva un bras comme pour le frapper.

— Je te le déconseille, grogna Stone.

Il vit l'homme tressaillir. Contrairement à autrefois, il ne bougea pas, ne recula pas. Il soutint le regard du vieux et déclara, calmement :

— Je ne suis plus un gamin. Je ne suis certainement pas ton fils ni ton souffre-douleur. Si tu me frappes, je te rendrai tes coups avec intérêt, vieil ivrogne incapable !

Sa voix s'étouffa quand il vit le vieillard baisser la main, mais sa colère vindicative trouva alors un autre exutoire :

— Je t'ai élevé, tu me dois tout.

Là, Stone explosa.

— Je ne te dois strictement rien ! Tu m'as jeté dehors alors que je n'avais nulle part où aller.

Il n'avait même pas réalisé qu'il hurlait.

— Je sais que tu es allé chez Pete. Tu ne risquais rien.

Ce n'était pas le genre de commentaire susceptible de le calmer.

— Rien ? Je ne risquais *rien* ? Sauf de me faire violer sur le canapé par ce foutu pervers !

L'expression choquée et horrifiée qui naquit sur le visage de l'ivrogne le paya de ses peines. Stone enfonça le clou :

— C'est vrai, ton meilleur ami est aussi gay que moi !

Il crachait sa douleur et son humiliation à cet homme qu'il avait longtemps considéré comme son père. Celui qui aurait dû le protéger et ne l'avait pas fait, ce que Stone avait découvert de la pire façon.

Il s'écarta, ferma la valise et l'empila sur les boîtes.

— Je t'ai peut-être déçu en étant gay, mais toi, tu m'as déçu en étant misérable. Dans ce cas, nous sommes quittes, je présume. Au moins, j'ai eu le courage de te dire la vérité en face.

Il savait qu'il parlait probablement à un mur, mais il éprouvait une satisfaction intime à se libérer de son fardeau. Il ramassa ses affaires, repoussa le vieil homme contre le chambranle de la porte et traversa la maison d'un pas décidé.

Il claqua la porte derrière lui. Un adieu définitif.

Geoff lui prit les boîtes des mains dès qu'il approcha du camion.

— Ça va ? Buster est à l'arrière, il semble remarquablement heureux. À mon avis, il sait qu'il va désormais résider avec toi.

Il rangea les affaires de Stone à l'arrière, puis demanda :

— Tu es prêt à rentrer à la maison ?

Son regard indiquait que ses paroles avaient été soigneusement pesées. Stone regarda le camion où Preston attendait, puis il reporta son attention sur Geoff.

— Oui, souffla-t-il. Rentrons à la maison.

Il monta côté conducteur et se glissa sur le siège pour faire de la place à Geoff derrière le volant. Le camion recula dans l'allée, puis s'engagea sur la route. Stone tint le coup jusqu'à l'autoroute. Mais son niveau d'adrénaline avait chuté, il tremblait comme une feuille. Il enfouit la tête contre la poitrine de Preston et laissa les larmes couler, emportant avec elles le deuil et le chagrin qui l'étouffaient.

# X

*C'EST SI agréable,* pensa Preston, de tenir Stone, les bras autour de sa taille, blotti comme si sa vie en dépendait. Il sentait chacun des frissons et hoquets de celui qui sanglotait en silence contre lui.

— C'est fini maintenant. Tu n'auras plus jamais à le revoir.

Plus le camion avançait, plus l'odeur des porcs s'atténuait. Preston regarda la petite ferme disparaître. Il passa les doigts dans les doux cheveux de Stone, d'un geste apaisant et réconfortant.

— Tu n'es pas trop triste ? Est-ce qu'il t'a frappé ?

Il savait que Stone avait beaucoup souffert de la révélation concernant sa filiation, mais il voulait s'assurer que le vieil ivrogne n'avait pas aussi été physiquement violent. Stone secoua la tête contre son torse. Preston continua à le consoler pendant que le camion prenait de la vitesse, en arrivant sur une voie rapide.

Stone s'écarta enfin, les yeux gonflés, le visage rougi. Il regarda Preston, qui le ramena contre sa poitrine. Pour rien au monde, il ne voulait se séparer de lui.

— Non. Il ne m'a pas frappé, mais j'avoue qu'il a essayé.

Preston sentit monter sa colère.

— Qu'est-ce qu'il t'a fait ? Je vais le tuer, je le jure.

Il scruta les yeux de Stone et y lut ce à quoi il s'attendait le moins : la paix.

— Il m'a libéré, répondit le jeune homme, après avoir longuement réfléchi. Je lui ai tenu tête et ce vieux salaud a reculé. Oh, il a aussi essayé de me frapper, mais je l'ai menacé de lui rendre ses coups. Comme il ne s'y attendait pas, il ne savait plus quoi faire. Dommage qu'il m'ait fallu tout ce temps pour réaliser que ce n'était qu'un lâche. J'aurais pu m'économiser beaucoup de douleur et de chagrin.

Il s'essuya les yeux du revers de la main. Puis il se tourna vers Geoff et demanda :

— C'était vrai ce que vous avez dit tout à l'heure ? La ferme, c'est ma maison ?

Geoff se tourna et lui jeta un bref coup d'œil avant de reporter son attention sur la route.

— Bien sûr.

Stone le fixait sans oser y croire, Preston dut admettre que lui aussi était incrédule. Mais il avait appris qu'Eli et Geoff étaient des hommes extraordinaires, au très grand cœur. Et Stone avait su se faire aimer d'eux, et de lui.

Dans le rétroviseur, il vit la neige tourbillonner autour des pneus de la remorque.

— Est-ce que Buster ne va pas avoir froid derrière ? s'inquiéta-t-il.

— Non, répondit Geoff. Il a une couverture. De plus, j'ai fermé les hublots, alors sa chaleur corporelle restera dans la remorque. Nous nous arrêterons quand même toutes les heures pour vérifier que tout va bien.

Ne sachant plus quoi dire, Preston s'enfonça dans son siège en attirant Stone près de lui. Il se sentait si bien qu'il ne voulait plus se passer de son contact. Il fut heureux que Stone lui rende son étreinte, un bras passé derrière lui. L'ambiance dans le camion était tranquille et douillette.

Les kilomètres défilaient sous les pneus. Comme Geoff l'avait promis, il s'arrêta régulièrement pour vérifier que Buster supportait bien le voyage. C'était le cas : il mangeait son foin, d'un air satisfait.

En fin d'après-midi, les trois hommes tournèrent dans l'allée de la ferme et s'arrêtèrent devant l'écurie. Preston attendit dans le camion pendant que Geoff et Stone faisaient descendre Buster et ses affaires. Il vit le cheval passer devant le camion et pénétrer dans la bâtisse. Peu patient de nature, il fut surpris de réaliser que, si Stone le lui demandait, il serait capable de l'attendre éternellement.

La porte de camion s'ouvrit, Stone prit place derrière le volant et démarra.

— Buster est bien installé ?

— Oui. Il semble chez lui, tout à fait heureux. Geoff ne va pas tarder à nous rejoindre. Et dès demain matin, il appellera le vétérinaire pour jeter un œil à ses sabots.

Il fit un grand cercle pour aller se garer tout près de la maison.

— Tu dois rentrer chez toi à une heure précise ? demanda-t-il.

— Non, pourquoi ?

Stone coupa le moteur et se pencha vers lui pour lui voler un baiser.

— J'aurais dû être plus clair. Dois-tu rentrer chez toi *ce soir* ? Je me demandais si ça te dirait de rester avec moi ?

À peine capable d'en croire ses oreilles, Preston hocha la tête et sourit. Il rendit à Stone son baiser.

— Tu es sûr ?

Stone se mordit la lèvre inférieure, à la fois nerveux et excité.

— Oui, certain.

Preston jeta un coup d'œil en direction de l'écurie.

— Tu crois que Geoff sera d'accord ? C'est sa maison, après tout.

Et puis, il faudrait que Geoff le porte encore à l'étage pour qu'il puisse passer la nuit avec Stone.

— Quand j'étais avec lui dans l'écurie, je lui ai demandé s'il y voyait une objection. Il s'est contenté de sourire. Je pense qu'il se prend pour Cupidon.

Stone était si mignon que Preston ne put se retenir de l'embrasser. Tous deux perdirent toute notion du temps jusqu'à ce qu'un coup frappé sur la vitre les sépare en sursaut.

Tout penaud, Preston ouvrit la portière et prit place dans sa chaise roulante, que Geoff lui tenait. Il poussa fort sur ses roues et avança, malgré la neige, jusqu'à la maison.

— Vous êtes certains que ma présence ne vous dérange pas ? demanda-t-il à Geoff.

— Oui. Mais attention, sois gentil avec lui.

Preston faillit protester. Il se retint en déchiffrant l'expression de Geoff. Ce n'était pas une accusation, juste une mise en garde d'un bon ami de Stone.

— C'est bien mon intention.

C'était le mieux qu'il puisse promettre.

Dans la maison, il ôta son manteau et laissa Stone l'emmener au salon. La télévision était allumée, diffusant un match de football. Il y avait de la nourriture étalée partout sur la table basse. À la grande surprise de Preston, c'était Adelle qui se trouvait assise sur le canapé, les yeux rivés sur l'écran. Sans tourner la tête, elle leur ordonna d'un geste péremptoire de ne pas faire de bruit. Stone et lui se joignirent à elle pour soutenir son équipe. D'après Preston, Stone ne connaissait rien au jeu – comme lui –, mais la frénésie d'Adelle était contagieuse. Preston savait que pour continuer à bénéficier des plats délicieux de la vieille dame, il était nécessaire de la ménager.

À la fin du match, elle se leva, saisit toutes les assiettes – maintenant vides –, et retourna dans la cuisine. Preston ne savait trop quoi dire. Il regarda Stone, qui haussa les épaules, avant de se lever pour s'asseoir à côté de lui.

— Ne pose pas de questions, dit-il.

Au même moment, Geoff, Eli, Joey, et Robbie revinrent tous ensemble. Les couples s'installèrent, côte à côte.

*C'est tellement agréable !* pensa Preston. Il se sentait accepté – sans mélodrame ni expectative. Il n'avait pas à prétendre être ce qu'il n'était pas.

Adelle les appelait pour dîner lorsque son téléphone sonna.

— Salut, maman.

— Tu rentres à la maison ?

Elle parlait d'une voix un peu étrange. Preston hésita.

— Non. Quelque chose ne va pas ?

— Non, chéri. Tu es toujours avec ce jeune homme de la ferme ?

— Oui…

— Je te verrai demain matin alors.

Son ton venait de changer, elle semblait très satisfaite.

— D'accord, maman… Et merci.

Il était heureux qu'elle prenne son sort à cœur, mais il gardait le pressentiment que quelque chose n'allait pas. Haussant légèrement les épaules, il referma le téléphone et se propulsa jusqu'à la cuisine.


GEOFF LE déposa délicatement sur le lit de Stone et quitta la pièce sans rien dire. Preston trouvait que se faire porter jusqu'à sa chambre était terriblement antiromantique, mais pour Stone, il aurait traversé le lac Érié à la nage. Il se sentait nerveux. Stone avait promis de le rejoindre dans une minute, aussi il dut faire un effort pour empêcher son estomac de jouer au trampoline.

Stone avait été agressé, *sexuellement* agressé. Et Preston voulait que cette première nuit soit pour lui aussi merveilleuse que possible. Il espérait juste en être capable. Réussir à effacer le chagrin et la peur qu'il avait lus dans les yeux du jeune homme comptait beaucoup pour lui. Il avait fallu à Stone beaucoup de courage pour l'inviter à rester, mais il avait déjà prouvé qu'il ne manquait pas de résilience.

Un mouvement près de la porte attira son attention. Relevant les yeux, il vit Stone entrer et refermer la porte derrière lui.

— Si tu préfères attendre, je comprendrai.

Stone ne répondit pas tout de suite, mais il approcha.

— Il m'a fait mal et m'a volé quelque chose que rien ne pourra me rendre.

Il continua à avancer jusqu'à ce que Preston sente presque sa chaleur corporelle à travers ses vêtements.

— Mais je ne peux pas le laisser gagner, chuchota-t-il. Et si je me renferme sans plus rien ressentir, il gagnera.

Il ne détourna ni la tête ni le regard. Preston se pencha pour que leurs lèvres s'unissent.

— Je ne te ferai pas mal, Stone. Nous ne ferons rien qui te mette mal à l'aise, je le promets.

Ses mains glissèrent sur sa poitrine, ouvrirent quelques boutons de sa chemise, et passèrent sous le tissu.

— J'ai tellement aimé dormir à côté de toi, ça a été le meilleur cadeau de Noël que j'aie jamais eu.

— Je ne sais pas quoi faire, Preston, j'ai seulement…

Preston le fit taire d'un autre doux baiser. Il l'attira aussi plus près, jusqu'à ce qu'il soit entre ses jambes.

— Nous allons apprendre ensemble.

— Mais toi, tu l'as déjà fait. Tu n'as rien à apprendre.

Preston caressa sa peau lisse et souple.

— Si, toi. Tu es tout ce que je veux apprendre. Toi, et chaque courbe, chaque muscle. Et le contact de ton bras autour de moi, et celui de ta jambe qui glisse contre la mienne.

Il écarta la chemise, le tissu bruissa en tombant sur le sol.

— La façon dont tu frissonnes quand je te touche ici.

Il se pencha et embrassa légèrement un téton rose, il sentit le violent frémissement qui parcourut Stone de la tête aux pieds.

— Je veux apprendre le goût de tes lèvres.

Il l'embrassa encore, puis passa une main dans ses cheveux sombres en continuant sa litanie :

— Et ce qui te fait haleter et gémir. Je veux apprendre chaque centimètre carré de ton corps et tout recommencer depuis le début.

Les yeux de Stone s'étaient fermés.

— C'est ce que je veux aussi, chuchota-t-il.

— Dans ce cas, tu dois me le dire. Promets-moi que si quelque chose te plaît, tu me le diras, et si quelque chose te fait peur, tu me le diras aussi.

Il sentit la main de Stone effleurer les pans de sa chemise, tirer dessus. Docile, il leva les bras et se laissa déshabiller. Puis leurs torses se joignirent, peau à peau, à chaque ondulation répondait une friction. Preston haleta en constatant la chaleur qui émanait du corps de Stone.

— Qu'est-ce que je dois faire ? demanda le jeune homme.

— Qu'est-ce que tu aimerais faire ?

Preston avait décidé de laisser Stone décider de leurs ébats. Que le rythme soit lent ou rapide, cela importait peu, il suivrait les signaux de son amant. *Son amant* ? Il se figea et fixa Stone droit dans les yeux. Cet être incroyable, qui possédait des yeux profonds et expressifs, des cheveux bouclés et indisciplinés, et les lèvres les plus pleines qu'il ait jamais vues, était sur le point de devenir son amant.

— Quelque chose ne va pas ? s'inquiéta Stone.

— Non, tout est parfait.

Il eut le souffle coupé par un baiser énergique qui le plaqua au matelas. C'était plus que parfait, c'était inouï. Les mains de Stone s'aventurèrent timidement sur sa peau, un de ses doigts fit le tour de son mamelon. Preston étouffa un cri sans rompre leur baiser. Il avait chaud partout où Stone le touchait, sa peau devenait plus sensible. C'était comme si, après un simple avant-goût de Stone, son corps implorait d'en avoir plus.

Lui-même fit glisser ses mains le long du dos de Stone jusqu'à la courbe des reins. Il sentit son raidissement, aussi il remonta très vite, vers les omoplates. Puis Stone se souleva et fit remonter leurs deux corps unis contre les oreillers.

— Je veux te voir, souffla Preston entre deux baisers

Sans répondre, Stone s'écarta et quitta le lit. Il détacha son pantalon et le fit descendre le long de ses jambes. Puis il ouvrit celui de Preston et tira dessus pour l'enlever et le jeter au sol.

— Tu es si beau, Stone !

Preston le buvait des yeux, ses doigts le démangeaient d'avoir ce corps à sa merci. Il roula sur le côté, tendit la main et s'accrocha aux épaules solides, il les caressa et descendit vers les avant-bras. Stone possédait le corps d'un homme ayant travaillé dur depuis toujours. Chacun de ses muscles le clamait.

D'une main légère, Preston dessina la poitrine de Stone avant de presser ses lèvres aux endroits que ses doigts découvraient. Il sentit les jambes de son amant se mettre à frémir et vit apparaître le désir sur son visage. Les grands yeux bruns écarquillés brillaient d'émerveillement.

— Pres... ton !

Il glissa plus bas, dans le nid de boucles, avant de suivre sur toute sa longueur le sexe parfait.

— Je vais tomber ! gémit Stone.

Effectivement, ses jambes tremblaient de plus en plus. Preston sourit, sachant qu'il lui faisait ressentir un tel plaisir qu'il pouvait à peine tenir debout. Il se remit sur le dos pour faire de la place sur le lit, Stone s'étendit. Leurs corps s'enlacèrent, leurs jambes s'enroulèrent, leurs torses se plaquèrent l'un à l'autre. Preston haleta en sentant le sexe de son jeune amant frotter contre le sien.

— Tu me rends fou, gémit-il à l'oreille de Stone.

— Pourquoi ? J'aimerais savoir… pour pouvoir recommencer.

— Juste parce que tu es toi.

Stone se rassit, à califourchon sur les jambes de Preston, son sexe pointant tout droit. Preston en profita pour caresser cette dureté à la peau soyeuse. Stone ferma les yeux et se cambra, sa tête ballottant en arrière. Preston vit trembler le jeune corps, souple et puissant.

Avec un petit cri, Stone se pencha et captura les lèvres de Preston dans un baiser brûlant. Leurs corps étaient plaqués ensemble, presque comme si Stone essayait de les fusionner. Sans trop savoir comment, Preston réussit à rouler sur le lit. Il se retrouva à scruter les yeux bruns. Il ne dit rien, se contentant de les fixer. Et Stone lui retournait son attention. Il voulut recommencer à l'embrasser, mais Preston le maîtrisa en douceur. Très lentement, il baissa la tête et dégusta ses lèvres, en gourmet. Il passa ensuite la main dans les cheveux soyeux.

— Stone, je sais ce que tu as subi. Je ne peux t'exprimer à quel point ta confiance me touche. Je ne te blesserais jamais délibérément.

Il se pencha et déposa quelques baisers le long du cou offert avant de glisser sur la poitrine. Ses gestes n'étaient pas aussi contrôlés qu'il l'aurait voulu, mais Stone ne semblait pas s'en plaindre. Il poussa même le grondement le plus érotique qui soit quand Preston suça un de ses mamelons.

Il continua à embrasser la peau chaude, promenant ses lèvres partout sur la poitrine et l'estomac. Stone poussa un cri étranglé quand Preston ouvrit la bouche et le goûta pour la première fois. Cette saveur salée et unique qu'il venait de découvrir sur la peau de Stone explosa sur sa langue tandis qu'il faisait coulisser ses lèvres sur toute la longueur de son sexe.

Pourtant, Stone chercha à s'écarter, Preston releva les yeux vers lui, se demandant ce qui n'allait pas.

— Tu n'as pas à faire ça !

118

Son sexe, échappant aux lèvres de Preston, se plaqua à son ventre. Tout d'abord, Preston s'inquiéta d'avoir été trop vite… Sauf que le petit cri de Stone l'avait poussé à croire que son amant aimait ses caresses.

— J'en avais envie. Tu as un goût paradisiaque !

Ce devait être une réaction née de son expérience passée, pensa-t-il.

Il promena sa langue sur le sexe rigide comme s'il s'agissait d'un cornet de glace. Stone gémit. Rassuré, Preston l'engloutit jusqu'à la base et fit glisser sa langue sur le gland. Son propre gémissement d'extase accentua sa caresse d'une vibration. Preston adorait faire des pipes. Il aimait le contact, il aimait le goût musqué et salé qui lui emplissait la bouche, mais par-dessus tout, il adorait les petits sons qui accompagnaient le sexe oral. Et Stone lui offrait une véritable symphonie. Chaque cri rendait Preston plus déterminé encore à satisfaire son amant. Creusant les joues, il aspira le membre rigide tout au fond de sa gorge, les gémissements de Stone devinrent plus urgents. Preston savait qu'il y était presque, il donna quelques coups de langue appuyés sur le gland sensible. Stone poussa un cri aigu, la bouche grande ouverte, les yeux révulsés, lorsqu'il inonda la bouche de Preston du flot de son orgasme.

Preston avala tout.

Quand ce fut terminé, il se redressa et embrassa Stone avec force, lui faisant partager le goût qu'il gardait sur la langue.

— Preston, tu n'as p-pas… commença Stone, qui rougit et se mit à bégayer.

— Je sais. Je voulais que tu comprennes que c'est merveilleux quand c'est pratiqué avec tendresse.

— Et si je ne sais pas m'y prendre ?

Gêné, il détourna la tête. Preston lui caressa doucement la joue.

— C'est ce que m'ont reproché certains routiers… chuchota Stone.

Ses yeux se remplirent de larmes. Preston se serait volontiers frappé. Il savait qu'il ne pouvait rien changer aux tragiques expériences du passé, il pouvait juste tenter de remplacer ces souvenirs par des caresses, joyeuses et tendres.

— C'est différent quand tu le fais avec quelqu'un à qui tu tiens.

Après tout, lui-même avait aussi connu le sexe anonyme. L'expression actuelle de Stone était la plus incroyable expérience qu'il ait jamais vécue. Il appréciait beaucoup le jeune homme, ce qui rendait leur union si spéciale.

— Je veux essayer.

— Tu n'es pas obligé, tu sais, chuchota Preston, qui lui repoussa les cheveux des yeux.

— J'en ai envie.

Stone se tourna dans le lit. Il se positionna au-dessus du sexe de Preston et se figea.

— Viens ici, Stone.

Preston l'effleura sous le menton et se rassit, pour prendre ses lèvres. Il l'embrassa avec passion en lui caressant le dos.

— Quand on fait l'amour, Stone, la seule obligation est d'être heureux.

Il sentait bien que Stone était bouleversé et tenait absolument à le rassurer. Il s'écarta, roula sur le ventre, et tourna la tête pour surveiller l'expression du jeune homme, pas trop certain qu'il comprendrait son offre implicite. Il tressaillit en sentant une main glisser sur son dos et sur la courbe de ses fesses.

— Je te veux, Stone.

— Tu veux vraiment que je te…

Stone déglutit difficilement avant de terminer sa phrase :

— … que je te prenne ?

— Oui.

— Tu n'auras pas mal ?

Preston comprit que Stone se souvenait de son horrible expérience. Il l'attira dans un doux baiser.

— Tu ne me feras pas mal, Stone. Je te le promets.

— Alors, comment je fais ?

— Utilise tes doigts pour me préparer… et beaucoup de lubrifiant.

Il entendit un tiroir s'ouvrir et se refermer. Quand des doigts frais glissèrent sur sa peau et il frissonna, non pas de froid, mais à cause des sensations que ce toucher, doux et hésitant, provoquait en lui. Pour Stone, c'était vraiment la première fois. Les doigts errèrent sur sa peau avant de s'aventurer entre ses fesses pour le titiller et le découvrir. Preston se tordit sur le lit. Puis un long doigt ferme effleura la peau plissée qui marquait l'entrée de son corps et s'enfonça.

Preston gémit doucement.

— Tu aimes ?

Stone plia le doigt. Preston fut traversé par un éclair électrique qui le fit loucher.

— Où as-tu appris à faire ça ? gémit-il.

120

Stone continuait de masser cet endroit spécial caché en lui. Peut-être répondit-il à sa question ? Preston, perdu dans la brume d'un plaisir divin, n'était plus en état de comprendre ses paroles. Un deuxième doigt s'ajouta au premier, jouant du ciseau pour mieux l'ouvrir. Bon sang, Stone apprenait vite ! Preston s'abandonna à ses caresses.

Les doigts disparurent. La déchirure d'un étui en alu lui signala que Stone se préparait. Ensuite, son amant s'insinua en lui. Preston se força à se détendre. La pénétration fut un peu hâtive, mais pas question de faire la moindre réflexion.

Dès qu'il sentit Stone tout au fond de lui, le plaisir revint en force. Le poids de Stone sur lui, son sexe qui le possédait... Tout était si incroyablement parfait.

— Va lentement pour commencer, murmura-t-il.

Stone se mit à onduler. Il trouva bientôt son rythme et Preston s'envola en orbite vers la lune.

— Stone ! cria-t-il.

Incapable de contrôler son orgasme, il jouit sous lui, sur les draps. Il sentit les spasmes de Stone qui, au plus profond de lui, trouvait aussi son plaisir en rugissant. Peu à peu, les tremblements cessèrent, il sentit un corps chaud et abandonné peser sur lui.

— J'adore cette position, je ne veux plus jamais bouger.

La voix de Stone à son oreille fit sourire Preston. Il tourna la tête, leurs lèvres se joignirent dans un baiser mouillé. Puis Stone se redressa, glissant de son corps. Preston ne put retenir un gémissement.

Stone s'installa sur le lit à côté de lui, Preston roula sur le côté et l'attira dans ses bras.

— Merci.

Preston écarta un peu la tête pour le regarder dans les yeux.

— De quoi ?

Il sentit sa main lui caresser la joue, il se blottit contre son jeune amant.

— Tu as été parfait.

Stone étouffa un bâillement. Ils s'embrassèrent de nouveau. Puis Stone éteignit les lumières et s'étendit contre Preston. La maison était calme, les sons de la ferme entraient subrepticement dans la chambre comme une berceuse. Bientôt, la respiration de Stone se fit plus régulière, le jeune homme émit même un doux ronflement contre l'oreille de Preston. Lentement, il se retourna, en prenant soin de ne pas le réveiller. Il se mit à l'examiner pendant son sommeil. Avec ses yeux fermés et ses lèvres entrouvertes, il ressemblait à un ange.

Que voyait en lui un être aussi merveilleux, aussi jeune ?

Preston se demanda s'il était vraiment capable de le rendre heureux. Il ne pouvait pas marcher. Même s'il devenait plus solide, rien ne garantissait qu'un jour, il puisse de nouveau marcher normalement. Comment condamner Stone à vivre avec un infirme ? Il sentit sa gorge se serrer. Il tombait amoureux de Stone, il le savait, et cela le terrifiait.

Toutes ses relations antérieures avaient été chaotiques, il suffisait de voir ce qui s'était passé avec Kent. Au fond, il avait toujours su que Kent ne s'intéressait à lui que pour son argent, ou, plus exactement, celui de son père. Sachant la vérité, il s'était senti capable de gérer la situation. Mais ce qu'il ressentait pour Stone était trop différent, il ne savait plus quoi faire. Il avait besoin de Stone, voilà sa seule certitude. Ces papillons dans le ventre qu'il ressentait en s'approchant de lui, cette nostalgie poignante dès qu'il s'en éloignait, c'était de l'amour, Preston en était certain.

Stone se retourna et se rapprocha, pressant les fesses contre sa hanche. Il lui passa le bras autour de la taille, comme la nuit de Noël. L'odeur de Stone, de ses cheveux et de sa peau, lui monta au nez. Preston comprit qu'il donnerait tout pour garder Stone dans son lit et dans sa vie pour les années à venir, même si c'était peu probable. À dix-neuf ans, Stone avait tout à découvrir, sur lui-même et sur le monde. Preston lui caressa les cheveux. Beaucoup d'hommes étaient passés dans sa vie, mais si Stone le quittait, il emporterait avec lui une partie de son cœur.

— Je ne te laisserai pas me quitter, Stone.

Il le serra contre lui dans l'espoir de sceller sa promesse, mais il n'était pas sûr de pouvoir garder son jeune amant.

— Qu'est-ce qui ne va pas, Preston ?

Stone parlait d'une voix ensommeillée, il roula sur lui-même et enfouit la tête contre son épaule.

— Rien. Tout va bien. C'est juste…

Non, il ne pouvait avouer à Stone ses craintes stupides.

— C'est rien, Stone.

Il lui caressa le dos pour l'aider à se rendormir. À sa grande surprise, il sentit sa peur s'estomper. Il ne pouvait tout contrôler, mais il *pouvait* tirer le meilleur parti de ce qu'il vivait actuellement avec Stone. Et il allait redoubler d'efforts pour marcher, parce que si une relation était possible entre Stone et lui, il refusait de la vivre en infirme. Ceci étant résolu, la fatigue de cette longue journée commença à se faire sentir, Preston avait les paupières qui s'alourdissaient de sommeil.

— Je t'aime.

Il n'ouvrit pas les yeux. Si c'était irréel, il préférait ne pas se réveiller. Sinon, c'était un rêve devenu réalité. Dans les deux cas, il était heureux.

— Je t'aime aussi.

Il ignorait s'il avait répondu dans son rêve ou dans la réalité.


PRESTON SE réveilla en sentant le corps chaud de Stone pressé contre lui, poitrine contre poitrine. Deux bras l'étreignaient très fort. Il essaya de s'écarter, mais Stone s'accrocha, sans même ouvrir les yeux, un léger sourire aux lèvres. Preston se détendit et attendit son réveil en regardant son jeune amant dormir – et en lui rendant ses câlins.

— Depuis combien de temps tu me regardes ?

Les yeux bruns s'ouvrirent, Stone étouffa un bâillement.

— Un certain temps.

Stone le pressa contre le matelas, Preston l'embrassa.

— Fais-moi l'amour, réclama-t-il.

— Retourne-toi, chuchota Stone.

Preston secoua la tête.

— Non. Cette fois, je veux te voir.

— Mais tes jambes ?

Il les souleva du lit et les enroula autour de la taille de son amant. Il lui fallut se concentrer, mais il réussit à le faire. Une bonne motivation créait des miracles !

— S'il te plaît, Stone.

Il sentit un doigt le pénétrer et le reste du monde s'effaça. Tous deux étaient seuls. Quand Stone s'enfonça en lui, le comblant, il cria doucement, les yeux noyés dans les grandes prunelles brunes où il se perdit.

Avec un doux soupir, Stone pesa contre lui, enfoui en lui. Très lentement, il commença à bouger. Leurs corps trouvèrent un rythme commun et ondulèrent ensemble le plus longtemps possible. Ils échangeaient parfois des baisers hâtifs qui leur paraissaient aussi nécessaires que l'air pour survivre. Leurs cris montaient à l'unisson, devenant des gémissements de plaisir jusqu'à ce que l'orgasme les emporte tous les deux. Preston sentit son corps se raidir sous l'explosion de sa jouissance, sous la friction du corps contre le sien. Stone le suivit peu après, la bouche ouverte sur un cri silencieux, secoué par des spasmes dont Preston sentait la répercussion au plus profond de lui.

Ils restèrent étendus, serrés l'un contre l'autre, le temps de reprendre leur souffle.

La maison commençait à se réveiller. Ils se décidèrent, à regret, à se séparer.

Une fois Preston habillé, Geoff le ramena à sa chaise roulante, au rez-de-chaussée, où ils prirent leur petit déjeuner ensemble. Stone aida ensuite Preston à se rendre jusqu'à la voiture et le raccompagna chez ses parents.

Avec un dernier baiser, Preston fit ses adieux et emprunta seul la rampe d'accès avant de pénétrer dans la maison. Il referma la porte et prit la direction de sa chambre.

Il garda un radieux sentiment de bonheur jusqu'au couloir, lorsqu'il vit son père l'attendre devant la porte de son bureau, l'air sévère et malheureux.

# XI

— Tu PARAIS en grande forme, Stone.

Joey venait de passer la tête dans la stalle que Stone était en train de nettoyer.

— Et je sais pourquoi, insista-t-il avec un clin d'œil alors qu'il avançait pour le rejoindre. À mon avis, tout le monde à la ferme est au courant. Preston et toi n'avez pas été particulièrement discrets, ni hier soir ni ce matin.

Stone sentit ses joues devenir brûlantes.

— Désolé.

Pourtant, il ne se sentait pas désolé du tout concernant la nuit qu'il venait de passer. En un mot, ça avait été merveilleux. Stone se sentit rougir de plus belle en y repensant. Il n'aurait jamais cru que ce puisse être aussi magique ! Parce que voir le visage de Preston durant leur union, ses yeux radieux, sa bouche ouverte, entendre ses halètements et ses petits gémissements… Stone se souvint alors de la présence de Joey, planté devant lui, il se détourna afin de terminer son travail, reconnaissant d'avoir de quoi s'occuper les mains.

Joey se mit à rire.

— Ce n'est pas grave, ça arrive.

— Je sais. Je te signale que je vous ai entendu plusieurs fois, Robbie et toi.

Les deux hommes riaient encore lorsqu'ils entendirent des pas dans l'écurie.

— J'ai dans quelques minutes le cours d'équithérapie de cet après-midi, annonça Joey. Je vais te laisser finir.

Il quitta la stalle, Stone termina de la ranger avant d'y ramener Belle, qui parut apprécier la propreté de son local. Il referma la porte et s'aventura dans le manège.

— Salut, Stoney ! cria Sherry.

Elle était en selle sur Mercury et faisait le tour de la piste. Il lui rendit son salut d'un geste de la main.

— J'ai du mal à croire à ses progrès !

Se retournant, Stone vit Alicia, la mère de Sherry, qui se tenait à côté de lui.

— Il y a encore quelques semaines, reprit la jeune femme, elle refusait de dire un mot, et maintenant, je n'arrive pas à la faire taire.

D'après son sourire radieux, elle en était ravie.

— Est-ce qu'elle parle de son père ?

Le visage d'Alicia se ferma.

— Très peu. Mais elle le fera quand elle sera prête, affirma-t-elle, avec un sourire encore plus lumineux. La nuit dernière, elle m'a dit que comme elle serait jolie une fois grande, elle pourrait se marier avec Stoney.

— Donc, je suis votre rival dans son cœur ?

Stone jeta un coup d'œil derrière lui et vit Preston dans son fauteuil roulant, qui s'apprêtait à le rejoindre. Il lui trouva un sourire forcé, pas vraiment sincère. Il s'excusa auprès d'Alicia et se dirigea vers lui.

— Qu'est-ce que tu fais là ? Je ne t'attendais pas avant demain, pour ta séance de thérapie. Quelque chose ne va pas ?

Preston en oublia son faux sourire.

— Tu as un moment à m'accorder ?

— Oui, bien sûr.

Maintenant, très inquiet, il suivit Preston, quitta le manège, et retourna dans l'écurie.

— Il faut qu'on parle.

Stone sentit un poids lui tomber sur l'estomac. Preston regrettait-il ce qui s'était passé la nuit dernière ? Il scruta son visage, espérant y découvrir un indice pour comprendre ce changement d'humeur, mais il ne put rien déchiffrer. Il était convaincu que Preston allait lui annoncer leur rupture.

— C'est bon, Preston, tu n'as pas à te justifier. Je comprends.

Il fit quelques pas vers la porte de l'écurie. Il aurait dû se douter que Preston avait juste eu pitié de lui, la nuit dernière.

— Tu as fait ta bonne action pour l'année, maintenant, tu peux t'en aller.

Comment pouvait-il s'être montré aussi stupide ? Il s'en voulait terriblement, et ne cessa de se fustiger pendant qu'il traversait la cour en direction de la maison, sans rien voir de ce qui l'entourait. Il faillit s'effondrer en pénétrant dans la cuisine.

— Que s'est-il passé ? demanda Adelle.

Elle lui jeta un coup d'œil avant de l'attirer contre elle.

— Qu'est-ce que t'a encore fait ce garçon ? insista-t-elle.

Stone entendit la colère vibrer dans sa voix. Au même moment, on frappa à la porte. Adelle lâcha Stone avec une tape sur l'épaule. Elle alla répondre à la porte et parla. Quelques minutes plus tard, elle revint dans la cuisine, suivant Preston qu'elle fusillait des yeux.

— Tu veux que je reste ? demanda-t-elle à Stone.

Elle ramassa d'un geste menaçant le rouleau à pâtisserie qu'elle venait d'utiliser.

— Non, qu'il dise ce qu'il a à dire avant de s'en aller.

Stone fit l'effort de ne pas s'essuyer les yeux. Adelle toisa une dernière fois Preston avant de quitter la pièce, l'air toujours aussi féroce.

— Tu peux m'expliquer ce qui t'a pris ? s'étonna Preston.

— Tu as dit qu'il fallait qu'on parle. Alors, j'ai pensé t'épargner la peine de rompre avec moi.

Il croisa les bras sur sa poitrine, comme pour tenter de protéger son cœur.

— Je n'avais pas du tout l'intention de rompre avec toi !

Stone cessa de s'agiter et s'empourpra.

— Alors pourquoi as-tu agi de cette façon dans l'écurie ?

— Je ferais peut-être mieux de commencer par le commencement.

Preston écarta une chaise de la table pour que Stone s'y installe.


PRESTON VIT son père dans le couloir, qui lui bloquait le passage.

— Il faut qu'on parle.

Il sut de suite qu'il y avait un problème. Son père avait la mâchoire crispée et ses yeux brillaient d'une colère amère.

— Laisse-moi enlever mon manteau, papa, je te rejoins ensuite dans ton bureau.

Son père hocha la tête et, après un dernier regard, il retourna dans son antre, à l'arrière de la maison. Preston se débarrassa de son manteau qu'il jeta sur son lit et posa son petit sac au sol. Autant en finir au plus vite, décida-t-il. Sortant de sa chambre, il se rendit dans le bureau de son père.

— Tu m'as sonné ?

— Ne fais pas le malin, s'emporta Milford. Je dois te parler sérieusement.

— Étrange, vu que tu ne t'es pas donné la peine de me parler depuis des années. Du moins, quand tu t'adressais à moi, je n'avais pas le sentiment qu'il s'agissait d'une conversation.

Il pénétra plus avant dans la pièce en disant :

— D'accord, je t'écoute.

— Tu es revenu à la maison il y a environ neuf mois. D'après ce que j'ai compris, tu as réalisé de gros progrès grâce à la rééducation, tu ne devrais pas tarder à marcher.

— Papa ! Tu parles de façon tellement clinique que tu pourrais être un de mes médecins.

Il chercha à se reprendre, sachant qu'un affrontement direct ne le mènerait à rien.

— Je suis ton fils, pas une affaire à régler ou une société à remettre sur pied.

— Je ne te traite pas de cette façon !

Le déni avait été automatique et rapide.

— Oh que si ! Chaque fois que tu me parles, tu me traites comme un avoir qui n'a pas le rendement prévu, alors tu cherches un moyen de le rentabiliser ou de le liquider. Mais je ne suis pas un de tes avoirs. Je suis ton fils !

Preston lui jeta un regard outré, tout en cherchant à cacher sa blessure ouverte. Il vit le visage de son père s'adoucir.

— Je voulais te parler de ton avenir.

— Pourquoi ? Dès que j'aurai quitté cette chaise, je chercherai un emploi et je m'en irai d'ici. Tu n'auras plus jamais à me revoir.

Il avait l'intention de faire une méga-fête et de s'enivrer dès qu'il redeviendrait autonome. Avec un peu de chance, Stone serait avec lui, tout serait parfait.

— Pourquoi attendre ? Un poste d'analyste financier vient de se libérer dans notre succursale de Kansas City. Tu es parfaitement qualifié.

Kansas City ! Bon Dieu ! À l'idée de partir aussi loin, Preston eut le cœur serré.

— Et mon traitement ?

Son père vint s'asseoir dans un fauteuil à côté de lui.

— Ils ont d'excellents thérapeutes à Kansas City. D'après moi, si tu es assez en forme pour t'absenter toute la nuit, tu es capable de travailler et de gagner ta vie.

Preston eut sur le bout de la langue un refus et une explication, mais il ne les exprima pas. Son père avait raison. Merde, il détestait vraiment devoir se l'avouer.

— Bien, je te l'accorde. Tu as raison, je devrais trouver un emploi.

L'expression surprise de son père se transforma en sourire.

128

— Dans ce cas, puis-je annoncer au directeur du service financier que tu te présenteras dans deux semaines ?

— Non. Je chercherai moi-même mon emploi.

Preston ne voulait pour rien au monde d'un travail choisi par son père, et dans sa propre société qui plus est.

Milford étrécit les yeux.

— Je crois préférable que tu échappes à certaines des influences que tu as subies récemment.

— De quoi parles-tu, papa ?

Mais il commençait à comprendre où son père voulait en venir.

— Un changement d'environnement pourrait te remettre socialement sur la bonne voie.

Preston vit ses soupçons se confirmer.

— Papa, je suis gay. Même si je déménageais à l'autre bout du pays ou du monde, cela n'y changerait rien. Je suis gay, cela fait partie de moi. Je sais que c'est difficile pour toi…

Il tendit la main et la posa sur celle de son père. D'une voix plus douce, il continua :

— Ce n'est pas à cause de toi, papa.

— Je sais.

Son père se tourna vers lui. Ses yeux étaient redevenus durs. Il se leva sans ajouter un mot et quitta la pièce.

— En clair, ça signifie quoi ? demanda Stone, sceptique.

— Que j'ai deux semaines pour trouver un emploi sinon mon père m'obligera à accepter ce poste à Kansas City.

Cette foutue perspective le rendait malade, il en gardait un mauvais goût dans la bouche.

— Je suis sûr que Geoff pourrait t'embaucher, offrit Stone, de l'espoir plein les yeux.

Pendant un moment, Preston sembla oublier tout le reste.

— Je ne peux pas travailler ici. Je n'ai rien à offrir à Geoff dont il ait besoin.

Réagissant au ton de sa voix, Stone se crispa. Preston soupira et lui prit les mains.

— Je possède quand même quelques aptitudes, tu sais. Je vais regarder les petites annonces. Qui sait, j'aurai peut-être de la chance.

Stone voyait bien que Preston cherchait à accepter la situation du mieux possible.

— Et si ce n'est pas le cas, 'adieu Stone et bonjour Kansas City' ?

Il tenta de cacher sa douleur, mais sans y réussir. Preston tira légèrement sur son bras, Stone se pencha pour l'embrasser.

— Je ne veux pas partir ! affirma Preston, ensuite. Je veux rester ici, mais je n'aurai peut-être pas le choix. C'est mon père qui décide l'endroit où je vis. Il contrôle même les fonds qu'il a placés à mon nom.

— Alors, on fait quoi ?

Il vit la lueur qui brillait dans les yeux de Preston.

— Rien pour le moment. Ce soir, je vais mettre à jour mon CV et répondre aux offres d'emploi.

— Et en attendant ?

Preston resserra son étreinte et se pencha pour tracer de la langue le contour de ses lèvres.

— Voilà qui me paraît une excellente occupation.

Stone ouvrit la bouche, Preston se mit à l'embrasser, laissant sa langue explorer davantage. Il aurait voulu se lever, monter les escaliers, emmener Stone au lit et lui faire l'amour afin de lui démontrer tout ce qu'il signifiait pour lui.

Stone lui rendit son baiser.

— Combien de temps peux-tu rester ? demanda-t-il.

— Pas longtemps. J'ai demandé à Jasper de m'accompagner ici pour que je puisse te parler, mais t'embrasser est tellement meilleur.

Ils s'accordèrent quelques baisers de plus, puis Stone se redressa.

— Je vais t'aider à retourner à la voiture.

Il sentit la main de Preston caresser la sienne.

— Je ne veux pas m'en aller.

— Je sais.

Il fit sortir Preston de la maison et le poussa jusqu'à la voiture. Peu après, il regardait les feux arrière disparaître dans la neige qui tombait encore cet après-midi.

À son retour dans la cuisine, Adelle l'attendait.

— Tout va bien maintenant ?

— Non.

Il souffrait de l'absence de Preston.

— A-t-il fait une bêtise ?

Il sourit.

— Quand il est avec moi, je suis heureux. Quand il s'en va, je me sens perdu et je recommence à douter.

En évoquant le départ de Preston, il leva les yeux vers Adelle.

— Parfois, la vie est vraiment trop injuste ! chuchota-t-il. Au moment où on croit avoir trouvé le bonheur, il arrive quelque chose qui vous l'enlève.


STONE ÉTAIT assis sur le canapé auprès de Preston, ils se tenaient par la main.

— J'ai écrit à tous les entrepreneurs, banquiers et courtiers de la ville. Ceux qui ont accepté de me recevoir ont tous admis que j'avais les qualifications nécessaires, mais qu'actuellement, ils n'embauchent pas.

Constamment préoccupé, Preston avait très mal dormi ces derniers temps.

— Ton père t'accordera peut-être un délai quand il verra le mal que tu te donnes.

— Je lui ai montré mon CV et les réponses que j'ai reçues, je lui ai même parlé de mes entretiens, mais il est borné. Il prétend que le poste à Kansas City doit être pourvu au plus vite. Il veut que je parte la semaine prochaine.

— Je n'arrive pas à croire que tu vas t'en aller.

Appuyé contre Preston, Stone glissa sur le canapé pour se blottir contre lui.

Il se redressa quand la porte du bureau s'ouvrit. Un homme sortit de la pièce avec Geoff. Il ignorait qui c'était, mais il portait une combinaison et une chemise de flanelle. Et un énorme tas de papiers.

— Preston, je pourrais te parler une minute ? dit Geoff. Stone, ça ne te gêne pas de nous laisser ?

— Non, aucun problème. Je vais vérifier ce que font les chevaux.

Il se leva et s'éloigna, laissant Geoff et l'inconnu s'installer au salon avec Preston. Il prit son manteau, sortit de la maison et se dirigea vers l'écurie. La neige craqua sous ses pieds. Il avait besoin de réfléchir, ce qu'il ne pouvait faire auprès de Preston.

Une fois dans l'écurie, il s'assura que chaque cheval ait du foin et de l'eau avant de s'approcher de la stalle de Buster.

— Je suis si heureux de t'avoir retrouvé ! Tu m'as tellement manqué !

Il tapota le long cou avant de se pencher pour vérifier ses sabots. Les endroits pourris avaient été coupés. Il faudrait faire attention pendant un certain temps, mais d'après le vétérinaire, Buster serait en forme d'ici quelques mois. Ses sabots ne 'guériraient' pas, mais peu à peu la corne se reconstituerait dans les zones endommagées. Cela prendrait du temps.

— Que vais-je devenir s'il s'en va ? Je l'aime, Buster.

Il quitta la stalle pour aller chercher une brosse et un peigne, puis il rejoignit son cheval et se mit à lui lustrer le poil. Il sourit en réalisant qu'il s'activait au rythme des questions qui lui martelaient le crâne. Buster continuait de manger son foin, mais ses oreilles s'agitaient quand Stone lui parlait.

— Buster, tu ne m'aides pas beaucoup, protesta-t-il.

Le cheval but un peu d'eau et se remit à manger. Stone continua de travailler, en silence. Il n'aimait pas du tout l'idée du départ de Preston. Mais il détestait encore plus que cet éloignement soit forcé. Le père de Preston lui mettait la pression, c'était évident. Mais c'était aussi injuste. Stone se sentait impuissant, ce qui le consternait plus que tout. Il avait été maltraité par son propre père, puis par son oncle Pete. Il décida tout à coup qu'il était temps pour lui de reprendre sa vie en main. De faire ses propres choix. Si Preston acceptait ce poste à Kansas City, peut-être pourrait-il partir avec lui…

Comme s'il lisait dans ses pensées, Buster tourna la tête et fixa sur lui un grand brun œil. Sans réfléchir, Stone posa la tête contre son cheval. Pourquoi la malchance s'acharnait-elle sur lui ? Il aimait vivre ici, à la ferme. Il considérait Geoff et Eli comme sa famille – en vérité, il les aimait bien plus que son ancienne famille. Eux au moins se souciaient de lui. Et puis, Preston n'avait même pas proposé de l'emmener.

Stone termina de brosser Buster et lui donna une friandise avant de quitter la stalle. Il avait beaucoup réfléchi sans trouver de solution viable. Sa seule certitude était que le départ de Preston le rendait malade.

Il retourna dans la sellerie ranger le peigne et la brosse. Au même moment, le téléphone de la ferme sonna. Sachant tout le monde occupé, il décrocha.

— Ici Stone, de la ferme Laughton.

Seul le silence lui répondit, il faillit raccrocher.

— Ici Milford Harding, le père de Preston.

L'homme avait une voix douloureuse, comme s'il avait pleuré.

— Je vais vous le chercher, monsieur, attendez une minute.

— Non, c'est à vous que je voulais parler. Je vous en prie, insista-t-il avec le même ton enroué.

Stone, pris de soupçons, fut tenté de raccrocher, mais la politesse l'en empêcha. Sa mère lui avait enseigné les bonnes manières.

— Je me demande bien pourquoi.

— Je suppose que Preston vous a parlé de ce poste à Kansas City ?

Sa voix semblait amicale et attentionnée.

— Oui.

— Il faut absolument qu'il accepte cet emploi. Je me suis déjà arrangé pour que les meilleurs thérapeutes du pays s'occupent de lui. Mon fils possède un brillant esprit financier et ce travail lui sera bénéfique. Il en a besoin. Il ne trouvera aucun poste par ici.

Il plaidait, d'une voix de plus en plus urgente.

— Je sais que vous aimeriez qu'il reste ici, avec vous, reprit-il, mais il a autant besoin de faire travailler son esprit que de se remettre à marcher. Jasper a fait du bon travail, mais les spécialistes de Kansas City sont capables de réaliser des miracles.

Stone aurait aimé que son propre père s'intéresse autant à lui que Milford semblait le faire concernant Preston.

— Je veux ce qu'il y a de mieux pour lui, murmura-t-il, se parlant plus ou moins à lui-même.

— J'en suis certain. Et moi aussi… Mais… Il…

Stone entendit l'homme s'étouffer d'inquiétude à l'autre bout du fil.

— … Il a besoin que nous l'aidions à prendre la bonne décision. Je ne veux pas le voir s'en aller, bien entendu, mais c'est pour son bien. Voyez-vous, aimer véritablement, c'est faire passer les intérêts d'autrui avant les siens.

L'homme semblait avoir le cœur brisé. Stone se sentit désolé pour lui, même si son propre cœur se brisait à l'idée de perdre Preston.

— Ce ne sera pas un départ définitif, insista Milford, mais nous avons besoin de votre aide. Et Preston en a également besoin pour aller mieux.

Il renifla. Stone l'entendit aussi déglutir avec difficulté. Il ne trouva rien à répondre.

— Je vais vous laisser maintenant, conclut le père de Preston. S'il vous plaît, pensez à ce que j'ai dit. C'est important pour mon fils.

Stone chercha à parler, sa gorge avait du mal à fonctionner.

— Bien sûr.

Il raccrocha et regarda sa main, elle lui sembla déconnectée du reste de son corps. Sonné, il retourna vers la maison.

En accrochant son manteau, il entendit des voix excitées résonner au salon.

— En investissant les recettes pendant trois mois, vous pourriez bénéficier de quatre pour cent supplémentaires…

Preston paraissait très animé, comme il s'apprêtait à bondir dans la pièce d'une minute à l'autre. Stone continua à écouter, mais il ne comprenait pas grand-chose à la conversation. Amortissements et provisions, qu'est-ce que c'était au juste ?

— Ils n'ont pas cessé de discuter depuis ton départ, chuchota Adelle. De quoi donner le tournis.

Elle venait d'ouvrir le four. Elle en retira une tarte aux patates douces dont le parfum emplit la cuisine.

Stone prit place à table devant une tasse de café et sombra dans une réflexion morose. Les sons de l'autre pièce semblèrent reculer avant de disparaître. Seule la voix excitée Preston lui parvenait de temps à autre, tranchant le cours de ses pensées.

— Qu'est-ce qui te rend si calme ? demanda Adelle.

Elle s'installa à côté de lui et posa sa main sur la sienne. Stone émergea de sa transe.

— Avez-vous un jour laissé partir quelqu'un que vous aimiez parce que c'était pour son bien ?

Il vit la nostalgie briller dans les yeux de la vieille dame. Puis elle lui offrit un grand sourire qui exhiba toutes ses dents. Ses yeux étaient devenus d'un brun liquide.

— Seigneur, oui ! C'était il y a bien longtemps. Au lycée, j'étais très amoureuse de Tchad Montgomery. Il était beau et très gentil avec moi. Nous nous étions rencontrés au cours d'un bal, ce qui était vraiment rare.

Stone lui jeta un regard interrogateur.

— Pourquoi ?

— Rappelle-toi que nous vivions dans un état sudiste pendant les années soixante. Il était blanc.

Stone hocha la tête, il comprenait vaguement le problème. Elle continua :

— Nous nous retrouvions sur la route, derrière ma maison. Il venait me chercher en voiture et nous nous rendions dans un petit coin de pêche qu'il connaissait. Nous parlions pendant des heures. Il avait l'habitude de me poser toutes sortes de questions, c'était un vif-argent.

Elle s'arrêta. Stone lut dans ses yeux qu'elle était de retour là-bas, à revivre les jours heureux de sa jeunesse.

— Qu'est-il arrivé ?

Les bruits de la salle de séjour arrivaient jusqu'à eux, la voix claire et énergique de Preston dominant le tumulte. Stone ne savait pas ce que faisait au juste son amant, mais il s'amusait, c'était flagrant.

— Sa famille s'apprêtait à l'envoyer à l'université, répondit Adelle. Il m'a proposé de partir avec lui, très loin, chez les nordistes, pour que nous puissions être ensemble.

— C'est merveilleux.

L'histoire d'Adelle le touchant beaucoup, il s'essuya les yeux.

— Oui. Pendant une seconde, j'y ai vraiment réfléchi. Mais un grand avenir l'attendait, je n'ai pas voulu y faire obstacle. Il aurait gâché sa vie avec moi. À l'époque... Un couple mixte ?

Elle secoua lentement la tête. Puis son sourire disparut.

— Je lui ai dit qu'il devait aller à l'université. Je lui ai dit qu'il me manquerait. Il savait bien que j'avais raison. Il est parti une semaine plus tard.

— Vous l'avez revu ?

— Quelques fois, mais de loin. Il est devenu avocat, il s'était spécialisé dans les droits civiques des minorités.

Elle en paraissait très fière. Stone osa à peine poser sa question :

— Qu'est-il devenu ?

Elle déglutit et lui tapota la main.

— Il a été tué en essayant de défendre le droit de vote universel. Il a accompli beaucoup de bien, il a aidé beaucoup de gens, et rien ne serait arrivé si je ne l'avais pas laissé partir.

Elle soupira puis lança, d'un ton décidé :

— Maintenant, ça suffit.

Elle s'essuya les yeux et se leva de table. Après une dernière caresse sur sa main, elle se remit au travail.

— Je ne te remercierai jamais assez, mon jeune ami.

Stone sursauta en entendant la voix tonitruante de l'homme qui pénétrait dans la cuisine. *Il était vraiment temps qu'il arrête de rêvasser !* pensa-t-il.

— Tu as sans doute sauvé ma ferme. Tu crois vraiment que je peux réussir ?

Il avait l'air plus heureux qu'un porc de son père dans sa bauge.

— Sur le plan financier, oui, absolument, répondit Preston. Vous devriez même réaliser un bon profit malgré la baisse des prix.

Il entrait à son tour dans la cuisine, le visage empourpré et heureux. Stone lui avait déjà vu cette expression. Il détourna les yeux, comme si tout le monde pouvait le voir rougir.

— Il suffit de s'en tenir au plan, ajouta Preston.

L'homme enfila un manteau couvert de taches, il remit aussi ses bottes et gants avant de saluer la compagnie en agitant la main. La porte claqua derrière lui.

— Merci beaucoup, Preston, dit Geoff. Tu nous as bien rendu service.

Il lui pressa l'épaule avant de retourner dans son bureau. Quant à Stone, il suivit Preston au salon et s'installa sur le canapé. Il remarqua alors que Preston était capable de transférer son corps de sa chaise au canapé sans avoir besoin qu'on l'aide. Par contre, il ne pouvait toujours pas marcher.

Les deux hommes passèrent le reste de la soirée blottis l'un contre l'autre. Les autres habitants de la maison entraient et ressortaient de la pièce, mais Stone n'avait aucune intention de s'éloigner de Preston.

— Je dois rentrer chez moi, déclara enfin Preston.

Il donna à Stone un baiser d'adieu, puis se glissa dans sa chaise roulante.

— Demain, c'est la soirée poker, tu viens ? s'enquit Stone, qui espérait vraiment le revoir.

— Bien sûr. Je ne voudrais manquer ça pour rien au monde. Et j'espère avoir une bonne nouvelle que nous pourrons célébrer ensemble.

Stone en ressentit une grande vague d'excitation, ce qui repoussa de son esprit toute inquiétude. Il aimait les 'célébrations' de Preston. Son corps s'en réjouissait également.

# XII

Au volant de sa nouvelle voiture, spécialement équipée, Preston prit le chemin qui menait à la ferme. De la main, il poussa le levier du frein, heureux de pouvoir à nouveau conduire. Son mécanicien avait merveilleusement su adapter la voiture à la conduite pour handicapé. Preston devait juste se rappeler de pousser le levier de vitesse pour accélérer, le tirer pour ralentir et en utiliser un autre pour freiner.

— Je peux le faire ! déclara-t-il à voix haute.

Il sourit en s'arrêtant. Il n'avait cette voiture que depuis deux jours, mais déjà, il se sentait plus libre, puisqu'il n'avait pas à réclamer à son entourage de le conduire à droite et à gauche.

La porte arrière de la ferme s'ouvrit, Stone en jaillit, son visage exprimant clairement son excitation.

— Je vais t'aider.

Il récupéra le fauteuil roulant sur de la banquette arrière, Preston se glissa dedans. Stone l'aida à traverser l'étendue neigeuse et à pénétrer dans la maison.

— Tu as trouvé un emploi ?

— Oui, j'ai reçu une offre aujourd'hui.

Stone perdit une partie de son enthousiasme.

— Tu n'as pas l'air heureux.

Preston se débarrassa de son manteau que Stone accrocha à une patère.

— C'est à une banque à Scottville, commença-t-il.

Stone plissa le front, surpris.

— Et alors ? Tu semblais tellement excité hier.

— Ils m'ont téléphoné pour me proposer un autre poste. Je pensais travailler aux offres de crédits. Au lieu de cela, je serai à la caisse. J'ai jusqu'à lundi pour leur donner ma réponse.

Il avait été si déçu ! Très confiant dans ses qualifications, il avait espéré un meilleur poste. Bien sûr, il avait quand même une proposition.

— C'est mieux que rien, tu ne crois pas ? dit Stone en souriant.

Il tendit la main et toucha la joue de son jeune amant, dont la peau lisse et tiède glissa sous ses doigts.

— Ouais.

Ensemble, ils se rendirent au salon, où les autres s'installaient déjà. Pete sourit en jouant avec ses jetons sur la table

— Heureux de te voir, Preston. Et toi, Stone, tu joues ce soir ?

— Bien sûr.

Il tendit à Pete quelques dollars et obtint à son tour des jetons. Il s'installa à côté de Preston.

Le jeu commença sur les deux tables, au milieu des rires et des conversations animées. Tout au long de la soirée, Preston fut conscient de la chaleur de Stone près de lui. Parfois, il sentait même sa main se poser sur sa jambe, une pression discrète. Il craignait chaque fois de voir exploser la fermeture éclair de son jean. Il aurait aussi juré que Stone faisait exprès de briser sa concentration, parce que la pile de ses jetons s'amenuisait au fur et à mesure que la nuit avançait, tandis que celle de Stone ne faisait qu'augmenter.

— Tu as appris drôlement vite, ça c'est sûr !

— J'apprends vite, dans tous les domaines.

La main glissa plus haut. Preston dut faire un gros effort pour garder un visage impassible lorsque des doigts furtifs dessinèrent la longueur rigide de son sexe.

— Je relance de dix, déclara Stone.

Il déplaça quelques jetons au centre de la table et se tourna vers Preston, attendant de voir ce qu'il allait répondre.

— Je me couche.

Il jeta ses cartes en fusillant son amant du regard. Il reçut un clin d'œil en retour, tandis que Stone récupérait la totalité du pot.

La soirée avançant, son jeu devint de plus en plus machinal. Chaque fois que Stone le caressait, sa pile de jetons diminuait. Ce que Preston ne regrettait pas vraiment. Stone semblait si heureux, si disposé à exprimer sa joie de la plus agréable des façons. Cela valait bien quelques pertes !

Vers 23 heures, certains des gars commencèrent à s'en aller, tout le monde aidant à nettoyer et à ranger le salon. Joey s'apprêtait à descendre au sous-sol, les bras chargés de chaises.

— Tu pourrais rapporter les bols dans la cuisine ? demanda-t-il à Preston.

— Bien sûr.

Il entassa les bols vides sur ses genoux avant de rouler jusqu'à la cuisine. Eli les récupéra et les plaça dans le lave-vaisselle.

— D'après ce que j'ai entendu dire, tu aurais trouvé un emploi ?

— Je vais devenir caissier de banque.

La vaisselle cliqueta lorsqu'Eli repoussa les plateaux et referma la porte.

— C'est vraiment ce que tu veux faire ?

— Honnêtement ? Non, mais ce boulot me permettra de rester avec Stone.

Eli ne répondit pas. Preston s'apprêtait à retourner vers la salle de séjour lorsqu'il vit son amant, debout dans l'embrasure de la porte, le dévisageant. Tout d'abord, il s'enflamma sous son regard, mais son émotion se dissipa lorsqu'il déchiffra dans les yeux de Stone plus de trouble que de passion.

— Tout a été nettoyé, annonça Joey. Les chaises ont été descendues et les tables rangées.

Il bâilla en souhaitant bonne nuit à tout le monde.

— Merci à tous pour votre aide. Le coup d'aspirateur attendra demain matin.

Eli leur sourit en mettant en route le lave-vaisselle pour une dernière tournée. Il suivit ensuite Stone jusqu'au salon. Preston trouvait son amant bien plus silencieux que d'habitude.

— Tout va bien ? s'inquiéta-t-il.

— Oui, bien sûr.

— Tu es prêt à monter ? demanda Geoff à Stone.

Il le souleva de sa chaise et le porta dans l'escalier. Preston soupira, c'était antiromantique au possible, mais passer du temps avec Stone le valait bien.

— Tu pourras bientôt grimper tout seul, déclara Geoff, en atteignant le haut de l'escalier.

Il déposa Preston sur le bord du lit et souhaita bonne nuit aux deux hommes avant de refermer la porte derrière lui. Preston regarda Stone faire des va-et-vient dans la pièce, comme un prédateur en chasse.

— Qu'est-ce que tu as ?

En réponse, il reçut un baiser violent, des lèvres voraces s'écrasèrent sur les siennes tandis qu'il était poussé sur le matelas, une main plaquée sur la nuque. Le baiser s'approfondit encore, de quoi couper le souffle.

139

Manifestement, quelque chose avait changé. Jusqu'à présent, en faisant l'amour, Stone s'était contenté de suivre ses directives, mais ce soir, c'était différent… Et très excitant.

— Qu'est-ce que tu veux, Stone ?

Stone reprit ses lèvres, les mordillant, les suçant, les léchant. En même temps, ses doigts s'activèrent à ouvrir les boutons de la chemise de Preston, écarter le tissu, et laisser le vêtement retomber de côté. Laborieusement, Preston se décala sur le lit, jusqu'à poser sa tête sur l'oreiller. Il jeta aussi sa chemise sur le sol.

Stone se mit à genoux à côté de lui, ses mains glissant sur son corps dénudé. Partout où Stone le touchait, Preston sentait sa peau se réchauffer et picoter, mais le plus étonnant, c'était les yeux de Stone, d'une profondeur intense. Preston avait la sensation de se dissoudre en eux. Il ne voulait plus jamais en émerger.

Il adorait le contact de ces mains-là, fermes et un peu brutales, juste ce qu'il fallait pour incendier chacune de ses terminaisons nerveuses et submerger son cerveau. Son jean fut défait et glissa le long de ses jambes, puis le lourd tissu tomba sur le sol dans un cliquetis de la ceinture. Preston sentit ensuite les mains de Stone sur ses jambes. D'instinct, il se redressa brusquement pour voir ce qu'il faisait.

— Allonge-toi. Je sais que tes jambes sont sensibles. Fais-moi confiance.

Il avait en Stone une confiance totale, aussi il laissa retomber sa tête en arrière, sur l'oreiller. Les mains magiques s'attaquèrent d'abord à l'un de ses pieds, caressant ses orteils, massant la voûte et le talon. Preston réalisa que son mollet pulsait de façon très agréable lorsque la paume chaude de Stone et son massage délicat faisaient tressauter les muscles noués.

De longs mouvements langoureux qui remontaient de la cheville à la hanche le détendirent. Il en soupira de plaisir. Il sentait disparaître le souvenir de ses blessures et les mois de torture thérapeutique qui avaient suivi. Ses jambes étaient aimées. C'était le seul mot qui s'appliquait : *aimées*. Aussi émaciées et décharnées qu'elles soient, ses jambes étaient aimées.

— Tu n'as pas à faire cela, Stone.

— Faire quoi ?

D'autres caresses, qui descendirent le long d'une jambe et remontèrent sur l'autre. Et recommençaient. Et Preston gémissait de plus belle.

— Te faire du bien ? chuchota Stone. Te démontrer que tu es attirant, désirable ? Parce que c'est le cas, Pres.

Sa voix se cassa. Une seconde, Preston crut que Stone allait se mettre à pleurer.

— Ne l'oublie jamais, reprit le jeune homme, quoi qu'il arrive.

Les mains se figèrent sur sa peau, avant de reprendre leur rotation. Peu après, Stone se redressa et s'écarta à quatre pattes, ce qui fit tressauter le lit. Ses vêtements parurent disparaître par magie. Déjà Stone revenait, il se mit à embrasser et caresser Preston, sa peau brûlante se pressant contre la sienne.

À l'extérieur, le vent s'était levé et rugissait contre les vitres des fenêtres, comme s'il se sentait exclu de leur amour.

Stone passa ses genoux sous les jambes de Preston et les souleva. Un doigt fureteur testa l'entrée de son corps, jouant à en faire le tour avant de s'introduire à l'intérieur. Preston poussa un long et profond gémissement.

— Merde !

Stone avait raison : il apprenait vite. Parce qu'il plia le doigt et... C'était si bon !

— Stone...

Le doigt disparut, remplacé par un sexe délicieusement énorme qui, peu à peu, scella l'union de leurs deux corps.

— Tu es tellement brûlant, tellement étroit, grommela Stone.

Il le pénétra, profondément, complètement. Les deux amants avaient les lèvres jointes, les yeux verrouillés.

Preston approfondit le baiser pendant que Stone allait et venait en lui, le comblant parfaitement. Puis Stone releva la tête pour se cambrer au-dessus de lui et accélérer la cadence. De plus en plus vite, de plus en plus fort. Preston tendit les deux mains en avant, avide de le toucher et le caresser. Au niveau de la poitrine, il sentait battre le cœur de son amant, il sentait également le sien tambouriner.

Lorsqu'un grondement sourd émana de la gorge de Stone, Preston s'abandonna à la sensation sauvage, intense. Tout culmina jusqu'au moment où il ne se sentit plus rien que les mouvements de Stone profondément planté en lui.

De longs doigts minces se refermèrent sur son sexe, le caressant et le titillant. Sa peau était si sensible, ses nerfs tellement tendus que, avant même que son esprit puisse le réaliser, il jouit avec violence, emporté par un tourbillon de plaisir.

Encore haletant, il sentit de nouveau les mains de Stone sur lui, apaisantes et caressantes, cette fois. Quand il fut en mesure d'ouvrir les yeux, il vit son amant le regarder avec émerveillement, puis l'embrasser au moment de séparer leurs deux corps. Ce geste provoqua en lui un autre frisson qui le traversa des pieds à la tête.

Une serviette douce servit à le nettoyer, puis Stone s'étendit à côté de lui, blotti contre lui.

— Bonne nuit, Pres.

Il se serra plus près encore, jambes emmêlées aux siennes, hanches collées, tête sur son épaule. Sa riche odeur musquée se combinait avec ce qui devenait pour Preston le parfum spécifique de la ferme et des terres alentour, qui semblait s'être infiltré dans l'essence même de Stone.

Quelque chose d'humide glissa le long de son bras : une unique larme.

— Tu pleures ?

Stone ne répondit pas, il se contenta de secouer la tête et de l'embrasser. Peu après, il s'endormit.

Au cours de la nuit, Preston se réveilla, frigorifié.

— Stone ?

Il était debout devant la fenêtre, à peine une silhouette qui se découpait dans l'obscurité de la nuit et la neige qui tombait au-dehors. Quand Stone se retourna, Preston vit qu'il avait une couverture sur ses épaules.

— Je me demandais où avait disparu ma bouillotte, plaisanta Preston.

— Je n'avais pas sommeil.

Sa voix paraissait éraillée, comme il devait faire un effort pour garder ce qu'il avait sur le cœur.

— Tu as fait un cauchemar ?

Après ce que son amant avait enduré, Preston était plutôt surpris qu'il ne se réveille pas régulièrement en hurlant.

— Ouais, on peut dire ça.

Preston le vit se détourner de la fenêtre et revenir à pas lents vers le lit.

— Quelque chose ne va pas.

Ce n'était pas une question, il n'avait fait qu'exprimer à voix haute ce qu'il ressentait. Ce qui vibrait quasiment dans la pièce.

— Je peux t'aider ? insista Preston.

— Pas cette fois, j'en ai peur.

La couverture glissa de son dos, son corps élancé fut éclairé par une lueur qui filtrait sous la porte. Stone souleva la couette et le rejoignit au lit.

Preston s'inquiétait toujours. Il se mit sur le côté et attira son amant contre lui. Dans un premier temps, Stone parut résister, Preston ne comprit pas pourquoi, mais finalement, il s'abandonna, ses fesses appuyées aux hanches de Preston.

Quelque chose n'allait pas du tout. En silence, Preston se demanda pourquoi Stone s'était ainsi renfermé sur lui-même. Il avait été si enthousiaste et décidé durant l'amour. Ce brutal changement d'attitude le laissait perplexe.

Au milieu de ses réflexions, il entendit la respiration de Stone devenir plus profonde et comprit que son amant s'était endormi. Mais pas lui. C'était à son tour de ne plus avoir sommeil.

Il dut pourtant s'assoupir, parce qu'il se réveilla en sursaut lorsque Stone sortit de nouveau de son lit.

— Désolé. Je reviens très vite.

Il enfila ses vêtements et disparut. La porte se referma, Preston se retrouva seul, à fixer le plafond. Il n'arrivait pas à comprendre ce qui troublait tellement son amant. Il commença même à se demander s'il n'avait pas, par inadvertance, été maladroit ou blessant, mais il eut beau chercher, il ne trouva rien.

Incapable de rester au lit plus longtemps, Preston bascula les jambes sur le côté du lit et tenta d'atteindre son sac, posé non loin de là. Il faillit perdre l'équilibre et tomber, il se reprit de justesse et commença à s'habiller.

Lorsque Stone revint, Preston l'attendait, déjà prêt.

— Tu es debout.

Stone referma la porte, le visage empourpré.

— J'aimerais que tu me dises ce qui se passe.

Preston tapota le matelas à côté de lui, mais Stone n'accepta pas l'invitation implicite. Au contraire, il se mit à arpenter la chambre comme un félin en cage. Il finit par s'immobiliser, le visage durci.

— Je pense préférable que tu acceptes ce poste, à Kansas City.

Tout d'abord, Preston ne fut pas certain d'avoir bien entendu. Puis il eut la sensation d'avoir reçu un coup à l'entrejambe.

— Quoi ? Pourquoi ?

— Ce serait mieux, Preston.

Son ton dur était aussi douloureux à entendre que ses paroles. Stone lui tourna le dos pour continuer :

143

— Nous avons tous deux un objectif dans la vie. Toi, tu dois réapprendre à marcher, et moi, je dois devenir indépendant. Ce serait mieux que tu t'en ailles.

Sans lui laisser le temps de répondre, Stone ouvrit la porte.

— Je suis désolé, marmonna-t-il.

Puis il sortit et la porte se referma derrière lui. C'était comme si tout l'air respirable de la pièce avait disparu en même temps que lui. Tout ce que Preston avait ressenti après le départ de Kent, sa douleur, ses doutes, son insécurité, tout lui revint en exponentiel. *Quel imbécile j'ai été !* Il avait vraiment cru que Stone… *Que quoi ? Que Stone m'aimait ?* Les yeux fixés sur la porte close, il réalisa que oui, c'était ce qu'il avait espéré, tout comme autrefois, quand il avait cru que Kent pourrait l'aimer. Peut-être était-il le plus grand crétin de la Terre s'il pensait cela possible. Merde, quoi, il n'était même pas capable de marcher !

La porte s'ouvrit lentement. Pendant une seconde, son cœur se ranima et espéra voir Stone revenir pour lui dire que c'était une blague ou bien qu'il s'agissait d'un cauchemar et qu'il n'allait pas tarder à se réveiller.

Ce fut Geoff. Preston ferma les yeux. Il devait encore subir ce qu'il considérait à présent comme l'humiliation suprême : se faire porter pour descendre. *C'est la dernière fois que j'accepte un truc pareil.*

Une fois au rez-de-chaussée, il se raidit lorsque Geoff l'installa dans sa chaise et le quitta pour se rendre dans la cuisine. Preston le suivit et regarda autour de lui. Tout le monde lui jeta un regard interrogateur, il se contenta de hausser les épaules et de secouer la tête, avant de récupérer son manteau, qu'il enfila, un bras après l'autre.

— Merci pour tout.

Sans trop savoir comment, il réussit à garder une voix ferme.

— Tu n'es pas obligé de t'en aller tout de suite, déclara doucement Eli.

Il posait des plats sur la table du petit déjeuner. Preston faillit accepter son offre, mais il avait vraiment besoin d'être seul. Eli était si gentil qu'il était difficile de lui refuser quelque chose.

— Si, excusez-moi.

Il n'avait pas faim. Il voulait juste se cacher et lécher ses blessures.

— Je vais t'aider, offrit Joey.

Il se leva de table et l'aida à descendre la marche et à rejoindre sa voiture.

— Ça finira par s'arranger, chuchota-t-il.

Preston aurait voulu le croire.

— A-t-il dit quelque chose ?

Joey secoua la tête.

— Non. Je crois qu'il est dans l'écurie. Tu veux le voir ? Ou essayer de lui parler ?

— Non. Il a été très clair.

Joey ouvrit la portière de la voiture, Preston se glissa à l'intérieur et jeta son sac sur le siège passager. Son fauteuil roulant fut plié et inséré derrière son siège. Dès que sa portière claqua, Preston démarra et se dirigea vers la route principale.

Il aurait voulu crier, hurler… Merde, il aurait voulu frapper, rendre le mal pour le mal.

— Je n'ai rien fait du tout !

Il heurta son volant du poing, tressautant de rage dans son siège. Il se gara sur le bas-côté et se mit à hurler à tue-tête dans l'habitacle, à hurler sa rage et sa douleur dans un crescendo de cris absurdes qui menaçaient de faire sauter les vitres. Il s'interrompit quand il se mit à pleurer. Il s'essuya les yeux d'une main ferme et, cherchant à se reprendre, il finit par redémarrer pour rentrer chez lui.

Lorsqu'il s'engagea dans l'allée menant à la maison où il avait grandi, il était accablé par le sentiment de son impuissance à contrôler sa vie. Tout semblait dérailler, il ne savait plus quoi faire. Il arrêta la voiture et son malaise s'intensifia. Il devait s'en aller loin d'ici.

Il sortit son fauteuil, s'y installa et roula vers la porte d'entrée, qu'il ouvrit pour pénétrer dans la maison.

— Tu t'es décidé ?

Aucun préambule. Juste son père debout dans le couloir. Kansas City ? Pourquoi pas ? Au moins, il serait loin de tout.

— Oui. Dis-leur que je partirai lundi.

Il vit son père sourire.

— Demande aussi qu'on me réserve une chambre d'hôtel en plus des autres dispositions à prendre, ajouta Preston.

Il fila jusque dans sa chambre sans remarquer la satisfaction victorieuse de son père.

APRÈS AVOIR quitté sa chambre, Stone dévala l'escalier et saisit son manteau pour s'enfuir vers l'écurie. Il ne remarqua ni la neige ni le froid. Plus rien ne l'atteignait. Il traversa la cour, poussa la porte et marcha tout droit jusqu'à la stalle de Buster. Son grand ami leva les yeux de sa mangeoire et se tourna vers lui, frappant de la tête sa poitrine en guise de salut.

— Je n'ai rien pour toi, désolé, mon tout beau.

Il frotta le long nez avant de laisser le cheval retourner à son foin. Il se sentait de plus en plus seul.

En entendant des voix à l'extérieur, il avança jusqu'à la porte pour jeter un coup d'œil. Il vit Preston monter dans sa voiture et échanger quelques mots avec Joey avant de s'en aller. Voir ses feux arrière quitter la cour fut la goutte ultime. Preston était parti. Stone avait obtenu ce qu'il voulait. Alors pourquoi se sentait-il aussi mal ? Il se retourna et entoura de ses bras l'encolure de Buster avant de laisser retomber sa tête sur le bel animal. Il resta immobile, sentant la chaleur du cheval à travers ses vêtements.

Quand il fut certain que Preston était vraiment parti, il tapota le dos de Buster et referma la porte de sa stalle, avant de retourner vers la maison. Le soleil brillait, la neige était d'une blancheur aveuglante, mais Stone ne voyait qu'un monde terne et sans vie. Il ouvrit la porte de derrière et se faufila à l'intérieur, sans vérifier qui d'autre se trouvait là. Il traversa la cuisine jusqu'au salon, où il se laissa tomber sur le canapé. Il se rendit compte alors que la maison était presque vide, et que lui se sentait tout aussi vide.

— Que s'est-il passé, bébé ?

Adelle le fit sursauter en s'asseyant à côté de lui pour lui prendre la main.

— J'ai fait ce que je devais faire.

Il sentit sa lèvre inférieure commencer à trembler. Il se détourna, incapable de regarder la vieille dame dans les yeux. Il cacha son visage dans ses mains, il tremblait de plus en plus. Le souffle court, il essaya de se reprendre. Mais plus il faisait des efforts, plus son contrôle lui échappait. Il finit par s'écrouler, complètement. Lorsqu'il bascula, Adelle le rattrapa, le prit dans ses bras, et le câlina tandis qu'il pleurait désespérément.

# XIII

— STONE.

Il leva les yeux de la tasse de café en face de lui, émergeant de pensées qui ne cessaient de le hanter.

— Eli et moi partons faire un tour à cheval. La journée est belle et les chevaux sortent trop peu à cause de la neige.

Il regarda le mouvement des lèvres de Geoff en espérant ne rien manquer de ce qu'il disait.

— Buster aimerait bien sortir, c'est sûr. Qu'est-ce que le vétérinaire a dit hier ?

Il découvrait que sa capacité d'attention était de trois secondes à peine, ces derniers temps.

— Que ses sabots sont presque redevenus normaux. Il a dit aussi qu'un peu d'exercice et de lumière du jour lui feraient le plus grand bien.

Geoff posa une main sur son épaule. Pendant une seconde, Stone se permit de rêver qu'il s'agissait de Preston.

— Il adorerait sortir.

Stone se leva, vida son café dans l'évier et lava la tasse avant de la poser sur l'égouttoir.

— Et tu as besoin de t'activer pour ne plus penser à Preston, le sermonna gentiment Geoff, qui savait bien que Stone souffrait toujours.

Il eut un déni sur le bout de sa langue, mais il se tut, sachant que Geoff refuserait de le croire. Il se contenta de hocher la tête.

— Oui. Je pense.

Il regarda Geoff droit dans les yeux avant d'ajouter :

— Je sais que j'ai bien agi, pourtant je me sens toujours dans un état merdique !

— Sans doute parce que ta tête et ton cœur expriment des versions différentes. Tu dois te changer les idées, pense plutôt à toi et à Buster pendant un certain temps.

Geoff lui jeta son manteau et saisit le sien.

— Allez, viens, il n'y a rien de mieux pour réfléchir qu'un tour au grand air.

Geoff enfilait son manteau quand Stone se décida enfin à bouger. Il mit son blouson et, avant de quitter la maison, saisit un chapeau et des gants. Le soleil brillait peut-être, mais il faisait encore froid à l'extérieur.

Dans l'écurie, Eli s'occupait déjà de préparer Dusty. Quand Stone ouvrit la stalle de Buster pour saluer son ami, il le trouva brossé, sellé, et prêt à sortir. Il déglutit difficilement, touché de cette attention d'Eli. Bon sang, il devenait très émotif. Il prit la bride de Buster pour le faire quitter son box, rejoignant Geoff et Eli devant la grange.

— Il nous faudra être prudents, mais si nous restons dans les zones dégagées, tout devrait bien se passer.

Geoff monta avec grâce sur son étalon, aussi sombre qu'un ciel à minuit.

— Nous ne pourrons pas rester dehors trop longtemps avec ce froid.

Il lança son cheval et se dirigea vers l'allée d'accès, en restant sur le côté. Stone aurait préféré chevaucher à travers champs, mais c'était trop dangereux. Il ne verrait ni les trous ni les ornières, et son cheval apprécierait peu de plonger les pattes dans la neige profonde.

— Passe le premier, nous te suivrons, cria Eli à Geoff.

Quand Stone poussa Buster en avant, le cheval agita la tête avec enthousiasme.

— Tu es heureux de sortir, hein ?

Il tapota le long cou chaud, tout en avançant sur la route. Une forêt de sapins, non loin de là, créait une oasis de verdure dans un paysage entièrement blanc. Au-delà de la route, les champs immaculés s'étendaient vers une rangée d'arbres brise-vent qui barrait l'horizon à bonne distance.

— C'est sinistre, mais superbe, marmonna Stone du haut de sa monture.

Bercé par l'air vif et le claquement calme des sabots, il retrouvait une paix qu'il n'avait pas ressentie depuis un bail. C'était véritablement la distraction dont il avait besoin.

— Tu vas bien, Buster ?

Il écouta attentivement le bruit de ses sabots pour vérifier qu'il n'y avait rien d'inhabituel, il se concentra ensuite sur la démarche de son cheval, s'assurant que Buster n'éprouvait aucun inconfort. Il lui sembla que non. Buster avançait la tête haute, caracolant presque d'une joie qui parut se transmettre à Stone.

Depuis le départ de Preston, un mois plus tôt, plus rien ne l'intéressait, sauf travailler avec les enfants, Sherry surtout. Elle avait trouvé le chemin de son cœur. Chaque fois qu'elle l'appelait Stoney, il se sentait fondre. En dehors de cela, il se fichait du reste.

— Stone !

Geoff l'appelait, lui faisant signe de le rejoindre, ralentissant le pas de son cheval le temps qu'ils se trouvent côte à côte sur la route de campagne presque déserte.

— Je m'inquiète pour toi.

Stone baissa un peu la tête.

— Je sais. Je suis désolé.

— Tu n'as pas à t'excuser. C'est juste que je tiens à toi, comme tout le monde à la maison.

Seul le claquement des sabots brisait le silence qui retomba pendant que Stone se sentait de nouveau aspiré en lui-même.

— Tu veux me dire ce qui s'est passé ? insista Geoff. Vous sembliez si heureux tous les deux.

— Il ne s'est rien passé, je vous assure.

Stone ne voulait vraiment pas en parler, mais les yeux de Geoff l'y incitèrent.

— J'ai juste pensé qu'il serait mieux en faisant ce qu'il aimait.

Il chercha à se détourner, en vain. Son regard revint sur Geoff.

— Ici, le seul emploi qu'on lui proposait était caissier de banque. Là-bas, il pourra recommencer ce qu'il a fait pour aider cet agriculteur.

Il sentit sur sa joue une froideur humide et l'essuya à la hâte.

— Je ne pouvais pas le retenir, conclut-il.

Il éperonna légèrement Buster et accéléra le pas, dépassant les autres et coupant court à la conversation. Il ne voulait plus en parler.

— J'ai fait ce que je devais, marmonna-t-il. Je l'ai fait pour Preston.

— Si tu te le répètes assez souvent…

Il sursauta en voyant Geoff revenu à côté de lui.

— … tu finiras par y croire.

Sur ce, Geoff lança son étalon noir et reprit la tête. Stone poussa un soupir. Il fut soulagé, du moins jusqu'à ce qu'Eli apparaisse à ses côtés.

À quoi jouaient-ils, aux 'chevaux musicaux' ?

— C'est juste qu'il se fait du souci pour toi.

— Je sais. Mais je ne peux pas en parler, pas encore.

Il se força à regarder Eli, qui lui sourit, les yeux lumineux.

— Ce n'est pas bon de tout garder à l'intérieur, dit Eli. Nous serons là quand tu seras prêt à te confier, et nous ne ferons que t'écouter, rien de plus.

La conversation fut interrompue par le passage d'une voiture qui les contourna. Peu à peu, Stone sentit sa mélancolie se dissiper, l'air pur et frais semblait lui aérer la tête. Geoff traversa la route, ce qui les faisait retourner vers la ferme. Aussitôt, Buster ralentit le pas, comme réticent à l'idée de rentrer.

Stone l'apaisa :

— Tout va bien, mon tout beau. Je te promets que nous sortirons plus souvent.

À son tour, il traversa la route.

Une fois de retour dans la cour, les trois hommes mirent pied à terre, chacun ramena sa monture au chaud dans l'écurie.

Une fois dans sa stalle, Buster s'agita avec impatience pendant que Stone le débarrassait de sa bride. Dès qu'il le put, le cheval se rendit à sa mangeoire pour se sustenter. Stone desserra la sangle ventrale et fit glisser de son dos selle et couverture. De la vapeur chaude émanait du poil mouillé de sueur.

— Tu es sorti faire un tour ?

Stone connaissait bien cette voix.

— Oui, avec Geoff et Eli.

Les bras chargés de la selle et de la couverture, il passa devant Jasper et demanda :

— Tu pourrais refermer la stalle ?

Il s'éloignait déjà. Jasper ferma la porte et le suivit jusqu'à la sellerie.

— Tu as eu des nouvelles de Preston depuis son départ ?

Stone secoua lentement la tête. Preston ne l'avait pas appelé, pas une seule fois. Bien sûr, ça ne l'étonnait pas, mais il était curieux de savoir comment tout se passait, si Preston s'adaptait bien, s'il appréciait son nouvel emploi. Stone n'avait pas téléphoné non plus d'ailleurs, parce que Preston devait encore lui en vouloir.

— Que s'est-il passé au juste ? insista Jasper.

Stone se demanda si tout le monde s'était aujourd'hui donné le mot pour lui casser les pieds concernant Preston.

— Il ne t'a rien dit ?

Il déposa la selle sur son portant et accrocha le reste du matériel sur une patère de la sellerie.

— Il m'a juste dit que tu lui avais demandé de partir et d'accepter ce poste à Kansas City.

Jasper soupira avant d'ajouter :

— Tu lui as brisé le cœur.

Stone se figea un moment, interrompant sa tâche, son estomac se tordit sous les affres de la culpabilité. *J'ai fait ce que je devais. J'ai fait ce qui était le mieux*, se répéta-t-il en son for intérieur. *Merde quoi !*

— Le mien n'est pas en meilleur état, marmonna-t-il.

Il saisit une petite selle et déclara :

— Je dois seller les poneys pour une séance d'équitation.

Il s'enfuit, loin de la sellerie, loin de Jasper. Il courut dans l'allée et entra dans une stalle, déposa la selle sur la paille et se laissa glisser le long du mur. Il avait espéré que le temps améliorerait les choses, mais c'était le contraire. Chaque jour était plus dur que le précédent. Et Preston lui manquait de plus en plus.

Mercury se retourna pour le regarder avec méfiance, avant de revenir à sa nourriture.

— Merde de merde de merde !

Il martela la porte de bois avant de se couvrir les yeux à deux mains. Il fallait qu'il se reprenne. Son travail en pâtissait. Il détestait se comporter de cette façon. Il fit un gros effort pour se redresser, ramasser la selle et préparer Mercury pour sa petite cavalière.

Il empêcha son esprit de vagabonder le temps de seller les autres poneys pour les enfants qui ne devraient plus tarder. Dès leur arrivée, il entendit une voix joyeuse, et désormais familière, crier :

— Stoney !

Il sortit de la stalle, Sherry courut vers lui et jeta ses bras autour de son cou.

— Tu m'as manqué !

— Toi aussi, dit Stone en la reposant par terre.

— Regarde ce que maman m'a acheté.

Elle recula et remonta les jambes de son jean, tout sourire.

— Des bottes rouges ! Comme une vraie cow-girl !

Stone se mit à rire en la voyant caracoler et danser joyeusement autour de la grange.

— Tout est prêt ? demanda la petite.

— Oui.

Il la conduisit jusqu'à la stalle de Mercury. Elle prit les rênes du poney et l'entraîna, heureuse et fière.

— Tu peux m'aider à monter ?

— Quand tu seras au manège.

Il suivit Sherry et son poney, en compagnie d'Alicia, la mère de Sherry, qui elle aussi souriait en essuyant une larme. Stone le fit aussi, pour des raisons différentes.

Il aida Sherry à monter en selle et, pendant l'heure qui suivit, fit travailler les enfants. Certains d'entre eux, comme Sherry, répondaient bien à la thérapie. Au fil du temps, le groupe était devenu plus bruyant, tout animé de bavardages, de rires, de plaisir pur et simple. Quelques-uns des garçons restaient encore trop calmes. Stone s'occupa tout particulièrement d'eux, leur donnant l'attention dont ils avaient besoin.

— Tu es incroyable avec eux, remarqua Jasper.

Il parlait au niveau de son épaule, tous deux étant près de la barrière, à regarder les enfants. Les poneys savaient quoi faire, même si les plus aventureux des cavaliers avaient appris les principales manœuvres et commençaient à contrôler leurs montures.

— Merci.

Stone ne sut quoi dire d'autre. Il se contenta de surveiller les enfants en silence, tandis qu'Eli et Joey, dans le manège, passaient d'un cavalier à l'autre.

À la fin de la séance, Stone ramena les poneys à l'écurie. Sherry vint le trouver pour un autre câlin en lui faisant ses adieux. Quand les bêtes furent toutes réinstallées dans leurs stalles, Stone retourna à la maison.

Il trouva Adelle qui s'activait dans la cuisine. Il réussit à lui dérober un biscuit au chocolat en esquivant une taloche, puis il passa dans la pièce d'à côté, où il trouva Robbie, assis dans un fauteuil, occupé à lire avec ses doigts.

— C'est toi, Stone ? demanda-t-il en refermant son livre épais.

— Comment le sais-tu ?

Robbie sourit.

— Ta séance avec Sherry s'est bien passée ?

— D'accord, ça devient franchement bizarre.

Robbie se mit à rire.

— D'abord, je suis chargé de tenir le calendrier des cours d'équitation. Ensuite, j'ai déjà remarqué que tu entres d'un pas plus léger et rapide lorsque tu es heureux. Ces derniers temps, ça t'arrive seulement quand la petite Sherry a serré son Stoney dans ses petits bras. Tu lui manges dans la main !

Robbie se leva et tendit en riant la paume dans sa direction.

— Tu veux en parler ? ajouta-t-il.

152

Stone n'eut plus envie de rire. Il se laissa tomber sur le canapé en faisant grincer les ressorts fatigués.

— Mais enfin, qu'est-ce qui se passe aujourd'hui ? C'est une coalition ou quoi ?

— Je ne peux pas parler au nom des autres. Pour ma part, j'ai noté que tu rafraîchissais une pièce plus vite que le vent du nord depuis le départ de Preston.

Robbie posa son livre sur la table basse, avant de reprendre :

— Et ce magnolia sudiste ne supporte plus le froid. À mon avis, le printemps ne reviendra pas avant que tu vides tout ton sac. Je te signale que je frissonne depuis le mois d'octobre !

— Amen, approuva Adelle de la cuisine.

Robbie reprit place dans son fauteuil.

— Donc, vas-y. Que s'est-il passé avec Preston ?

Stone jeta un coup d'œil en direction de la cuisine et soupira, puis il raconta à Robbie ce qu'il avait fait, comment il avait laissé Preston s'en aller pour son propre bien. Ensuite, Robbie leva les yeux au ciel et Stone faillit paniquer.

— Nous avons un dicton dans le sud : descends de ta croix parce que quelqu'un d'autre a besoin du bois.

— Qu'est-ce que ça veut dire ?

Robbie ignora la question.

— Tu as décidé que Preston serait mieux loin de toi, après qu'il a passé près de deux semaines à essayer de trouver un travail pour rester.

— Oui.

— Eh bien, c'est de la merde qui pue très fort.

Stone resta bouche bée, sans en croire ses oreilles. Il n'avait jamais entendu Robbie parler de la sorte.

— Tu peux te raconter tout ce que tu veux, mais à mon avis, tu as eu peur. Preston aurait pu rester, mais tu t'es dit qu'il allait réaliser que tu n'étais pas vraiment celui qu'il voulait et qu'il te quitterait. Alors, au lieu de tenter ta chance, tu l'as repoussé et tu as cherché à te convaincre que c'était pour son bien.

Stone quitta le canapé d'un bond.

— Ce n'est pas vrai ! J'ai bien vu comme il était heureux d'avoir aidé cet homme avec ses finances, il aurait détesté être caissier de banque.

— Du calme, Stone. Je suis ici pour t'aider, souviens-t'en.

Stone se rassit, mais il luttait toujours contre son envie de s'enfuir.

153

Robbie continua :

— Oui, il était ravi ce jour-là de tout organiser, mais il était encore plus heureux de se trouver avec toi.

— Qu'est-ce que tu en sais ?

Robbie, manifestement contrarié, le foudroya du regard.

— Je suis peut-être aveugle, mais je ne suis pas idiot.

Sa voix s'adoucit.

— Je l'entendais dans sa voix, dans son rire. Il t'aimait, Stone, et tu l'as rejeté sans lui demander son avis sur la question. As-tu pensé qu'il aurait peut-être été très heureux d'être caissier de banque s'il rentrait le soir pour te retrouver ?

Stone sentit sa gorge se bloquer et son estomac se nouer.

— Oh Dieu ! C'est vrai. Je l'ai repoussé.

Il se mit à pleurer et cacha son visage dans ses mains. Il sentit les bras de Robbie autour de lui, le serrant fermement, pendant qu'il réalisait quel idiot il avait été. Ses larmes se transformèrent en torrent. Maintenant que la digue avait cédé, Stone ne pouvait les contrôler, elles coulaient sans fin.

— Je l'aimais, Robbie, et je ne le lui ai jamais dit. Que faire ? Il me manque chaque jour un peu plus.

Robbie le berça doucement.

— Je sais. Je sais. J'ai ressenti la même chose, lorsque j'ai dû quitter Joey peu après l'avoir rencontré. Chaque jour passé loin de lui me paraissait plus long que le précédent. Je me sentais de plus en plus seul.

— Qu'est-il arrivé ?

Stone releva la tête, les larmes lui striaient les joues.

— Joey est venu me voir, il m'a démontré à quel point il m'aimait. Quand il a dû repartir, il m'a demandé de venir avec lui.

— Que dois-je faire ?

Il s'essuya les yeux et tenta de contrôler ses larmes, avec la sensation d'être une petite fille.

— Je ne peux pas répondre à cette question pour toi. C'est quelque chose que tu dois décider par toi-même.

Après une nouvelle étreinte de réconfort, Robbie conclut :

— Quoi que tu fasses, tu dois écouter ton cœur, Stone. Il t'indiquera la bonne direction, je te le promets.

# XIV

— PRESTON, VOUS pourriez venir ? dit la voix au téléphone.

Preston grimaça, heureux qu'on ne puisse le voir réagir ainsi. Quelques secondes plus tard, il raccrocha et jeta un coup d'œil à la porte. Devait-il utiliser son nouveau déambulateur ? Non, d'après la voix irritée de Dolman, son chef, il ferait mieux d'opter pour un moyen de transport plus rapide. Il se glissa sur son fauteuil roulant, prit sur son bureau un bloc-notes qu'il posa sur ses genoux, et se propulsa sur le sol moquetté.

— Qu'est-ce que c'est au juste ? demanda Dolman.

Il lui tendait un rapport sur lequel Preston avait passé des jours. Preston approcha d'une petite table avant de répondre calmement :

— Les prévisions du budget du deuxième trimestre que vous m'aviez demandées.

Le visage de Dolman s'empourpra de façon inquiétante.

— J'avais demandé les prévisions du *premier* trimestre !

Preston ne céda pas à sa colère, certain pourtant que Dolman lui avait demandé le budget du deuxième trimestre. Il avait passé la majeure partie de son week-end au bureau, à travailler là-dessus, surtout parce qu'il avait dû compléter les prévisions du premier trimestre avant de passer au second. Il roula jusqu'au bureau en désordre dont il tira un rapport à peu près identique.

— Vous parlez sans doute de ceci ?

Il lui tendit le rapport et quitta la pièce sans ajouter un mot. Dolman était un parfait connard.

De retour dans le petit local qui lui avait été attribué, Preston était à peine réinstallé derrière son bureau que le téléphone sonna encore.

— Les chiffres sont à revoir.

Preston secoua la tête. Le bureau de Dolman n'était qu'à quelques mètres du sien, pourtant il s'obstinait à n'utiliser que son téléphone. On aurait vraiment cru que 'le morse' avait du mal à marcher.

— Dans ce cas, venez me voir, répondit-il, je les passerai en revue avec vous.

Preston avait les bras engourdis et les jambes douloureuses après des heures de thérapie. Il entendit Dolman crachoter sa rage à l'autre bout du fil, mais il l'ignora. Depuis le début, cet homme faisait tout pour lui compliquer la vie.

— Ce n'est pas parce que votre père…

Bla, Bla, Bla.

Preston raccrocha dès que Dolman cessa ses récriminations.

Il aimait bien son travail. Le service avait eu un faible rendement, mais depuis son arrivée, grâce à un travail acharné, il avait aidé à identifier la nature du problème. Pour la première fois, autant qu'il s'en souvienne, il avait satisfait son père. Malheureusement, cela ne fit qu'empirer les choses entre lui et son supérieur, qui pensait maintenant que Preston désirait prendre sa place.

Durant l'heure qui suivit, Preston passa en revue tous les chiffres comptables et ce qu'ils représentaient.

— La prochaine fois, ce sera plus facile parce que j'ai intégré le diagnostic dans le système informatique.

Enfin, Dolman s'en alla. Preston consulta sa montre et vit qu'il était presque l'heure pour lui de rentrer aussi. Il rangeait ses affaires lorsque son téléphone portable vibra contre sa hanche. Pendant une seconde, il espéra un appel de Stone, mais il avait presque abandonné tout espoir à cet égard.

— Salut, Jasper.

— Hé, Preston. Je t'appelle pour prendre des nouvelles. Comment ça va ?

— Aussi bien que possible. J'utilise souvent le déambulateur, mais ce n'est pas toujours facile ici, au bureau.

C'était sa seule satisfaction ces derniers temps : pouvoir sortir de la chaise roulante et marcher pour de bon.

— Quant à mon boulot, tout va bien. Ici, c'est déjà le printemps, l'herbe commence à pousser. Il y a même quelques fleurs qui émergent, de-ci de-là.

Il ne perdait jamais une occasion de se vanter du climat.

— Enfoiré ! répondit Jasper en riant. Ici, il a neigé hier soir. Alors, pour parler sérieusement, comment ça va ?

— Tu veux la vérité ?

— Ouais, c'est pour ça que je te pose la question.

Preston baissa la voix pour répondre :

— Mon patron est un salopard qui n'en fiche pas une rame, personne ne m'adresse la parole parce que je suis le fils du patron. Il n'y a rien à faire dans le coin. Je ne connais personne et je déteste vivre ici.

Il jouait nerveusement avec un stylo sur le bureau.

— La seule chose qui me plaît, c'est mon travail, conclut-il.

Jasper éclata de rire.

— Au moins, tu n'es pas amer.

Preston ne put s'empêcher de rire avec lui. Jasper avait toujours été capable de lui remonter le moral.

— J'ai vu Stone aujourd'hui, ajouta son ami.

Preston oublia instantanément son bref moment d'insouciance. Comme d'habitude lui revint une vive douleur en plein cœur.

— Il avait l'air très malheureux, ajouta Jasper.

— Tant mieux. Il le mérite.

Il savait que c'était minable de sa part de dire une chose pareille. De plus, ça ne le rendait pas plus heureux.

— Je pense que tu lui manques.

Preston sentit une migraine commencer à pulser dans sa tête.

— Et si nous parlions d'autre chose ? Je passe déjà assez de temps à me demander ce qui s'est passé au juste.

— D'accord, rétorqua Jasper, mais il paraissait contrarié. Et ton traitement, ça se passe comment ?

— Pas mal, mais tu me manques. Mon kiné est un vrai sadique, juste comme toi, mais lui ne me fait pas rire.

— C'est parce qu'il n'a pas mon génie ! fanfaronna Jasper au téléphone.

Preston se surprit à sourire de nouveau.

— Exactement.

Il aurait aimé que Jasper le voie lever les yeux au ciel. Le silence retomba sur la ligne, aucun des deux amis n'avait plus le cœur à rire.

— Pres…

Il reconnut ce ton-là, il n'annonçait rien de bon.

— Tu devrais lui téléphoner, insista Jasper. Tu es malheureux, il te manque et tu lui manques.

Cette fois, Preston se mit en colère.

— Il m'a jeté, Jasper, exactement comme Kent. Il m'a dit de partir et d'accepter ce poste. Il n'aurait pas pu être plus clair.

— Ne les mets pas dans le même sac. Cet arriviste de Kent n'a jamais tenu à toi.

— Je ne suis pas sûr que ce soit le cas de Stone, tu sais, répondit Preston sans conviction.

Lui-même n'y croyait pas vraiment. Comment Stone aurait-il pu mentir avec le regard qu'il avait chaque fois qu'ils étaient ensemble ?

— Que s'est-il passé avant qu'il te dise de partir ?

Jasper insistait, mais de façon apaisante, Preston se sentit céder. Jasper savait très bien le manipuler.

— Bon sang. Nous avons fait l'amour.

Là, il avait dit à haute voix. Il renifla bruyamment et reprit :

— Il a touché mes jambes, Jasper. Je me suis senti de nouveau entier. Au cours de cette dernière nuit, pendant que nous étions ensemble, j'ai tout oublié. Je croyais vraiment qu'il m'aimait.

Il ravala la boule qu'il avait dans la gorge.

— Il n'y a qu'une façon de le savoir avec certitude. Appelle-le.

— Il n'en est pas question !

Il ne supportait pas l'idée d'être de nouveau rejeté. Jasper le réprimanda :

— Tu es une vraie tête de mule, tu sais ça ? Ainsi, c'est ton ego et ton arrogance qui t'empêchent de faire le premier pas ? Merde, Pres, il t'aime, c'est évident.

— Il a une drôle de façon de le démontrer.

Pourtant, son cœur battait un peu plus vite, ce qui démentait ses propres mots.

— Laisse-moi te poser une question : s'il t'appelle le premier, est-ce que tu lui parleras ?

— Il n'appellera pas.

Preston en eut assez de cette conversation, il fit ses adieux à Jasper avant de raccrocher. À peine ses affaires assemblées, il roula vers l'ascenseur. Il croisa de rares personnes, qui lui adressèrent quelques mots, mais sans s'arrêter, manifestement pressées elles aussi de continuer leur chemin.

Dans le parking, il ouvrit la portière de sa voiture et s'installa dans son siège, rangea son matériel et démarra pour rentrer chez lui.

Chez lui ? La bonne blague. Son petit appartement ne représentait rien à ses yeux, ni maintenant ni jamais. C'était seulement l'endroit où il mangeait et dormait.

Il se gara à sa place réservée, sortit de la voiture, saisit sur le siège arrière son déambulateur et avança jusqu'à l'ascenseur. Peu après, il pénétrait dans l'appartement. Il l'avait loué meublé, tout était fonctionnel, mais impersonnel, sans la moindre chaleur.

Il passa la soirée comme d'habitude : assis en face de la télévision en travaillant sur ses rapports ou en révisant ses statistiques de gestion.

Lorsqu'il ne put retenir un bâillement, il éteignit la télévision, déposa ses couverts sales dans l'évier et se prépara à se coucher.

Une fois dans son lit, il se tourna et se retourna. Ses draps étaient rêches, parce que trop amidonnés ; il détestait leur contact sur sa peau. Ici, rien ne lui convenait, ni les sensations, ni les sons, ni les odeurs.

— Je veux rentrer chez moi !

Il laissa son esprit vagabonder. Des images lui revinrent de l'écurie, de la ferme. Il revit Belle trottiner autour du manège, il évoqua même l'indignation de Stone quand il l'avait appelé 'garçon d'écurie'.

— Putain !

Il se rassit dans son lit. La ferme n'était pas son foyer, mais chaque fois qu'il évoquait 'chez lui' c'était à cet endroit qu'il pensait – et à Stone –, jamais à la résidence somptueuse de ses parents, sur Lake Shore Drive.

— Arrête ! cria-t-il dans sa chambre déserte.

Il martela son oreiller du poing en essayant de trouver une position plus confortable.

Il ralluma et tendit la main vers sa table de chevet pour se saisir de son téléphone. Il commença à composer le numéro de Stone, mais ses doigts se figèrent avant d'appuyer sur le dernier chiffre. Qu'est-ce qu'il faisait, merde ? Stone l'avait envoyé balader, il ne voulait pas de lui. Bien sûr, Jasper voulait bien faire, mais Preston savait où il en était avec Stone : c'était fini. Il était temps pour lui de passer à autre chose.

Il rangea son portable, éteignit la lumière, et s'apprêta à passer une autre nuit blanche. Il ne réussit pas à rester tranquille, il se mit sur le côté, sur le dos, sur le ventre. Lorsqu'il s'endormit enfin, ce fut pour entendre la voix de Stone : *je suis désolé*.

Il se réveilla en sursaut, se frotta les yeux, et regarda autour de lui. La chambre était obscure, tranquille. Il écouta. Rien. Tout était calme. Il aurait pourtant juré avoir véritablement entendu Stone.

— Maintenant, j'en suis à entendre des voix !

Il retomba sur son lit, pensant avoir rêvé. Peut-être que Jasper avait raison, peut-être qu'il devrait discuter avec Stone, lui demander pourquoi ce renvoi si brusque… Cela lui permettrait au moins de refermer cette parenthèse et d'avancer. Une fois sa décision prise, il sentit quelque chose se dénouer au plus profond de lui. Son esprit se libéra de toute inquiétude, douleur et angoisse qui l'avaient tourmenté pendant des semaines. Que ses draps soient rêches ou non, la tension rigide de ses muscles se dissipa, il s'endormit enfin, d'un sommeil paisible et reconstituant.

Le bourdonnement qui lui résonnait aux oreilles n'arrêterait pas. Preston serra l'oreiller autour de sa tête et tenta de ne plus l'entendre. D'une gifle, il éteignit l'alarme et se força à ouvrir les yeux avec un gémissement. Après des semaines d'insomnie, il avait enfin bien dormi, son corps en réclamait davantage. Il avait du mal à garder les yeux ouverts. D'ailleurs, la vue qui l'attendait, murs austères et mobilier banal, lui donna envie de les refermer.

Il poussa un soupir audible, se leva, et utilisa son déambulateur pour se rendre à la salle de bain. Son corps protestait à chaque mouvement, comme s'il refusait d'aller au travail, ou même de bouger.

Une fois lavé et habillé, Preston s'apprêtait à partir quand il remarqua la lumière rouge qui clignotait sur le répondeur. Il appuya sur le bouton et entendit l'enregistrement. C'était Stone. '*Je suis désolé, Preston. Tu me manques tellement. Rappelle-moi, s'il te plaît.*' Des reniflements et des sanglots étouffés ponctuaient chaque mot de son message. Preston évoqua les larmes qu'il avait vues un jour couler sur ce visage aimé. Son cœur eut un sursaut à cette lueur d'espoir. Tout ce qu'il avait accumulé de douleur et de colère au cours du dernier mois bouillonnait en lui, menaçant de remonter à la surface. Ne sachant trop que faire, Preston se détourna et sortit de l'appartement, avant d'avancer jusqu'à l'ascenseur.


— PRESTON !

Il leva les yeux, surpris de voir Dolman-le-morse dans l'entrebâillement de sa porte, l'air très impatient.

— Vous m'écoutez ?

— Non, désolé, j'étais préoccupé.

Il essaya de prendre un air contrit, mais échoua, probablement, parce que l'opinion de ce paresseux ne l'intéressait pas. Dolman ne fit aucun effort pour cacher son agacement.

— Je vous demandais si les statistiques étaient à jour.

Preston scruta son bureau et trouva la pile de dossiers qu'il cherchait. Dolman insistait pour que toute la comptabilité reste sur papier. Bien sûr,

Preston aurait pu lui envoyer un rapport électronique la veille au soir, mais Dolman ne consultait jamais ses mails.

— Je les ai revues la nuit dernière.

Il tendit le dossier à son patron en indiquant :

— J'ai apporté quelques améliorations au format que nous utilisions jusque-là. Si vous voulez les examiner, je peux vous expliquer.

Il doutait fort que Dolman soit capable de comprendre, de toute façon. Le morse lui arracha violemment les papiers. Preston, surpris, regarda sa main et vit le sang perler.

— Bon sang !

Il suça son pouce tout en cherchant un mouchoir en papier pour s'essuyer. De nouveau, son esprit dériva. C'était à cause de ce fichu message. Il grommela entre ses dents en jetant le mouchoir couvert de sang à la poubelle. Comment quelques mots réussissaient-ils à avoir sur lui un tel effet ?

Il se redressa, regarda sa montre et sortit son téléphone. Cette fois, contrairement à la nuit précédente, il composa le numéro de Stone sans hésitation. Le téléphone sonna, plusieurs fois. Sans réponse. Preston s'attendait à tomber sur la messagerie vocale lorsque l'appel fut enfin pris.

— Bonjour. Euh… Preston ?

On aurait cru un enfant, timide et effrayé. Le cœur de Preston fit un bond en entendant cette voix.

— Oui, c'est moi. J'ai entendu ton message.

Il n'obtint aucune réponse.

— Tu es encore là ?

— Oui.

Apparemment, il pleurait.

— Je suis tellement désolé, Preston.

La ligne fut coupée. Éberlué, Preston regarda son appareil en se demandant ce qui s'était passé. Avec un grognement contrarié, il s'apprêtait à rappeler quand le téléphone sonna sur son bureau. Irrité, il referma son portable pour y répondre. Ensuite, il rassembla ses affaires et utilisa son déambulateur pour aller jusqu'au bureau de son patron.

Avant de partir, il mit dans sa poche son téléphone portable.


BON SANG ! pensa Preston. Cette réunion lui avait pris une éternité. Durant tout ce temps, il n'avait pensé qu'à Stone, espérant recevoir un nouvel appel, mais son téléphone n'avait pas sonné. Il se laissa tomber dans son fauteuil, frotta ses jambes fatiguées et tenta de se remettre au travail. Régulièrement, il se trouva à regarder son téléphone.

— Et merde !

Il récupéra l'appareil, composa le numéro de Stone, et fut instantanément dirigé vers la messagerie vocale. Il raccrocha sans laisser de message et commença à s'inquiéter. Pourquoi Stone était-il désolé ? Dans son message, il avait dit que Preston lui manquait. Ce souvenir lui faisait tambouriner le cœur, mais il essaya de retenir son excitation : pour le moment, cela ne pouvait l'aider.

Enfin, le téléphone vibra sur son bureau. Il reconnut le numéro de la ferme et répondit.

— Preston, c'est Geoff.

— Qu'est-ce qui ne va pas ? Est-ce que Stone va bien ? demanda-t-il d'une voix frénétique.

— Stone est sorti de la maison tout à l'heure, manifestement bouleversé. Nous l'avons retrouvé inconscient dans l'écurie, près de Buster. Il a reçu un coup de sabot, nous ne savons pas encore dans quelles circonstances. Il est en route pour l'hôpital.

Le cœur de Preston s'était presque arrêté.

— Est-ce qu'il va s'en sortir ?

— Je ne sais pas. Il n'avait pas repris connaissance quand ils l'ont mis dans l'ambulance. Je pars à l'instant pour l'hôpital.

À l'arrière, Preston entendit Eli crier que l'ambulance était prête à partir et qu'il allait la suivre.

— Je dois y aller, annonça Geoff, avant de raccrocher.

Preston ferma son téléphone et le regarda fixement. Il décida enfin de ce qu'il allait faire et composa un autre numéro.

— Maman, j'ai besoin de toi.

Il lui expliqua la situation. Il pouvait presque deviner l'expression de son visage.

— Je sais que papa et toi ne me comprenez pas, mais j'en ai besoin.

— Ton père et moi ne sommes pas toujours du même avis, chéri. Je vais passer quelques coups de fil et voir ce que je peux faire.

— Merci, maman.

Il raccrocha et tenta de se remettre au travail. Il avait des tâches à terminer.

Une heure plus tard, son téléphone sonna de nouveau.

— Ramon a obtenu tout ce qu'il te fallait.

C'était le meilleur des agents de voyages.

— Il n'en parlera pas à papa, tu es sûre ?

— Bien entendu.

Elle paraissait offensée que son fils puisse remettre en question la discrétion de son agent.

— Tu as de quoi écrire ? reprit-elle. Voici les informations qu'il te faut.

Preston les nota.

— Tu me sauves la vie, maman.

Elle resta silencieuse pendant un long moment.

— Tu aimes vraiment ce jeune homme, dis-moi ?

— Oui.

Il devait être franc, aussi bien envers sa mère qu'envers lui-même.

— Alors, pourquoi as-tu accepté ce poste à Kansas City ?

Il ne répondit pas. Elle reprit :

— Oublie ma question. Je sais bien que ton père a de bonnes intentions, mais il peut se montrer véritablement obtus… Je suppose que tu as hérité cela de lui.

Ils se firent leurs adieux avant de raccrocher.

Maintenant, pensa Preston, allons affronter le morse.

# XV

STONE SE sentait flotter, c'était agréable. Il entrouvrit les yeux : une pièce tiède, obscure ; des bruits assourdis, des mouvements ralentis. Ses paupières étaient si lourdes. Il tenta de regarder autour de lui, mais il était trop fatigué. Il referma les yeux et retomba dans un abîme d'apesanteur. Cette fois, il rêva. Buster était là, lui heurtant de la tête la poitrine pour réclamer une friandise.

— Tout va bien, mon tout beau. Je sais bien que tu ne l'as pas fait exprès.

Il frottait le long nez lorsqu'il sentit un bras passer autour de sa taille et la délicate eau de toilette de Preston lui chatouilla les narines. Il se retourna dans la tendre étreinte. Preston, debout en face de lui, l'attira plus près et l'embrassa. C'était manifestement un rêve, Stone se laissa emporter, les sensations se refermant autour de lui comme une couverture protectrice.

*Bip... bip... bip.* Le bruit pénétra dans son rêve et le dispersa, interrompant ce moment de joie et de perfection. *Bip... bip... bip.* L'illusion ayant disparu, Stone prit conscience des voix, des voix *réelles*, qui résonnaient non loin de là.

Il tenta d'ouvrir les yeux, mais ses paupières paraissaient remplies de sable. Il déglutit avec prudence, découvrit qu'il avait la gorge sèche et que son geste réveillait en lui diverses douleurs. Il poussa un petit gémissement, les voix cessèrent aussitôt.

— Mon chou, voici un peu de glace.

Il perçut un mouvement, quelque chose de froid glissa entre ses lèvres. Une paille ? Peu après, l'eau glacée coulait dans sa gorge, apaisant la douleur.

— Où suis-je ?

Il tenta d'ouvrir les yeux, mais en vain, ses paupières étaient trop lourdes.

— À l'hôpital, mon garçon, tu as reçu un choc à la tête.

— Buster.

— Il a sans doute été surpris, il t'a envoyé un coup de sabot.

*Voilà pourquoi j'ai aussi mal*, pensa Stone. Mal à la poitrine, comme s'il avait passé neuf rounds sur un ring. La voix était rassurante et familière, même s'il n'arrivait pas à mettre un nom dessus.

— Tu es tombé à la renverse, tu t'es heurté la tête sur la porte de la stalle.

— Hmm.

Une main se glissa dans la sienne, une autre lui caressa le bras.

— Nous étions si inquiets pour toi.

Lentement, il fit rouler sa tête en direction de la seconde voix, Robbie était là, à côté du lit. Il resserra les doigts sur sa main. Robbie lui sourit, sans cesser de lui caresser le bras. En regardant autour de la pièce, Stone parvint à se concentrer. Geoff se tenait au pied du lit, Eli à côté de lui. Tous deux le regardaient d'un air inquiet.

— Tu seras sur pied d'ici peu. Tout va bien.

Il tourna la tête dans l'autre sens et vit Joey, qui lui présentait un verre et une paille. Stone tenta d'en siroter une autre gorgée, mais il s'étouffa et recracha. Joey le tamponna avec un mouchoir en papier, avant de lui tendre de nouveau le verre.

— Ça fait combien de temps ?

— Tu es là depuis hier.

Geoff, c'était la voix de Geoff qu'il avait entendue.

— Tu nous as fichu une sacrée frousse, mais tu vas t'en sortir.

Quelqu'un serra son autre main.

— Nous restons à proximité si tu as besoin de nous. Repose-toi.

Il fit un petit signe et laissa ses yeux se refermer. Il entendit plusieurs personnes quitter la pièce. Robbie et Joey lui dirent 'au revoir'. Plus tard, il prit vaguement conscience que Len et Chris lui faisaient une brève visite, il sentit ce qu'il pensa être leurs deux mains dans la sienne. Pour s'en assurer, il ouvrit les yeux. Les deux hommes lui souriaient, sans cacher leur soulagement de le voir mieux. Il tenta de leur parler, mais il était trop fatigué. Il se contenta donc d'une pression de la main avant de fermer ses yeux.

Cette fois, le monde extérieur disparut, il rêva. Images dispersées et événements épars qui n'avaient aucun sens. Le rêve se poursuivit, Stone nageait vers une île. Et sur la plage, il y avait Preston. L'eau était chaude et délicieuse. Plus il avançait, plus il était excité et joyeux. Mais alors, quelque chose d'affreux se produisit : plus il avançait, plus l'île reculait.

— Preston ! Preston ! cria-t-il en voyant son amant disparaître à l'horizon.

— Chut, tout va s'arranger.

Il sentit une main sur la sienne. Il ouvrit les yeux et regarda autour de lui. Geoff était assis à côté de son lit, Eli se trouvait avec lui.

— Tu as dû rêver.

Il fouilla la chambre des yeux avant de se rappeler où il était.

— N'aie pas peur, nous sommes là, nous ne te quitterons pas. Tu as besoin de quelque chose ? Tu as mal quelque part ?

— Oui, à la tête. À la poitrine.

Il ne put en dire davantage, parce que chaque souffle lui donnait l'impression que quelqu'un lui comprimait la poitrine.

— Je vais appeler l'infirmière et lui demander un antalgique. Je t'ai commandé à dîner. Ton plateau ne devrait pas tarder à arriver.

Geoff actionna le bouton d'appel, une jeune femme arriva peu après, interrogea Stone sur l'intensité de sa douleur en lui demandant de la noter sur une échelle de 1 à 10. Il n'avait pas de temps à perdre avec de telles inepties, il avait *foutrement* mal. Elle finit par faire une injection dans son intraveineuse, la douleur s'estompa rapidement.

Peu après, le plateau arriva, Geoff dut l'aider à manger quelques bouchées de nourriture, si du moins ce mélange horrible en méritait le nom.

—Adelle ?

— Elle a dit qu'elle passerait te voir plus tard.

— Qu'elle m'apporte aussi à manger.

Ce que Geoff tentait de lui faire avaler avait la consistance de la colle et un goût encore pire.

— Je le lui dirai, c'est promis.

Geoff passa au dessert, lui offrant quelque chose de sucré et chocolaté. Stone y goûta prudemment, avant d'en réclamer davantage. Mais après huit bouchées, il referma les yeux. Il avait le ventre plein, son corps épuisé réclamait du repos.

Stone s'endormit, plus ou moins.

Il y eut du passage dans sa chambre. Assommé par les antidouleurs, il ne s'en souciait pas vraiment. De nouveau, il flottait, il adorait cette sensation. De nouveau, il rêvait. Preston était là, avec lui, assis près de lui. Il sentait presque ses doigts lui caresser les cheveux et sa main dans la sienne.

— Preston…

Il voulait tellement que ce soit pour de vrai. Et dans son rêve, cette fois, Preston lui répondit :

— Je suis là, Stone.

— Je suis désolé, Preston. Ne pars plus jamais.

Dans son rêve, il serra les doigts sur la main de Preston comme il aurait voulu pouvoir le faire dans la réalité.

— Je t'ai demandé de partir, je suis désolé.

Le rêve s'évanouit. Son esprit s'apaisa.


CE FUT la lumière émanant de la fenêtre qui le réveilla, ainsi qu'une oppression à la poitrine. Ouvrant les yeux, il vit le plafond terne et l'écran noir de la télévision. Il était encore fatigué, mais il avait enfin les idées claires. Il tourna la tête, quelqu'un dormait sur le siège à côté du lit, enroulé sur lui-même, une couverture sur les épaules, la tête tournée vers le mur.

— Geoff, vous auriez dû rentrer chez vous.

La tête pivota, ce n'était pas Geoff.

— Je suis là, Stone.

Il ne rêvait pas : il s'agissait bien de Preston.

— Tu es là depuis combien de temps ? demanda-t-il, à peine capable d'en croire ses yeux.

— Je suis revenu la nuit dernière. J'ai dit à Geoff que je te veillerai durant la nuit, aussi il est retourné passer un moment chez lui.

Il avait ce sourire étincelant que Stone aimait tant. Une dernière fois, il cligna des yeux pour s'assurer qu'il n'avait rien imaginé.

— Tu es vraiment là ?

Une main se glissa dans la sienne. À ce moment-là, il sut que ce miracle était la réalité.

— Je suis vraiment là.

— Je suis désolé, Preston. J'avais tellement peur, je pensais aussi que tu serais mieux loin ici. Je voulais que tu sois heureux et….

Une main qui se posa doucement sur ses lèvres interrompit son discours affolé.

— Chut. Nous parlerons plus tard. Pour le moment, il faut que tu te reposes pour recouvrer tes forces.

Il aurait voulu tout dire à Preston. Tant de choses ! Combien il lui avait manqué, combien il se sentait mal sans lui. Combien il avait été stupide de lui dire d'accepter ce travail. Au lieu de cela, il poussa un soupir de soulagement. Désormais, Preston était revenu, il lui tenait la main.

— Combien de temps comptes-tu rester ?

— Je ne sais pas, Stone.

— Ah.

Il déglutit, la douleur dans sa gorge était revenue. Il tendit le bras vers l'eau, sur son plateau, dont il sirota une petite gorgée. Il prit soin de se reposer son verre avant de regarder Preston.

— Cela dépendra, reprit celui-ci, mais au moins quelques jours.

Il n'avait pas retiré sa main, ce que Stone prit pour un bon signe, même s'il n'avait pas indiqué qu'il était revenu pour rester définitivement. Il se sentait tellement coupable qu'il n'avait rien à réclamer, il prendrait ce que la vie lui offrirait.

— Ils ont dit que tu pourrais rentrer à la ferme dans un jour ou deux.

À point nommé, une infirmière entra dans la chambre.

— Vous vous sentez mieux aujourd'hui ?

— Oui.

Il la regarda inspecter ses différents tuyaux.

— Vous avez encore mal ?

— Pas trop. Un peu à la poitrine, mais bien moins qu'hier. Et je n'ai plus mal à la tête.

Elle lui sourit.

— C'est bien.

Elle coupa le débit de l'intraveineuse, puis enleva les sacs de fluides avant de retirer le ruban adhésif de son bras.

— Nous allons vous retirer votre aiguille. Ensuite, vous pourrez prendre un petit déjeuner.

— Est-ce qu'il ressemblera au dîner d'hier ? Parce que si c'est le cas, je préfère jeûner.

Il sourit pour atténuer sa critique, elle lui sourit en retour.

— Maintenant, je sais que vous vous sentez mieux, dit-elle, si vous trouvez à redire à la nourriture. C'est le signal que vous êtes presque prêt à rentrer chez vous.

Il ressentit une brève douleur lorsqu'elle lui retira l'aiguille du bras, avant de poser un sparadrap sur la petite blessure avec efficacité et douceur.

— Là, c'est fini.

Elle lui remit un dépliant plastifié en disant :

— Voici un menu, commandez ce que vous aimez. Il suffit de composer le 3250 et ils vous monteront un plateau.

Elle alla jusqu'à son ordinateur posé sur un chariot roulant et y tapa un moment avant de quitter la chambre.

— Tu veux que je t'aide ?

Preston récupéra le menu pour parcourir les différentes options. Ensemble, les deux hommes déterminèrent ce qui avait la meilleure chance de ne pas ressembler à du cuir bouilli, puis ils passèrent commande.

— Preston, je….

Preston l'interrompit en lui prenant la main.

— Ne t'inquiète pas, Stone. Je ne partirai pas avant que tu rentres chez toi. Alors, détends-toi, remets-toi. Et dors, si tu as envie. Je reste là.

Il retira sa main et se leva. Stone le vit déplier un déambulateur pour se rendre à la salle de bain.

— Tu marches !

— Ouais. Avec ce truc-là.

— Quelle importance, si tu marches tout seul.

Il pivota dans son lit pour regarder Preston traverser la pièce et ouvrir la porte.

— Je vois aussi que tu portes ton jean Wrangler.

Preston s'arrêta et regarda par-dessus son épaule.

— Dis-moi, est-ce que tu mates mon popotin ?

Stone baissa les yeux.

— Euh. Je n'ai jamais eu l'occasion de le voir, tu sais, pas comme ça. Tu es superbe en jean.

C'était la vérité, le jean serré mettait en valeur ses muscles durs et bien ronds. Stone détourna les yeux, car il commençait à s'exciter. Les draps étaient si minces qu'ils ne dissimulaient pas grand-chose. Et pour couronner le tout, il portait une de ces ridicules chemises d'hôpital qui le laissait à moitié nu. Peut-être devrait-il demander qu'on lui rapporte de la ferme des vêtements décents.

Son plateau arriva avant que Preston ait terminé, il prit quelques bouchées prudentes, ne sachant pas trop comment son estomac allait réagir à la nourriture. Après un bref moment d'hésitation, il réalisa qu'il était mort de faim.

Preston sortit de la salle de bain et reprit son siège.

— Tu en veux ? proposa Stone. Nous pouvons partager.

— Mange à ta faim, je terminerai ce que tu laisseras.

Ce n'était pas mauvais du tout. Une fois le ventre plein, Stone sentit ses yeux s'alourdir. Il fut réveillé par le passage du médecin, qui tira le rideau autour du lit et baissa ses couvertures pour l'ausculter.

— Vous avez vraiment de la chance, on dirait, déclara-t-il. Beaucoup de contusions, mais aucune côte cassée. Vous avez cependant une commotion cérébrale, aussi je vais vous garder un jour ou deux pour ne prendre aucun risque.

Ses mains froides appuyèrent sur le flanc de Stone, qui tressaillit.

— Ça fait mal ? s'inquiéta le praticien.

— Non, mais vos mains sont froides.

Le médecin hocha la tête et remonta les couvertures avant de repousser le rideau.

— Je vous verrai demain. Reposez-vous bien. Prévenez l'infirmière si votre vision devient floue ou que vous avez les oreilles qui tintent.

Il écrivit quelques notes dans le dossier au pied du lit et quitta la chambre.

Stone bâilla et laissa ses yeux se refermer. La fois suivante, lorsqu'il se réveilla, il vit Joey et Robbie, assis sur le canapé sous la fenêtre, ils discutaient à mi-voix.

— Ton déjeuner sera bientôt là, indiqua Joey. Nous allons à la cafétéria avec Preston, mais nous serons bien vite de retour.

— Je ne bougerai pas, déclara Stone.

Il regarda Preston se relever lentement et quitter la chambre, appuyé sur son déambulateur. Son plateau arrivant peu après, il le vida devant la télévision. Les autres le rejoignirent et passèrent l'après-midi avec lui, à discuter et à jouer aux cartes jusqu'à ce qu'il se sente fatigué. Ses visiteurs prirent congé.

— Nous reviendrons demain, déclara Geoff.

Ils lui serrèrent la main avant de s'en aller, le laissant seul avec Preston.

— Tu t'en vas aussi ? demanda Stone.

Il n'en avait pas envie. Il avait du mal à croire en la présence de Preston. Il avait peur de le voir disparaître sans jamais revenir. Bien sûr, Preston en avait le droit, après la façon dont Stone l'avait traité.

— Je t'ai promis de rester avec toi, je compte tenir ma promesse.

À la surprise de Stone, Preston l'embrassa doucement sur les lèvres. Il s'installa ensuite dans le fauteuil. Stone lui prit la main et ferma les yeux, laissant le sommeil l'emporter. Il savait qu'ils devaient parler et qu'il avait beaucoup d'explications à fournir, mais cela pouvait attendre. Pour le moment, la présence de Preston à ses côtés lui suffisait.

Stone se réveilla quelques fois, vérifiant régulièrement le siège à côté du lit, où il trouvait toujours la silhouette, recroquevillée et endormie. Il lui fallait le convaincre de rester. Son cœur ne supporterait pas un nouveau départ. Et cette fois, il allait suivre les instructions de son cœur.

Enfin, Preston tourna la tête vers lui et ouvrit les yeux.

— Tu devrais dormir.

La chambre et les couloirs étaient sombres, l'hôpital paraissait endormi.

— Je ne peux pas, Pres, chuchota Stone. Est-ce que tu es revenu pour de bon ?

Il déglutit, effrayé par la réponse.

— J'ai parlé à Robbie. Il m'a raconté ce que tu lui avais dit. Je sais pourquoi tu as cru que je devais accepter ce poste.

Stone eut soudain froid.

— Ah ? Il t'a dit ?

Preston approcha sa chaise, prit la main de Stone et posa la tête contre son bras.

— Je sais tout, mais je veux l'entendre de ta bouche.

— C'est tellement difficile. J'avais peur. Tu es un homme intelligent, instruit et brillant. Moi, je suis juste un plouc qui a été élevé au milieu des porcs. J'avais peur que tu t'ennuies avec moi. Et puis je t'ai entendu parler à cet agriculteur, je n'ai rien compris de tout ce charabia financier, mais toi, tu semblais tellement excité. Je me voyais mal te demander d'être caissier de banque, alors que tu serais bien plus heureux avec un métier intéressant.

— Alors, tu m'as repoussé. Au lieu de me demander mon avis, tu as décidé de ce qui était le mieux pour moi.

Stone s'effraya un peu de la chaleur qui brûlait dans ses yeux, il resserra les doigts sur sa main, craignant de le voir s'échapper. Ses larmes se mirent à couler sur sa joue. Il renifla et s'essuya les yeux.

— Je pensais que j'agissais bien en te laissant partir. Maintenant, je sais que j'ai eu tort. J'ai été très malheureux depuis ton départ. Tout le temps. Je pensais que ça finirait par s'arranger, que je reprendrais le dessus, mais je ne pouvais pas. Chaque soir, je pensais à toi, je regrettais que tu ne sois pas avec moi.

Il soupira, malgré ses larmes.

171

— Je suis désolé, j'ai été idiot, tellement idiot.

Il enfouit sa tête dans l'oreiller, incapable de regarder plus longtemps Preston dans les yeux. Il ne voulait pas y voir la colère et la déception.

Une main se posa sur ses cheveux, apaisant doucement sa peur.

— Nous aurions dû en parler. Moi aussi, j'ai été malheureux tout le temps depuis mon départ. Tu me manquais et je me demandais pourquoi tu m'avais si vite renvoyé. Surtout après…

Stone se retourna pour le regarder.

— … notre dernière nuit ensemble, reprit Preston.

— Je t'ai fait l'amour en croyant que c'était la dernière fois. Je voulais que tu saches ce que je ressentais pour toi. Je voulais que tu comprennes que je t'aimais, même si j'avais trop peur de le dire.

Voilà ! Il avait enfin avoué à Preston ses sentiments. Alors, il le regarda bien en face, se demandant s'il serait accepté ou rejeté.

— Je t'aurais répondu que moi aussi, je t'aimais.

Preston soupira avant de se remettre à l'embrasser, plus fort cette fois, animé par cet amour enfin exprimé.

— J'aurais dû exiger de savoir pourquoi tu tenais tellement à me voir partir. Au lieu de cela, je me suis juste renfermé sur moi-même. J'étais choqué et blessé. Je pensais que tu ne voulais pas de moi.

— Je te veux, Preston, je veux tout de toi, ton arrogance y compris.

Preston, appuyé contre le lit, posa la tête à côté de la sienne. Stone lui caressa le bras.

— Je promets de bien utiliser mon arrogance, garçon d'écurie, dit Preston avec un clin d'œil. Mon garçon d'écurie rien qu'à moi.

Le ton de sa voix donna à Stone des frissons. Il sourit à l'idée qu'une insulte devienne ainsi un terme d'affection.

— Tu as quand même besoin de dormir, déclara Preston.

— Toi aussi.

Mais il ne voulait pas fermer les yeux, il était trop heureux, il voulait rester éveillé pour en profiter. Malheureusement, son corps avait d'autres idées.


STONE SE réveilla et regarda la chaise, s'attendant à y voir Preston, mais non, seul Eli était assis à son chevet. Sa gorge se serra.

— Où est Preston ? Il m'avait promis de rester là.

— Il n'est pas loin, j'ai l'impression qu'il avait une course urgente à faire. Il sera bientôt de retour.

C'était l'heure du petit déjeuner, Stone s'assit devant son plateau et se mit à manger.

— Au fait, j'ai parlé à ton médecin, enchaîna Eli. D'après lui, tu devrais rentrer à la maison cet après-midi.

Stone fut très soulagé de l'apprendre. Peu après, Adelle entra dans la chambre, un panier à la main.

— Comment tu te sens ? demanda-t-elle.

— J'essaie d'avaler cette horreur.

Il pointa sa cuillère pour désigner une bouillie de céréales qui ne l'inspirait vraiment pas. Elle se mit à rire.

— Pourquoi crois-tu que je t'ai apporté un panier bien rempli ?

Elle l'ouvrit et en sortit un sachet, qu'elle posa sur la table roulante. Stone déchira le papier avec entrain, alléché par l'odeur des beignets faits maison. Il plongea la main dans le sac et mordit avec gloutonnerie dans la pâte délicieuse.

— Merci, marmonna-t-il, la bouche pleine.

— De rien, mon petit chou.

Elle se pencha, l'air sévère, pour ajouter :

— Mais si je te vois encore parler la bouche pleine, je vais être obligée de les confisquer.

Stone avala sa bouchée et fit de son mieux pour paraître contrit. La lueur taquine de ses yeux devait le trahir.

— Oui, madame.

Adelle s'installa dans un des fauteuils, le dos droit, son manteau drapé sur les genoux.

— D'après ce que j'ai compris, Preston est revenu.

Eli hocha la tête.

— Oui. Il est parti régler une affaire urgente.

— Il a dit ce que c'était ? demanda Stone, soudain curieux

De plus, un petit frisson inquiet recommençait à le troubler.

— Non, répondit Eli, mais je sais qu'il a demandé à Joey de le conduire chez ses parents.

# XVI

— TU VEUX que je t'accompagne ? demanda Joey.

Il venait de tourner dans l'allée qui menait à la maison de ses parents. Preston regarda son ami et sourit.

— Non, merci. Je dois le faire seul.

À peine la voiture arrêtée, il fixa la porte d'entrée et ajouta :

— Il est temps que je le fasse, vraiment.

Ouvrant la portière, il sortit son déambulateur et se remit debout. Il adressa un signe de la main à Joey qui repartait, puis avança jusqu'à la porte, il l'ouvrit et pénétra à l'intérieur. Presque immédiatement, il se trouva dans les bras de sa mère. Elle le serra contre elle.

— Est-ce qu'il va bien ? murmura-t-elle à son oreille.

Il fut reconnaissant d'avoir au moins son soutien.

— Oui, répondit-il. Il est à la maison ?

Elle hocha la tête, sachant qu'il parlait de son père.

— Il est dans son bureau. Il a passé toute la journée au téléphone, de plus en plus grincheux à chaque minute qui passait. Tu sais très bien que ta présence ici ne va pas lui plaire, insista-t-elle. Tu étais censé seulement rendre visite à ton ami avant de repartir.

— Je ne peux pas. Et tu sais pourquoi. Je l'aime, maman, et c'est définitif.

Il avança jusqu'à un siège sur lequel il prit place, tout en gardant le déambulateur à portée de la main. Il leva les yeux vers elle, espérant qu'elle accepterait de le comprendre. Parce qu'il n'avait aucun espoir concernant son père : Milford Harding ne comprendrait jamais. Peut-être que sa mère serait plus compatissante.

— Je sais, et je ne veux que ton bonheur. C'est tout ce qui compte pour moi. Mais je m'inquiète. Les gens ne seront pas tendres avec toi, ils risquent de te haïr d'être… Tu sais… Gay. Aucune mère ne veut voir souffrir son enfant.

— Mais tu veux quand même me voir heureux ?

Elle hocha la tête.

— Oui.

174

— Eh bien, Stone me rend heureux.

— Il t'a envoyé à Kansas City ! protesta-t-elle.

— Je sais, maman. Il l'a fait parce qu'il pensait que c'était pour mon bien et que je devais accepter le poste.

Il tendit ses mains et insista :

— Maman, il m'a laissé partir aussi parce qu'il ne se trouvait pas assez bien pour moi, parce qu'il tenait à ce que j'aie un travail qui me plaise.

Il parlait avec ferveur, dans l'espoir qu'elle comprendrait ce qui s'était caché derrière la décision de Stone. Sous le coup de la surprise, sa mère ouvrit la bouche.

— En clair, il t'aimait assez pour faire passer tes intérêts avant les siens ?

Preston hocha la tête en essuyant ses yeux.

— Oui.

— Ce doit être merveilleux d'être tant aimé, dit-elle en jetant un regard nostalgique en direction du bureau. C'est comme ça qu'il m'aimait, autrefois.

Sans laisser à Preston le temps de réagir à sa confidence, elle l'étouffa dans une étreinte féroce.

— Tu mérites d'être aimé de cette façon, tout être humain le mérite.

Il tendit les bras pour la réconforter, mais déjà, elle s'écartait. Elle quitta la pièce en courant et se précipita dans le couloir. Il entendit une porte claquer. Il se releva alors et se dirigea lentement vers le bureau de son père. En approchant de la porte, il l'entendit parler au téléphone. Il avait l'estomac serré, les nerfs ultra-tendus. Mais il lui fallait le faire, il le *devait*. Il était temps. S'il tenait à se libérer de l'emprise de son père, il devait lui tenir tête. Sans se donner la peine de frapper, il tourna la poignée de la porte, la poussa et entra dans la pièce.

Son père était au téléphone.

— Je vous rappelle, dit-il à son interlocuteur.

Il raccrocha, les yeux fixés sur Preston. Il quitta son fauteuil avec un regard noir et aboya :

— Qu'est-ce que tu fiches ici ?

Preston dut résister à son premier réflexe, reculer et céder, comme il l'avait fait pendant des années. Il se força à garder sa position. Il pouvait le faire.

— Je suis venu rendre visite à un ami malade. Je suis aussi venu te parler.

Il utilisa son déambulateur pour avancer, ses pas devenant de plus en plus confiants au fur et à mesure qu'il se rapprochait. Il décida que l'attaque était la meilleure des défenses, comme l'indiquait le proverbe.

— Tu m'as manipulé pour la dernière fois, papa. Je ne veux plus que tu interviennes dans ma vie. J'ai passé la nuit dernière à l'hôpital avec Stone. Nous avons longuement discuté. Il m'a parlé de ton appel téléphonique. Je sais que tu n'es pas d'accord concernant mes choix, mais j'ai décidé de vivre ma vie pour moi et pas pour toi.

— Je te couperai les vivres.

Sauf que la menace habituelle n'avait plus aucun effet.

— Je m'en fiche. J'ai des amis pour me soutenir et me recueillir, j'ai aussi un homme qui m'aime pour ce que je suis vraiment. Je n'ai pas besoin de toi. J'ai encore moins besoin de ton fichu poste.

Preston se dirigea vers la chaise la plus proche et s'y installa confortablement, sachant que son geste déplairait profondément à son père.

— Par ailleurs, vu que je suis un mec sympa, je te préviens que Dolman, ton directeur financier de Kansas City, est un parfait crétin.

— J'en suis conscient. Je voulais te voir prendre sa place !

Les yeux de Milford brûlaient de fureur, mais Preston crut également y lire un certain respect. Il eut un sourire.

— Cela ne m'intéresse pas, papa. Je veux réussir par moi-même.

Puis il ajouta, d'un ton plus doux :

— Je ne veux pas tout devoir à mon père. Je veux réussir parce que tu m'as appris que c'était possible, parce que tu l'as fait à mon âge.

Il regarda son père tomber lourdement dans son fauteuil.

— C'est vraiment ce que tu veux ?

Il avait une expression indéchiffrable, mais sa voix exprimait davantage de surprise que de colère.

— Oui. Je sais que je peux réussir avec Stone à mes côtés.

Son père s'assombrit visiblement. Preston insista :

— Encore une fois, je connais ta position, papa, mais je ne changerais pas d'avis. Je suis gay et j'aime Stone. Je ferai donc ma vie avec lui, s'il est d'accord. Je t'en ai souvent parlé, il est temps que tu écoutes, que tu acceptes la vérité.

Preston se leva, utilisant le déambulateur pour se stabiliser. Il fit quelques pas pour se placer devant le bureau de son père, avant de conclure :

— Je vais vivre ma vie comme je l'entends. Tu as le choix d'en faire partie ou non. C'est à toi de voir. Mais je ne tolérerai plus tes interventions.

— Tu sais que je suis le gérant de ton fonds en fiducie. Je peux m'arranger pour que tu n'en touches quasiment rien.

— Eh bien, papa, essaie, mais j'ai acquis quelques principes juridiques élémentaires durant mes études. Puis-je te rappeler les lois concernant la violation de l'obligation fiduciaire ?

Il était juste devant le bureau de son père lorsqu'il ajouta avec un sourire :

— J'ai déjà pris contact avec un avocat, il a vérifié mes comptes afin de déterminer comment tu avais placé mon argent. Il n'a pas été très impressionné. Je suis certain qu'il obtiendra d'un juge ton remplacement, vu que tu n'as pas agi conformément à tes engagements.

Son père fronça fortement les sourcils.

— Quoi ?

— Donc, attends-toi à sa visite, il te réclamera des comptes, récupérera la procuration et agira dorénavant en mon nom.

— Manifestement, tu as pensé à tout, dit-il en serrant les dents.

— Papa, tu as une décision à prendre : soit tu fais encore partie de ma vie, mais à mes conditions, c'est-à-dire que tu m'acceptes pour ce que je suis, soit tu peux aller te faire voir !

Il empoigna son déambulateur et, sans un mot de plus, se retourna et marcha vers la porte. Il ne se retourna pas, son père n'ajouta rien.

— Au fait, dit Preston, la main sur la poignée, la prochaine fois que tu téléphoneras à Stone, pense à lui dire, 'Bienvenue dans la famille'.

Devant la porte, il faillit se retourner, mais il entendit la sonnerie du téléphone. Son père y répondit, comme si de rien n'était. Pourtant, non, il parlait d'une voix très différente, que Preston n'avait jamais entendue.

Quand il referma la porte derrière lui, il se sentait léger, libéré. Sa vie était désormais sienne. Il ne se faisait aucune illusion : son père chercherait encore à intervenir, mais désormais, il n'avait aucun pouvoir sur lui. Il était temps qu'il vive de façon indépendante.

Il croisa sa mère dans l'entrée. Il l'embrassa sur la joue.

— Il a dit oui ? demanda-t-elle.

— Tout va bien, maman. Tu peux me raccompagner à l'hôpital ?

Elle hocha la tête.

— Oui. Que vas-tu faire à présent ?

Preston sourit, d'un sourire éclatant.

— Je ne sais pas, et je trouve ça génial. Je me sens mieux que je ne l'ai été depuis longtemps.

— Mais tu n'as plus rien !

Elle parlait doucement, avec une véritable préoccupation.

— Ce n'est pas vrai, maman. Je t'ai toi, j'ai Stone et tous ceux de la ferme. Ils m'acceptent et se soucient de moi, même quand je me comporte comme un âne arrogant.

Il ne put s'empêcher de sourire en pensant à la façon dont Stone lui avait un jour jeté ces mêmes mots.

— Il m'aime, maman, cela signifie que j'ai tout au monde.

À sa grande surprise, elle l'embrassa, très fort.

— Je suis fière de toi. Tu vas sans doute me prendre pour une vieille folle, mais je suis très fière.

Il posa sa tête sur l'épaule de sa mère pendant un moment, puis elle le laissa s'écarter.

— Tu me rappelles ton père quand nous nous sommes rencontrés, tu sais, chuchota-t-elle. Il voulait tellement réussir par lui-même.

Pendant une seconde, il crut voir des larmes dans ses yeux, mais elle se détourna.

— Prends ton manteau, je t'emmène à l'hôpital.

Elle ouvrit la porte de la penderie pour en sortir un vêtement pour elle.

— Tu reviendras dormir ici ce soir ? demanda-t-elle encore.

— J'espère que non, maman.

Il sourit en voyant le regard complice qu'elle lui jetait. Elle sortit de la maison, il la suivit, plus lentement certes, mais il marchait, de façon autonome. Il s'installa dans la voiture, et peu après, elle démarra.

— Que vas-tu faire, alors ?

Il regarda par la fenêtre, la neige tombait sur le lac et se transformait en glace.

— Je vais retourner à Kansas City d'ici quelques jours pour récupérer mes affaires. Ensuite, il me faudra trouver un emploi et un endroit pour vivre.

Il tourna la tête vers elle avant d'ajouter :

— Je ne resterai pas à la maison. Je veux retrouver mon autonomie.

Dieu que cette perspective lui était agréable !

— Cela me manquera beaucoup de ne plus t'avoir.

Elle avait l'air… si solitaire. Sur une impulsion, il lui proposa :

— Pourquoi ne viendrais-tu pas à la ferme prendre des cours d'équitation ?

Il plaisantait à moitié, mais il vit son visage s'éclairer.

— Tu crois vraiment que ce serait possible ?

— Bien sûr. Tu peux faire ce que tu veux, voyons, répondit-il.

La voiture entra dans le parking de l'hôpital et s'arrêta juste devant la porte principale.

— Je te verrai plus tard, maman.

Il se pencha pour l'embrasser sur la joue.

— Merci pour tout, ajouta-t-il. Je te donnerai de mes nouvelles. Je t'aime, maman.

Il déplia son déambulateur et sortit de la voiture. Il regarda une dernière fois sa mère. Elle sourit, d'un sourire heureux qu'il ne lui avait pas connu depuis bien longtemps. Il continua à la regarder pendant qu'elle redémarrait et s'éloignait. Puis il se retourna et entra dans l'hôpital. Un homme le salua et lui offrit aider.

— Je me débrouille, répondit-il, avec un sourire.

Il se dirigea vers l'ascenseur et monta jusqu'à l'étage où se trouvait la chambre de Stone.

Stone était habillé et assis sur le bord de son lit. Geoff et Joey étaient avec lui.

— Nous n'attendions plus que toi.

Avec un sourire, Stone glissa du lit. Au même moment, un infirmier apparut avec un fauteuil roulant.

— Voulez-vous également un fauteuil, monsieur ? demanda-t-il à Preston.

— Non, merci. J'ai passé suffisamment de temps dans ces engins du diable, je ne veux plus jamais en revoir un de toute ma vie.

Il suivit le cortège qui emprunta lentement les couloirs, prit l'ascenseur, et traversa le hall d'entrée jusqu'à la porte. Geoff partit le premier chercher son camion au parking. Quand il revint, Stone monta sur la banquette avant, Preston s'installa à côté de lui. Quant à Joey, il était venu avec sa propre voiture. Refermant la portière, Preston se trouva serré contre Stone, *son Stone*. Il l'entoura de son bras pour le tenir aussi proche que possible durant tout le trajet jusqu'à la ferme.

EN ARRIVANT à la ferme, Preston sortit et commença à avancer vers la maison, tandis que Stone se précipitait vers l'écurie.

— Je reviens tout de suite, expliqua-t-il. Je dois d'abord aller voir Buster.

Preston changea d'avis, il fit demi-tour et le suivit. Tous deux souriaient quand ils atteignirent la stalle.

— Je ne savais pas qu'il était possible pour un cheval de prendre l'air désolé… chuchota Stone.

Preston était du même avis. Buster semblait heureux de revoir Stone, mais il paraissait également contrit.

— Tu es un bon garçon, dit Stone en lui frottant le nez. Je sais que tu ne l'as pas fait exprès.

— Tu devrais rentrer maintenant. Tu viens de quitter l'hôpital, tu dois te reposer, insista doucement Preston.

— Oui, maman.

Stone se retourna avec un sourire qui provoqua chez Preston un mélange de chaleur et d'excitation : il y avait tant d'amour dans ce regard posé sur lui. Avec une dernière caresse, Stone dit au revoir à Buster. Il revint ensuite à Preston et mit le bras autour de sa taille.

— Je vais t'aider, ça glisse.

Le contact de sa main sur sa peau fut si délicieux que Preston ne put résister à son désir de se presser davantage contre son amant.

— Nous ne devrions pas nous attarder ici, nous avons tous les deux besoin de nous reposer. De préférence, ensemble.

Il tourna la tête et se retrouva bouche à bouche avec Stone.

— Tu m'as tellement manqué, chuchota Stone.

— Je suis désolé que tu aies dû souffrir d'une commotion pour que je comprenne à quel point je t'aimais.

— Et moi, je suis désolé de t'avoir renvoyé au lieu de te parler.

Ils échangèrent un tel baiser que Preston sentit ses genoux faiblir.

— Rentrons vite, déclara Stone. Tu crois que tu vas pouvoir monter l'escalier ?

— Si tu continues à m'embrasser comme ça, je vais avoir des ailes, alors je n'aurai qu'à voler en haut des marches.

Avec un petit rire, Preston lui rendit son baiser, avant de laisser Stone le guider hors de l'écurie et dans la cour jusqu'à la maison.

Adelle les accueillit dans la cuisine et insista pour leur faire manger quelque chose. Stone s'assit à côté de lui. Ils restèrent la main dans la main une bonne partie du repas. Quand ils eurent terminé, Adelle les chassa.

Il fallut un gros effort à Preston, mais il réussit à monter l'escalier et à se rendre seul jusqu'à la chambre de Stone. Cette fois, il n'y eut pas de déshabillage romantique ni de langoureux regards. Tous deux arrachèrent leurs vêtements et les jetèrent par terre. Stone se glissa le premier sous les couvertures, Preston le rejoignit peu après.

— C'est si bon de t'avoir contre moi. J'y ai pensé tous les soirs durant mon absence, déclara Preston en caressant les cheveux de Stone. J'ai pensé à tes yeux, à tes lèvres.

Il effleura du pouce sa bouche et chuchota :

— Je me souvenais de ton corps contre le mien, ajouta-t-il en baissant les yeux. De ta présence en moi.

— Moi aussi, j'ai pensé à toi.

Stone fit glisser ses mains le long de sa poitrine, Preston se cambra pour mieux s'offrir. Il avait été privé de son amant pendant des semaines, mais il savait que ce soir n'était pas le bon moment.

— Tu ne crois pas que nous devrions être sages ? Tu viens juste de sortir de l'hôpital.

Stone pencha la tête et prit un mamelon entre ses lèvres.

— Tu es le meilleur des remèdes. Je t'aime.

Preston sentit une langue chaude contre sa peau. Il se redressa pour embrasser Stone. Encore et encore. Il lui tenait la tête à deux mains.

— Je t'aime aussi. Je déteste que nous ayons dû être séparés, mais cela m'a aidé à comprendre tout ce que tu représentais pour moi.

Il lâcha enfin sa tête pour se presser contre lui. Bon sang, il tentait de trouver une autre façon de se rapprocher plus encore.

— J'ai peur de fermer les yeux, chuchota-t-il. Je continue de penser que tu n'es qu'un rêve et que tu seras parti quand je me réveillerai.

Stone posa la tête contre son épaule et le serra dans ses bras, savourant leur chaleur et leur proximité.

— Je ne suis pas un rêve. Je serai là quand tu te réveilleras.

Il accentua ses paroles d'une pression. Preston tenta de maîtriser son désir pendant qu'il écoutait la respiration de Stone s'apaiser peu à peu. Il devina le moment où son amant s'endormit et ne tarda pas à le suivre.

Il se réveilla quelques heures plus tard, c'était le soir. La lumière s'atténuait derrière les vitres des fenêtres. Stone dormait encore, recroquevillé contre lui. Preston détestait l'idée de le déranger, mais il le fallait. Il bougea lentement, se dégagea du lit et alla jusqu'à la salle de bain.

Lorsqu'il en sortit, il trouva son amant bien réveillé, couché sur le dos, les jambes écartées, ce qui ne laissait pas le moindre doute sur ce qu'il voulait.

— Tu es réveillé !

Stone, les paupières lourdes de désir, tapota le matelas à ses côtés. Preston le rejoignit bien volontiers. Leurs ébats furent rapides et un peu frénétiques, mais suivis de baisers, d'abord lents et langoureux, qui les menèrent à d'autres baisers, à d'autres ébats.

La nuit se pressait contre les fenêtres lorsque les deux amants retombèrent sur le lit, épuisés et heureux.

— Tu vas retourner à Kansas City ?

— Juste le temps de récupérer mes affaires.

Preston sourit parce que la tête de Stone retrouvait ce qui devenait sa place habituelle sur son épaule.

— Et ton père ?

— Je l'ai prévenu aujourd'hui de mes intentions.

Il caressa la hanche de Stone, qui pivota pour le regarder dans les yeux.

— Et alors ?

— Je ne sais pas trop ce qu'il en pense, mais ce n'est pas grave. Je vais chercher un emploi ici, même si je dois travailler comme caissier de banque. Je vais aussi me trouver un endroit où vivre.

— Tu peux rester ici.

Preston sentit Stone se blottir davantage, il comprit que son amant avait peur.

— Geoff et Eli n'ont pas besoin de moi chez eux. Je tiens à être indépendant. Je veux un endroit où nous serons ensemble...

Il baissa la voix pour ajouter :

— ... Avec la possibilité de hurler si ça nous dit. Je devrais être en mesure de trouver ça par ici. Je ne te quitterai plus, Stone.

Il sentit la tension quitter le corps de son amant, qui se mit à tracer des petits cercles sur sa poitrine.

— Je pensais à un truc... commença Stone.

— Quoi ? demanda Preston, intrigué.

— Tu pourrais conseiller les autres agriculteurs, comme celui que tu as rencontré ici. L'agriculture fonctionne sur un principe de rentabilité, non ?

Il y avait une pointe d'excitation dans sa voix.

— Bien sûr. C'est un domaine spécialisé, mais les principes de base sont les mêmes que pour toutes entreprises. Pourquoi ?

Il était curieux savoir ce que Stone avait en tête.

— La plupart des agriculteurs sont des traditionalistes qui appliquent ce qu'ils connaissent, ce que leurs pères ont fait avant eux depuis des années et des années. Comme le monde a changé, ils ont des difficultés à s'adapter. J'ai pensé… Tu pourrais travailler avec eux pour les aider à être plus rentables, à mieux utiliser leur argent. Tu traiterais leur ferme comme une entreprise et tu serais pour eux une sorte de conseiller financier agricole.

Preston ne sut quoi dire, il regrettait de ne pas y avoir pensé le premier.

— Tu pourrais les aider à gérer leur argent, insista Stone, veiller à ce qu'ils ne se surendettent pas, et peut-être même renégocier pour eux de meilleurs tarifs auprès des banques… Bref, des trucs du genre.

Preston faillit demander à Stone comment il savait tant de choses, mais il comprit tout seul. Son amant avait grandi dans une ferme, il connaissait bien les difficultés des exploitants.

— Ça pourrait marcher. Il nous faudra en parler à Geoff et voir ce qu'il en pense.

— Nous ?

— Ouais. Si je me lance là-dedans, j'aurai besoin de toi à mes côtés.

Les yeux de Stone exprimaient certainement la même joie que Preston ressentait.

Une heure plus tard, Geoff les appela du bas de l'escalier en leur annonçant que le dîner était prêt. Les deux hommes se décidèrent enfin à quitter leur lit.

Le lendemain matin, Stone était tout sourire au petit déjeuner. Preston ne put s'empêcher d'avoir lui aussi un sourire niais. Adelle plaça devant Stone une assiette bien garnie.

— Fais quand même attention à toi durant quelques jours, dit-elle, gentiment. Je sais que tu as faim. Cette horreur qu'ils appellent nourriture à l'hôpital rendrait malade n'importe qui !

Elle continua de marmonner en s'activant aux fourneaux.

Le téléphone sonna quelque part dans la maison, les deux amis poursuivirent leur repas. Stone engouffra le contenu de son assiette, comme s'il n'avait pas mangé depuis un mois. Adelle le regarda faire en souriant. C'était le genre de femme qui prouvait son amour en cuisinant. Et pour le lui rendre, il fallait tout manger.

— Stone, téléphone pour toi. Prends-le dans le bureau si tu veux ! annonça Geoff en entrant dans la cuisine.

Il prit place à table à côté d'Eli. La conversation dévia sur les tâches du jour et les préparatifs de printemps.

— S'il arrive un jour, grommela Robbie.

— Tu as froid ? demanda Preston avec un sourire espiègle. Je me demande comment c'est possible. Tu portes au moins deux chemises et un pull.

— J'ai vérifié sur Internet. Ils annoncent plus de 20°C dans le Mississippi, répondit Robbie.

Joey se pencha et lui murmura à l'oreille quelques mots qui le firent rougir.

— Non, chuchota Robbie à son amant. Je ne ferais jamais ça, tu le sais très bien. Mais admets quand même qu'il fait froid !

Preston se détourna des deux tourtereaux et changea de sujet.

— Je cherche un endroit où vivre et je me demandais si vous aviez des idées pour m'aider. Je veux que ce soit près d'ici.

— J'ai vu un panneau 'à louer' devant une maison, plus haut sur la route, répondit Geoff entre deux bouchées. Mais sens-toi libre de rester ici aussi longtemps que tu veux.

— Merci, dit Preston, sincèrement reconnaissant. Mais je pense que je deviendrais vite encombrant. Et puis, après avoir vécu ces derniers mois chez mes parents, je préférerais un endroit bien à nous.

— À nous ? répéta Geoff avec un sourire. D'accord, je vais me renseigner.

Preston regarda autour de lui, se demandant pourquoi Stone s'attardait ainsi. Son petit déjeuner allait être froid. Il repoussa sa chaise, prit son déambulateur et se rendit au bureau de Geoff. En entrant dans la pièce, il vit Stone raccrocher, le visage manifestement bouleversé.

— Qu'est-ce qu'il y a ?

Stone lui jeta un regard éperdu.

— C'est mon p-père, bredouilla-t-il.

— Qu'est-ce qu'il t'a encore fait ? rugit Preston. Ne me dis pas qu'il cherche encore à te nuire ?

Il était déjà en colère, mais Stone secoua lentement la tête.

— Non, il ne peut pas. Il est mort.

# XVII

— VOUS N'ÉTIEZ pas obligés de faire ça, dit Stone.

Il regardait par la vitre le paysage qui défilait. Il sentit Preston se rapprocher de lui. Geoff était au volant.

— Mais si, bien sûr, tu fais partie de la famille, répondit Geoff. Nous savons tous que ce sera difficile pour toi. Nous voulions tous être là.

— Et la ferme ?

Il se détourna enfin de la vitre comme Preston l'attirait plus près de lui, le serrant très fort, dans un geste protecteur.

— Avec Joey, les gars peuvent gérer les choses durant mon absence. Robbie a annulé toutes les leçons et les séances de thérapie des prochains jours. Alors, détends-toi, ne t'inquiète de rien, prépare-toi simplement à tes rendez-vous avec l'avocat et le directeur des pompes funèbres.

Geoff allait très vite, le camion vibrait de toutes parts. Eli, assis sur l'étroite banquette arrière protesta :

— Ce n'est pas une course, Geoff !

— Désolé.

Il ralentit, mais Stone ne faisait pas vraiment attention, il se laissait juste dorloter. Preston profitait de la moindre occasion pour le toucher, depuis quelques jours. Stone en était heureux. Il avait besoin de son amant, il avait peine à croire combien Preston s'occupait bien de lui.

Sur la voie rapide, les kilomètres défilèrent. Avant que Stone se sente prêt, le camion se gara devant la ferme de son père. Quand Geoff coupa le moteur, les quatre hommes poussèrent un soupir collectif.

— Que fait-on en premier ?

— M. Halloran doit venir aujourd'hui récupérer les bêtes.

C'était tout ce que Stone avait pu organiser de loin, outre les funérailles. Il avait réussi à vendre tous les porcs, ce qui était pour lui un énorme soulagement.

— Je déteste ces fichus porcs, marmonna-t-il en ouvrant sa portière. Je lui ai demandé de les prendre le plus vite possible.

Au même moment, un autre camion, avec une lourde remorque, se gara derrière eux.

185

— C'est M. Halloran !

Le vieil homme s'approcha de Stone et lui serra la main.

— Je ne comprends pas que vous me vendiez ces verrats exceptionnels, mon garçon.

— Je sais que vous en prendrez grand soin, répondit Stone avec un sourire contraint. J'espère que vous gagnerez grâce à eux autant de compétitions que possible.

— Allez-y, les gars ! cria Halloran. Embarquez-les.

Les hommes qui l'avaient accompagné firent reculer la remorque jusque devant la porcherie et se mirent au travail.

— Voilà déjà une affaire de réglée.

Stone marcha jusqu'à la maison, ouvrit la porte et pénétra à l'intérieur. En regardant autour de lui, il réalisa que rien n'avait changé, sauf que la maison empestait.

— Seigneur, elle a besoin d'un bon nettoyage ! déclara Eli, juste derrière lui. Mettons-nous à l'ouvrage. Je vais commencer par la cuisine. Tu as envie de garder quelque chose ?

— Non. En cas de doute, jetez tout. Je ne veux que quelques affaires, qui sont dans mon ancienne chambre, je vais les charger dans le camion. Le reste peut être soit vendu, soit jeté. L'avocat m'a dit qu'il vendrait tout ce qui resterait après notre départ. Si vous voulez quelque chose, prenez-le.

Il garda les yeux dans le vague jusqu'à ce qu'il sente la main de Preston sur son bras.

— J'aurais préféré que tu ne voies jamais cet endroit, chuchota Stone.

— Pourquoi ? Ce n'est qu'une maison.

— Non. C'est un taudis, c'est horrible.

Il prit une lampe et la jeta contre le mur, répandant partout des tessons de verre.

— C'est là que j'ai été battu et humilié. Là que je me sentais tellement nul.

Il se retourna quand son amant le prit dans ses bras et lui releva le menton.

— Tu n'as jamais été nul, affirma Preston. Pour moi, tu es tout.

Stone se sentit enfin réchauffé, même s'il était au milieu des vestiges d'une vie dont il ne voulait plus et qui n'avait plus rien à lui offrir. Son avenir était dans ses bras.

— Maintenant, reprit Preston, dépêchons-nous de faire ce qui doit être fait. J'aimerais que nous fichions le camp d'ici le plus vite possible.

186

Stone s'écarta de lui.

— Ouais. Tu peux jeter tout le merdier qui traîne dans cette pièce ? Je m'occupe de sa chambre.

— D'accord.

Preston attrapa un sac-poubelle et commença à le remplir. Stone prit le couloir jusqu'à la pièce du fond, dont il poussa la porte. Cette chambre avait jadis été celle de sa mère. Son père y était resté après sa mort. Pourtant, c'était la seule pièce de la maison qui n'était pas en désordre. Stone déplia un sac poubelle avant d'ouvrir le premier tiroir de la commode et d'en vider le contenu. Il jeta tout, sous-vêtements, chaussettes, tee-shirts. Il referma le tiroir et ouvrit le suivant, jetant encore de vieilles chemises usées par l'âge. Le tiroir final était coincé par une salopette. Connaissant la paresse de son père, Stone en vérifia les poches avant de la fourrer dans le sac avec le reste.

Au fond du tiroir, Stone trouva une boîte en bois. Il leva le couvercle avec précaution et caressa le bois lisse et poli. Sachant ce dont il s'agissait, il tenta de réprimer ses frissons d'excitation.

— Stone, j'ai fini de vider le salon.

Il leva les yeux et vit Preston, appuyé au cadre de la porte. Il bondit sur ses pieds pour l'aider à s'asseoir sur le lit.

— Où est ton déambulateur ?

— Je pensais pouvoir m'en passer. Et j'avais raison.

Tout d'abord, Preston sembla heureux, puis il grimaça.

— Je ne suis pas certain que j'aurais été capable de faire un pas de plus, admit-il, penaud

Stone ne put s'empêcher de sourire. Il serra son amant contre lui, savourant sa présence, son contact et son soutien.

— Si je vide le placard, tu peux mettre tout le merdier que je t'envoie dans les sacs ?

— Bien sûr, mais tu ne préfères pas le donner plutôt ? répondit Preston.

Stone enlevait déjà les chemises des cintres. Il plissa le nez.

— Dieu, non ! Ça pue trop le porc. Qui en voudrait ?

Preston renifla.

— Tu as raison. Mais ça prouve bien qu'on peut s'habituer au pire.

Il lui fit un clin d'œil avant d'enfouir les vêtements dans les sacs-poubelle. Chemises, pantalons, chaussures, vieilleries oubliées depuis bien longtemps, tout passa à la poubelle, ainsi que des bouteilles d'alcool entamées, et Stone frissonna à l'idée de devoir les toucher à mains nues.

— C'est quoi, ce coffret sous l'étagère ? demanda Preston.

Il pointait du doigt le coin de la chambre. Stone alla le récupérer et ouvrit le couvercle. Il en montra le contenu à Preston. Des billets de cent, cinquante, et vingt dollars remplissaient le coffret.

— Jésus Christ ! Il doit y avoir des milliers de dollars là-dedans. Mets-le de côté pour l'instant.

— Dois-je le donner à l'avocat ? s'enquit Stone.

— Non, merde. J'y vois plutôt le paiement de toutes tes années d'esclavage et de mauvais traitements. Par ailleurs, c'est à toi.

— Je sais, mais je ne veux pas…

Il remit le couvercle sur le coffret et le déposa à côté de la boîte en bois qu'il avait récupérée dans le tiroir.

— Qu'est-ce que c'est ?

— C'était à ma mère.

Encore une fois, Stone caressa le bois avant de soulever lentement le couvercle. Il regarda à l'intérieur : il y avait quelques photos de lui, bébé, et de sa mère à côté d'un bel homme. Il y avait aussi des bijoux qu'il se souvenait d'avoir vu sa mère porter. Et des lettres. Il les prit, ouvrit les enveloppes et commença à lire les feuillets. Il sourit et essuya une larme.

— Elles sont de mon père… Mon vrai père. Ce sont des lettres d'amour.

Lorsqu'il lut le dernier feuillet, jauni et froissé, il eut un choc.

— Oh !

Il le tendit à Preston, les mains tremblantes.

Preston lut à haute voix :

— '*Nous avons le regret de vous informer de la mort de Brandon Miller...*' Ils disent qu'il est mort pour sauver d'autres vies. C'était un héros, Stone.

Preston replia le papier.

— Nous regarderons sa bio sur Internet, une fois de retour à la maison.

Stone hocha la tête et rangea le tout dans la boîte, comme il l'avait trouvé.

— Merci.

— De rien, bébé.

Ils se remirent à la tâche, vidant la chambre et jetant ce qui devait l'être. Ils ne trouvèrent plus rien d'intéressant, ni argent ni document. Stone porta ensuite tous les sacs jusqu'au camion et les jeta à l'arrière, surpris par la pile imposante qui s'y trouvait déjà.

Ils travaillèrent ainsi une grande partie de l'après-midi, vidant presque tout. Le peu que Stone voulait garder fut emballé et chargé.

— Et la grange ? demanda Geoff.

— Il y a du matériel encore utilisable. Nous pourrions le rapporter, certains élèves d'Eli en auront peut-être besoin.

Geoff lui tapota l'épaule et se dirigea vers la grange. Stone retourna dans la maison pour vérifier que tout était terminé.

À la fin de la journée, ils firent un premier bilan : les animaux étaient partis, la maison était vide et nettoyée, ce qui restait à l'intérieur serait vendu avec la terre et les murs. Quand l'avocat se présenta, Stone signa les papiers nécessaires pour lui donner procuration d'agir en son nom.

— Après les funérailles, demain, ce sera fini, déclara Preston en serrant Stone contre lui.

— Ouais.

Il se doutait bien que ce ne serait pas aussi facile.


STONE PÉNÉTRA dans la petite église située un peu plus haut que la ferme, sur la même route. Il ne regarda ni l'urne funéraire ni les quelques fleurs devant l'autel. Il prit la main de Preston et se glissa sur un banc pour attendre que le service commence.

D'autres arrivèrent, quelques-uns lui offrirent leurs condoléances, la plupart se contentant de prendre un siège, en silence. Il s'agissait d'une petite communauté, pensa Stone, et son père avait dû parler. Donc, tout le monde savait ce qui s'était passé, ou du moins la version du vieil homme. C'était sans importance, de toute façon. Après aujourd'hui, il ne reviendrait jamais.

Le révérend commença le service. Stone écoutait d'une oreille et accomplissait machinalement les gestes rituels en temps voulu, rien de plus. Il n'y eut aucune larme versée, juste quelques toussotements à la fin du service. Stone était éperdument reconnaissant d'être entouré de vrais amis, des hommes qui l'avaient accueilli et mieux traité que sa propre famille ne l'avait jamais fait.

La dernière prière fut suivie d'un 'Amen'. Stone libéra enfin, très lentement, le souffle qu'il avait retenu depuis, à ce qu'il lui semblait, ce coup de téléphone reçu quelques jours plus tôt.

À la porte, le révérend salua tout le monde solennellement.

— Je vous présente mes condoléances, dit-il.

Stone hocha la tête en silence, ne sachant trop quoi faire ou dire.

C'était fini.

— Tu es prêt à rentrer à la maison ? demanda Geoff.

Stone retrouva le sourire, pour la première fois en quelques jours.

— Presque. J'ai juste une dernière affaire à régler.

Il descendit les marches et attendit. Il entendit enfin derrière lui la voix qu'il guettait. Il se tourna vers la porte et vit l'oncle Pete serrer la main du révérend avant de descendre l'escalier.

— Tu m'as agressé, espèce de salaud ! grinça Stone, les dents serrées. Je suis venu te demander de l'aide et tu as abusé de moi !

Dès que Pete ouvrit la bouche pour se défendre, Stone serra le poing et le frappa de toutes ses forces à la mâchoire. Pete s'effondra dans la neige comme une poupée de chiffons.

— Je ne veux plus jamais te revoir, sinon, je t'arrache les couilles ! grogna Stone.

Le révérend, bouche bée, yeux écarquillés, avait assisté à la scène. Il paraissait en état de choc.

Stone se tourna vers Geoff avec un grand sourire.

— Maintenant, je suis prêt à rentrer à la maison.

# XVIII

SONGEUR, PRESTON regardait les lumières défiler derrière la vitre. Eli ronflait doucement sur le siège arrière, endormi depuis un certain temps. Quant à Stone, il était appuyé contre son amant, la poussée d'adrénaline de son coup de poing l'ayant épuisé. Il avait les yeux fermés, les lèvres légèrement entrouvertes, l'expression détendue. Preston résista à son envie de l'embrasser, se contentant de le tenir tout contre lui. Il aurait pu jurer que Stone n'avait dormi que quelques heures depuis qu'ils étaient partis pour Petoskey, deux jours plus tôt.

— Ils sont tous les deux dans les vapes, chuchota Geoff, depuis le siège conducteur.

Preston sentit Stone remuer, puis se blottir et s'apaiser.

— Oui, ça fait déjà un moment. Ils ont tous les deux travaillé dur.

Geoff hocha lentement la tête. Le camion passa sur la voie de gauche pour dépasser une voiture qui roulait plus lentement.

— Comme toujours. Tu as réfléchi à cet endroit où tu voulais vivre ?

— Tu t'en vas ? protesta Stone.

Il s'agita dans ses bras pour le regarder.

— Je dois aller chercher mes affaires à Kansas City, mais j'espérais aussi trouver une maison dans le coin. J'ai demandé à Geoff de se renseigner.

Il parlait tranquillement, Stone se détendit contre lui.

— J'espérais trouver un endroit que nous pourrions partager, ajouta-t-il.

Stone se retourna, ses yeux brillaient d'incrédulité et de joie. Quant à Geoff, ému, il tendit le bras et lui serra l'épaule.

— En ce moment, il n'y a pas grand-chose, mais le marché s'ouvre en général au printemps. Restez à la maison, tous les deux, jusqu'à ce que vous trouviez ce qu'il vous faut. Vous faites tous les deux partie de la famille.

Geoff leur sourit et reporta son attention sur la route. Preston se sentit également sourire et s'adossa dans le siège. Il avait vraiment trouvé un endroit où il était accepté.

Et Stone était dans le même cas que lui.

Le trajet retour se poursuivit tranquillement jusqu'à ce que le camion entre dans la cour de la ferme. Les cahots du chemin réveillèrent Eli et

Stone, qui s'étirèrent dès que le moteur s'arrêta. Pendant que les trois autres déchargeaient l'arrière du camion, Preston descendit et alla jusqu'à la maison avec son déambulateur.

À peine fut-il dans la cuisine qu'Adelle s'affaira autour de lui.

— Asseyez-vous. Le dîner sera bientôt prêt.

Preston ne protesta pas. Elle lui servit un bol bien chaud. Quand les autres entrèrent, quelques minutes plus tard, d'autres tasses semblèrent se matérialiser toutes seules. Les voyageurs s'installèrent devant des assiettes bien remplies de délicieux poulet frit, une spécialité d'Adelle. La conversation fut chiche. Geoff insista pour qu'Adelle mange avec eux. Ce qu'elle eut du mal à accepter au début, mais Geoff tenait à la convaincre qu'elle était aussi un membre de leur petite famille.

Après le dîner, Adelle nettoya sa cuisine. Preston suivit Stone à l'étage, montant seul les marches de l'escalier. Il passa d'abord à la salle de bain et prit une douche avant de retourner à la chambre. Il s'attendait à trouver Stone déjà endormi. Au lieu de cela, son amant était sur le lit, bien réveillé et entièrement nu.

— Cache-toi sous les couvertures, tu vas avoir froid.

Il se glissa dans le lit, Preston le rejoignit et se plaqua contre lui.

— Merci pour tout ce que tu as fait, chuchota Stone.

— Je n'ai pas fait grand-chose !

— Tu étais là, c'est tout ce qui compte.

Stone l'embrassa et le fit rouler sur le dos, son poids le clouant au matelas.

— Je t'aime.

Preston aurait voulu répondre, mais Stone l'embrassa assez fort pour lui vider l'esprit.

— Je pensais que tu étais fatigué ?

Non pas qu'il se plaigne…

— J'ai dormi dans la voiture.

Stone lui mordilla la lèvre inférieure.

— Je vois.

Preston l'attira plus près, le baiser devint plus fébrile, il aspira la langue de Stone dans sa bouche.

— Je te veux ! soupira Stone.

— Tu m'as.

Son amant s'écarta, pour le regarder droit dans les yeux.

— Non, je te veux. En moi. Ce soir. Je veux que tu me prennes, que tu m'aimes.

Preston se figea.

— Tu es sûr ?

Stone hocha la tête.

— Oui.

Preston caressa la joue mal rasée.

— Je ne veux pas te faire de mal.

— Tu ne me feras jamais mal, je le sais.

Preston n'en était pas si sûr. Il faillit refuser, mais l'amour qu'il lut dans les yeux de Stone chassa ses craintes. Roulant sur lui, Preston lui effleura doucement la peau.

— Tu n'es pas obligé, tu sais. Tu n'as rien à me prouver. Rien du tout.

— Je ne compte rien prouver à personne, mais je t'aime. Je te veux.

— Alors, retourne-toi, murmura Preston à son oreille.

Il ouvrit le tiroir de la table de chevet, prit à l'intérieur ce dont il avait besoin, et se tourna vers Stone. Il eut le souffle coupé devant ce qui lui parut être des hectares de peau pâle, lisse et parfaite. Preston se pencha, parsemant de baisers l'épaule de Stone avant de descendre le long de son dos.

— Tu m'as manqué. Tu as si bon goût.

Il laissa glisser sa main sur la courbe des fesses et sentit frissonner Stone légèrement.

— Tu aimes ?

— Mmm-mmm.

Stone cambra les reins, offrant son cul. Preston insinua ses doigts dans la raie des fesses fermes, les ongles légèrement sortis, griffant la peau. Il se lécha un doigt et le posa à l'entrée du corps de son amant, guettant le moindre signe d'inconfort ou d'anxiété. Mais Stone exhala juste un soupir satisfait, qui lui envoya une décharge dans le dos jusqu'au bas-ventre : son sexe palpitait déjà contre les draps. Preston dut faire un effort et se rappeler d'y aller lentement.

L'esprit obscurci par le désir, il pénétra son amant, d'un seul doigt, qu'il replia à l'intérieur.

— Preston !

Il sourit en entendant ce cri étouffé et recommença sa caresse.

— Qu'est-ce que tu fais ?

Cette fois, il s'arrêta, de peur d'avoir fait mal à Stone.

— Non, par pitié, ne t'arrête pas, jamais.

Rassuré, Preston ajouta un deuxième doigt. Il ondulait des hanches au rythme des râles extasiés que poussait Stone. Ces sons excitaient son désir comme le plus efficace des aphrodisiaques. Il aimait cet homme de tout son être, il voulait lui démontrer combien l'amour partagé était agréable.

— S'il te plaît, Preston. Plus fort !

— Chut. Je ne veux pas te faire de mal.

Il essayait d'être aussi patient que possible, mais Stone se releva en poussant sur ses mains, cambrant le dos pour un baiser. Leurs lèvres se rencontrèrent. Preston enfonça de nouveau les doigts. Stone cria dans sa bouche. Le libérant, Preston enfila un préservatif, d'une seule main, tant bien que mal.

Il se positionna derrière Stone et poussa. Dès qu'il dépassa l'anneau des muscles serrés, la chaleur du corps de son amant faillit créer en lui une auto-combustion.

— Stone ! gémit-il.

C'était si bon que son cerveau en fut comme court-circuité. Il s'agissait de Stone, l'homme qu'il aimait. Il s'enfonça davantage, Stone cria et poussa contre lui, s'empalant plus encore. Preston en perdit le souffle, cet étau de chaleur serré était divin. Il perdit la tête et le pénétra jusqu'à la garde. Alors seulement, il s'arrêta et attendit, très inquiet.

— Preston, s'il te plaît…

Considérant que c'était une autorisation à continuer, il se mit à bouger, à onduler d'avant en arrière. Il commença doucement.

— Je t'aime, Stone.

Il craignit de voir sa tête exploser. Ou son cœur. Il réalisait pleinement la confiance que Stone avait en lui pour s'offrir ainsi après le viol subi. Une telle confiance, un tel amour. Il en oublia l'urgence de son désir pour se concentrer sur son amant, il tenait vraiment à rendre cette première expérience aussi parfaite que possible, afin d'effacer les derniers miasmes du traumatisme. Il écouta les petits cris, les soupirs, les gémissements, le moindre son qui émanait de ses lèvres. Preston eut un choc au cœur chaque fois que Stone se repoussait contre lui. Il voyait frémir les muscles souples du dos à chacun de leurs va-et-vient. Il se pencha soudain et blottit son visage dans le cou de Stone, il se figea, planté en lui.

— Stone Hillyard, tu es l'homme le plus sexy que j'aie jamais rencontré !

Stone inspira profondément, puis rua contre lui. Ses gémissements sourds déclenchèrent un élan de sauvagerie chez Preston, il se redressa, l'empoigna aux hanches et le martela. Les cris de Stone le guidaient, l'encourageaient, *'Plus vite ! Plus fort !'* Sa passion enflamma Preston, certain désormais de satisfaire son jeune amant.

— Preston, je t'aime ! cria Stone juste avant de jouir.

Son corps se resserra comme un étau pulsatile autour de Preston, qui bascula à son tour vers l'orgasme. Lorsqu'il ouvrit les yeux, Stone était étalé sur le lit, inerte. Et lui pesait sur lui de tout son poids. Il ne voulait pas bouger. Il était trop bien. Leurs corps étaient encore unis, il voulait garder cette connexion physique aussi longtemps que possible.

Il se redressa sur ses coudes.

— Stone ? s'inquiéta Preston. Je te fais mal ?

Stone se tortilla sous lui.

— Non. J'aime bien te sentir sur moi. En moi.

Preston baissa la tête et lui mordilla l'oreille. Stone se mit à rire et à trembler.

— Ah ! Tu es chatouilleux ! C'est si bon de t'entendre rire !

Il sentit son sexe glisser du corps de son amant, les deux hommes poussèrent le même grognement déçu. Preston roula doucement sur le dos.

— J'aime le son de ton rire, insista-t-il, les yeux fixés sur Stone.

Le jeune homme le regardait aussi.

— J'ai de quoi être heureux : je t'ai, toi, j'ai une nouvelle famille, un foyer. Je me sens libre. Libéré de mon enfoiré de père et aussi de…

Il ne termina pas sa phrase, mais Preston savait exactement ce à quoi il pensait. Il passa le bras autour de sa poitrine et l'embrassa partout où il pouvait l'atteindre.

— Oublie tout ça. Ne pense plus qu'à nous. C'est merveilleux, n'est-ce pas ? D'aimer et d'être libre ?

Ils étaient libérés tous les deux de leur passé, libres de vivre leur vie au grand jour et de se construire un avenir ensemble.

Stone roula dans les bras de Preston.

— Oui, c'est vrai. Je suis libre. Je t'aime et je t'aimerai toujours.

# ÉPILOGUE

— STONE !

La voix excitée de Preston l'appelait du bureau de Geoff. Dès qu'il entra, son amant annonça :

— J'ai trouvé quelque chose.

Preston était assis dans le fauteuil, avec Geoff penché sur son épaule.

— Vous cherchez toujours ? s'étonna Stone. Je pensais que vous aviez laissé tomber.

En voyant Preston lui jeter un regard ulcéré, Stone rit doucement. Il aurait dû savoir que son amant n'était pas du genre à abandonner. Il pénétra dans la pièce et avança jusqu'au bureau.

— Donc, tu as trouvé quelque chose ?

Preston leva les yeux avec un grand sourire.

— Mieux ! J'ai envoyé un mail aux Marines en ton nom. Ils ont répondu.

Il fit pivoter l'écran, pour que Stone puisse lire.

— Quoi ? Ils veulent que je les contacte ?

Sa perplexité augmenta encore quand il vit l'air béatement idiot des deux autres.

— D'accord, reprit-il. Je suppose que vous savez pourquoi.

— C'est une idée que j'ai eue en lisant la lettre dans la boîte de ta mère. J'ai fait quelques recherches. D'après ce que j'ai trouvé, ton père est mort au combat, après avoir sauvé la vie de sept de ses compagnons. J'ai donc contacté les Marines, je leur ai expliqué que tu étais son fils posthume, etc. Je leur ai envoyé une copie des lettres en notre possession, celles de ton père à ta mère, puis la lettre officielle lui annonçant son décès.

Preston quitta l'écran des yeux pour ajouter :

— Apparemment, ton père a reçu la Silver Star à titre posthume, le Corps des Marines cherche depuis des années un membre de sa famille à qui la remettre.

— Et c'est moi ?

Stone pouvait à peine y croire.

196

— Oui. Ils demanderont sans doute d'autres preuves, nous les leur fournirons.

Preston se leva et contourna le bureau, d'une démarche encore un peu instable, mais autonome.

— Tu n'as jamais rien hérité de ton père, mais ça va changer. Regarde…

— C'est lui ?

Stone se retrouva à fixer une photo sur l'écran d'ordinateur. Il reconnut ses yeux et son menton.

— Oui. Tu lui ressembles.

Preston et Geoff souriaient comme deux idiots.

— Waouh ! marmonna Stone.

Il enregistra l'image dans sa mémoire. Geoff se redressa et regarda Preston.

— Désolé de revenir au quotidien, mais Jasper sera bientôt là et tu as une séance d'équitation prévue.

— Tu veux ton déambulateur ? demanda Stone.

Preston l'utilisait de moins en moins, sauf pour les longues distances.

— Non. D'après Jasper, je n'en ai plus besoin, je dois maintenant marcher sans appui, pour ainsi dire. J'attendais ces mots-là depuis mon accident !

Preston sourit, les yeux pétillants.

— Nous devrions fêter ça, alors, susurra Stone en lorgnant son amant.

Geoff les réprimanda gentiment :

— Vous ferez la fête plus tard, tous les deux, sinon vous allez rater la leçon.

Sur ce, il quitta le bureau. Preston le suivit, d'un pas nettement plus prudent. Stone était sur ses talons : il le surveilla jusqu'à la porte d'entrée.

— Tu as un super cul, tu sais.

— Tu me l'as déjà dit la nuit dernière, ricana Preston.

Il s'arrêta le temps d'enfiler une veste épaisse. Stone l'aida à garder son équilibre pendant qu'ils traversaient ensemble la cour. Il sentait que son amant tremblait un peu sur ses jambes en marchant, mais peu importait, ses progrès étaient remarquables. Il savait combien Preston en était heureux.

Stone montra du doigt le grand chêne à l'arrière de la cour.

— Regarde ! Les arbres sont prêts à bourgeonner. Oh, et les tulipes sont ouvertes. J'ai toujours aimé le printemps.

Il inspira profondément et ajoura :

— Et l'air n'empeste pas le porc.

— Moi aussi, j'aime le printemps, mais admets quand même que nous avons passé un hiver incroyable, non ?

Cessant de marcher, Preston se tourna vers lui pour l'embrasser doucement.

— C'est le meilleur hiver que j'aie jamais connu.

Une voiture s'arrêta dans la cour. Les portières s'ouvrirent et se refermèrent.

— Ça suffit, les tourtereaux. Au boulot !

— Sadique ! répondit Preston, avec un sourire.

Il regarda Jasper et Derrick avancer pour les rejoindre.

— Plus de déambulateur ? demanda Derrick.

— Non. On m'a donné la permission de le jeter, mais je vais peut-être le garder encore un moment pour monter et descendre l'escalier.

Preston avait déjà fait don de son fauteuil roulant à une maison de soins locale.

— Il te faut renforcer encore un peu tes jambes, expliqua Jasper.

Tous se dirigèrent vers l'écurie. Belle hocha la tête avec enthousiasme en voyant Preston approcher de sa stalle. Quelques semaines plus tôt, il avait obtenu une autre monture, plus difficile que la brave jument de débutant, mais il n'oubliait jamais de lui apporter une friandise. Et elle le savait.

— Comment ça va, ma belle ? roucoula Preston.

Les autres se moquèrent de lui.

— Je n'aurais jamais cru voir un jour Preston Harding embrasser un cheval, ricana Jasper.

— Je ne l'ai pas embrassé…

Il s'interrompit avec un cri étouffé quand Belle lui donna un grand coup de langue baveuse. Il s'essuya le visage, l'air dégoûté.

— Belle… gémit-il. C'est absolument dégueu !

Stone, plié en deux, se tenait les côtes. Il riait si fort qu'il faillit s'écrouler dans la paille.

— Franchement, j'avais déjà entendu dire qu'un cheval savait plaisanter, mais je ne l'avais encore jamais vu de mes yeux.

— Ah ah, très drôle ! grogna Preston.

Il tenta de paraître fâché, mais il ne tint pas plus de deux secondes.

— D'accord, c'était peut-être marrant, admit-il, penaud.

Stone lui fit un clin d'œil. Un peu calmé, il sella son cheval et le mena jusqu'au manège. Preston se rendit sur la plate-forme surélevée, surpris de

198

voir Jasper et Derrick, déjà en selle, rejoindre Joey et Robbie, qui eux se trouvaient sur le même cheval. Le jeune aveugle avait accroché ses deux bras à la taille de Joey.

— Geoff, vous nous rejoignez avec Eli ? cria Stone.

Il dirigeait aussi Buster dans le manège.

— Nous serons prêts dans quelques minutes, répondit Geoff, qui faisait le tour de l'arène.

— Qu'est-ce qui se passe ? s'étonna Preston. Je pensais avoir une séance de thérapie.

Il regarda autour de lui, se demandant s'il avait manqué quelque chose. Geoff ouvrait grand les portes arrière.

— Nous allons tous faire un tour, expliqua-t-il. Donne-nous une minute et nous vous rejoignons.

Stone, qui trottait à côté de Preston, lui sourit.

— Ce sera ta première sortie à cheval en extérieur.

— Où allons-nous ?

— Je ne sais pas. Geoff a pensé que ça ferait du bien aux chevaux de sortir.

Il regarda son amant, assis bien droit sur la selle, jambes pliées autour de son bai. Il se souvint de ces mêmes jambes autour de lui, la veille au soir.

— Merde ! murmura-t-il, les dents serrées.

Son corps venait de s'enflammer à cette réminiscence, il lui fallait se calmer au plus vite. Chevaucher avec une érection pouvait être douloureux.

Geoff et Eli rejoignirent le groupe qui abandonna le manège pour les prairies éclairées d'un soleil printanier.

Stone suivait Preston, accordant autant d'attention au derrière de son amant qui pointait au-dessus de sa selle qu'à son cheval. Derrick accéléra pour se mettre à côté d'eux.

— Alors, quand emménagez-vous ?

— La semaine prochaine.

Stone eut un grand sourire. Preston et lui avaient acheté une petite maison ayant jadis été une école à classe unique. Il y avait même une petite tour avec une cloche.

— Je suis si impatient !

Pour cet achat, ils avaient mis leur argent en commun, y compris le pactole découvert par Stone en vidant la maison de son père.

— Ça ne m'étonne pas, déclara gentiment Derrick.

— Il y a même une petite pièce que Preston peut utiliser comme bureau.

Preston avait commencé à offrir aux agriculteurs locaux son expertise en matière de planification financière, le mot s'était vite répandu.

— Il a deux rendez-vous cet après-midi.

Parfois, Stone craignait d'éclater de fierté.

— J'ai entendu dire qu'il se faisait des clients dans tout le comté.

— Il a même été contacté par l'université communautaire pour donner des cours.

— On dirait que les choses s'arrangent bien pour vous deux.

— Oui, c'est vrai.

Il ne restait qu'un problème : le père de Preston. Si sa mère était de leur côté et téléphonait régulièrement, son père l'ignorait avec obstination. Et la seule fois où Stone avait rencontré Milford Harding, il avait reçu le même traitement glacial, ce qui avait mis Preston en colère. Quant à Stone, il s'en fichait. Il avait tout ce dont il avait besoin : une maison, un compagnon, de l'amour. Et aussi une nouvelle famille qui ne cessait de s'agrandir. Il sourit intérieurement. Il avait même une mère de substitution !

Preston ralentit son cheval, ce qui permit à Stone de le rattraper.

— Tu parais très excité.

Lui aussi avait les yeux brillants de joie.

— Toi aussi !

Au cours du dernier mois, ils n'avaient parlé quasiment que des plans de leur nouvelle maison.

— Je suis tellement impatient d'emménager chez nous.

— Je sais, c'est super : chez nous !

Stone fit signe à Preston de s'arrêter, faisant stopper lui aussi son cheval. Il se pencha et captura les lèvres de son amant.

— Tu as réfléchi à ma proposition d'hier ? demanda ensuite Preston.

Stone hocha la tête et se mordilla la lèvre inférieure.

— Un peu…

— Tu n'es pas obligé, mais je suis sûr que tu t'en sortirais très bien.

— Tu crois vraiment que je pourrais aller à l'université ?

Preston glissa la main dans celle de Stone.

— Tu peux faire tout ce que tu veux. Tu pourrais commencer à l'automne par quelques cours, voir si ça te plaît.

Stone ne savait pas trop quoi dire. Preston lui sourit :

— Écoute, je sais que ça te fiche la frousse, mais je vais te dire un secret, j'étais mort de peur la première année.

— Toi ? Môsieur Arrogant ? se moqua Stone.

Maintenant qu'il connaissait mieux Preston, il savait qu'il affichait son masque d'arrogance pour cacher ses incertitudes.

Preston se mit à rire.

— Oui, moi.

— D'accord, je vais essayer, alors.

— C'est vrai ?

— Oui.

Il sentit ses dernières craintes s'évaporer.

Une heure plus tard, le groupe retourna vers l'écurie en galopant à travers champs. Sauf Stone et Preston, qui traînaient loin derrière, se tenant par la main, au pas paresseux de leurs chevaux.

Ils étaient seuls quand Preston lâcha sa main de Stone.

— Fonce !

— Quoi ?

— Allez, vas-y, je sais que tu en as envie. Je te retrouve très vite.

Stone hésita, mais Buster avait besoin de se dégourdir les jambes. Après un dernier sourire à son amant, il éperonna son hongre et s'envola avec lui vers un avenir plein de promesses.

ANDREW GREY a grandi dans l'ouest du Michigan auprès d'un père qui aimait raconter des histoires et d'une mère qui adorait les lire. Depuis, il a vécu un peu partout aux USA et aussi roulé sa bosse partout dans le monde. Il a obtenu un Master à l'Université du Wisconsin-Milwaukee et travaille dans le département informatique d'une grande entreprise.

Ses loisirs : collectionner les antiquités, jardiner, et laisser traîner ses assiettes sales n'importe où sauf dans l'évier (surtout lorsqu'il est en train d'écrire). Il pense avoir de la chance d'avoir une famille tolérante qui l'accepte tel qu'il est, des amis fantastiques, et le compagnon le plus solidaire et le plus aimant du monde.

De nos jours, Andrew vit à Carlisle, en Pennsylvanie.
Son site internet : http://www.andrewgreybooks.com
Son blog : http://andrewgreybooks.livejournal.com/

Par Andrew Grey

Publié par DREAMSPINNER PRESS
www.dreamspinner-fr.com

Amour…, numéro hors série

Geoff vit en ville, profitant pleinement la vie libre d'un jeune homme gay, lorsque la mort de son père le convainc de retourner dans la ferme familiale. Découvrant un jeune amish endormi dans sa grange, Geoff apprend qu'Eli passe une année loin de sa communauté avant de demander le 'Baptême' et vivre selon les traditions de son église. En dépit de leur attraction mutuelle, Geoff est déterminé à ne pas s'impliquer avec lui, mais Eli découvre que Geoff partage ses sentiments et il commence à le courtiser, capturant tout d'abord son attention, puis son cœur.

Leur relation naissante est menacée par des parents médisants et étroits d'esprit, ainsi que par la société en général. Un nouveau monde s'ouvre à Eli et il doit décider s'il doit retourner dans sa communauté, sa famille, le monde et futur qu'il connaît, ou rester avec Geoff et avoir foi en la puissance de l'amour.

# www.dreamspinner-fr.com

# ANDREW GREY

# Amour...
# et Courage

AMOUR..., NUMÉRO HORS SÉRIE

Amour…, numéro hors série

Au début des années 80, Len Parker perd son emploi pendant la récession et décide de reprendre ses études dans sa ville natale du Michigan, où il renoue des liens avec Ruby, sa meilleure amie durant ses années de lycée. Len est fou de joie en apprenant que Ruby convole en justes noces avec Cliff Laughton mais sera bientôt profondément bouleversé lorsqu'elle décèdera prématurément, laissant derrière elle son mari et son fils de deux ans.

Après s'être retrouvé une nouvelle fois sans emploi, Len est embauché dans la ferme cruellement négligée des Laughton. Cliff pleure toujours sa femme et a toutes les peines du monde à élever son fils et n'a que très peu d'enthousiasme et d'énergie à consacrer au travail de la terre. Len remettra rapidement la ferme sur pied, Cliff et son fils avec. En travaillant main dans la main, Len et Cliff se rapprocheront. Mais aimer un autre homme demande énormément de courage. Ensemble, ils devront remettre sur pied une ferme en déliquescence et faire face à une sécheresse menaçante, à des parents indiscrets et aux préjugés des fermiers de cette petite ville du centre des Etats-Unis, pour protéger ce qui pourrait bien être un amour éternel.

# www.dreamspinner-fr.com

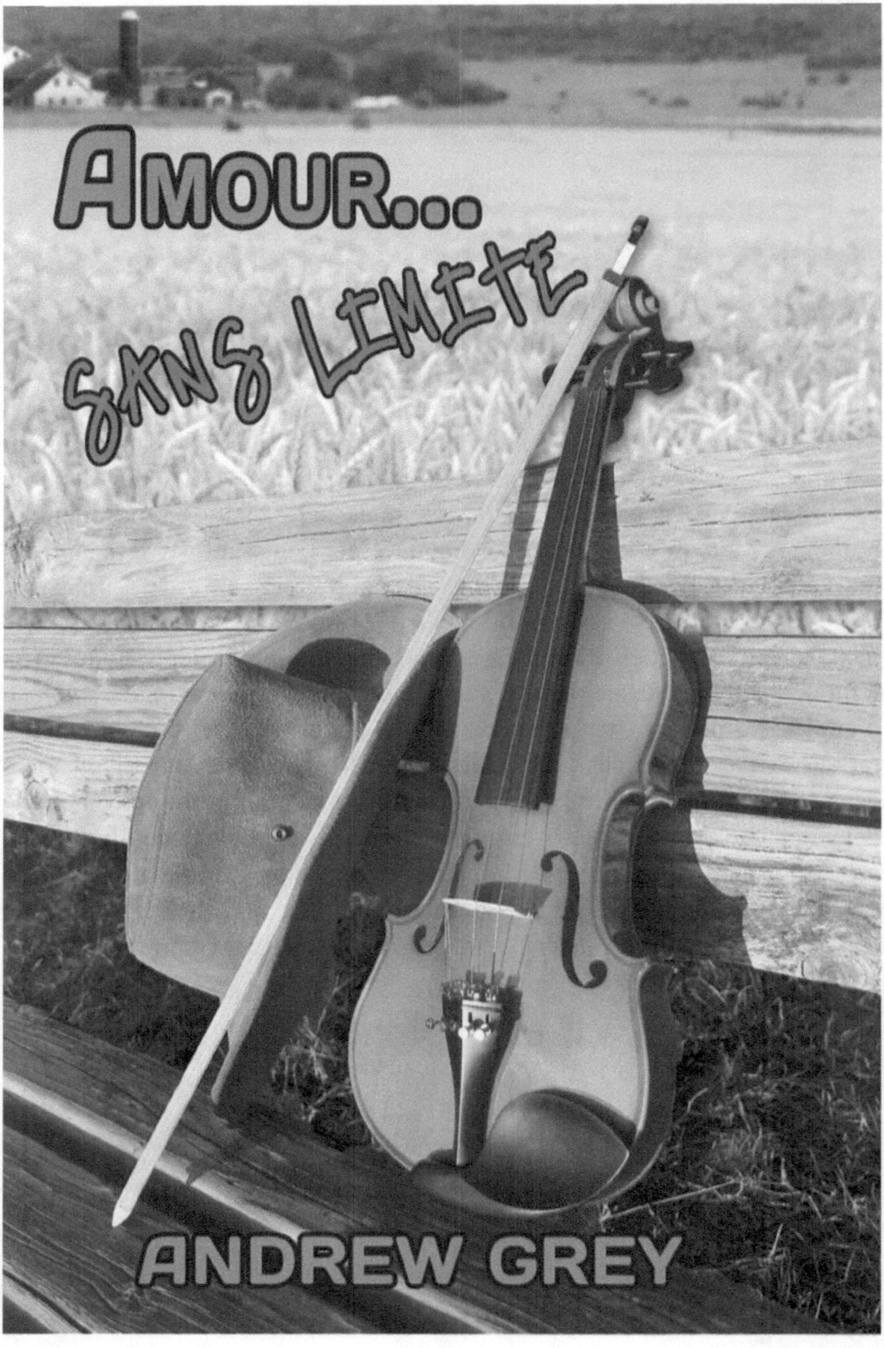
AMOUR...
SANS LIMITE
ANDREW GREY

Amour…, numéro hors série

Joey Sutherland a trouvé un foyer chez Geoff Laughton et Eli, son partenaire. Il vit et travaille désormais à la ferme, devenue son refuge après un grave accident de moto. Le visage marqué de cicatrices, Joey a du mal à accepter le regard des autres. Quand la tante de Geoff, Mari, leur demande un service : héberger un jeune musicien de l'Orchestre National des Jeunes, Joey se charge à contrecœur d'aller récupérer le jeune homme. Il imagine déjà le dégoût qu'inspirera son visage couturé.

Tout au contraire, Robert Edward Jameson se montre ouvert et amical. Une fois à la ferme, il est prêt à toutes les expériences. De plus, il est aveugle, ce qui, bien entendu, aide beaucoup Joey à se détendre en sa présence.

Très vite, Joey et Robbie deviennent inséparables et ils tombent également amoureux l'un de l'autre. Malheureusement, l'été touche à sa fin et Robbie doit retourner chez lui, dans le Mississippi, où sa famille possède une plantation et du personnel chargé de veiller sur le jeune aveugle. Joey espère obtenir de Robbie qu'il échappe à son confortable cocon pour vivre avec lui, mais acceptera-t-il de repousser ses limites par amour ?

# www.dreamspinner-fr.com

Amour…, numéro hors série

Raine Baumer vit une vie de fêtes à Chicago, profitant de relations de courtes durées avec peu d'attaches sentimentales. Mais lorsqu'il est sévèrement blessé dans une attaque homophobe, Geoff, son ami proche, vient le chercher pour l'emmener se reposer à la campagne. Là-bas, Geoff et son compagnon Eli le considèrent comme un membre de leur famille, et Raine fait la rencontre de Jonah, le frère d'Eli, qui explore la vie en dehors de la communauté Amish d'où il est originaire.

L'attraction mutuelle de Jonah et Raine les rapproche, mais ils n'auront peut-être pas la chance de profiter l'un de l'autre… Le père de Jonah lui pose un ultimatum, et la police pense que l'agression de Raine n'était pas qu'une simple coïncidence, comme on aurait pu le croire initialement. Raine et Jonah vont devoir braver leurs peurs s'ils veulent avoir une chance de vivre ensemble.

# www.dreamspinner-fr.com

Robin sait bien qu'il ne peut pas donner son nouveau cœur à n'importe qui…

D'une greffe cardiaque à une rupture brutale, Robin a vécu bien des coups durs récemment, mais il sait désormais que la vie est courte et qu'il doit mordre dedans à pleines dents en profitant de chaque bouchée. Un poste au sein des Euro Pride Tours est pile le genre d'aventure qu'il recherche : il a la chance de voir le monde et de vivre un peu, mais l'amour ne l'intéresse pas. Il ne pense pas que son cœur puisse en prendre encore.

Johan a peut-être déçu sa famille en voulant voler de ses propres ailes, mais quand il rencontre Robin, il n'a pas l'intention de le laisser tomber. Chaque homme est exactement ce dont l'autre a besoin pour se sentir entier à nouveau et, bien que Johan ne soit pas celui qu'imaginait Robin au départ, il est exactement ce que le médecin lui a prescrit pour faire battre son cœur. Comme leur voyage se poursuit en Allemagne, les deux hommes se rapprochent, mais l'arrivée de l'ancien partenaire de Robin pourrait bien prendre une mauvaise tournure.

# www.dreamspinner-fr.com

www.ingramcontent.com/pod-product-compliance
Lightning Source LLC
Chambersburg PA
CBHW022141240626
47153CB00007B/2452